소설창작을 위한 Solution Book 해결책

# 마지막 잎새 외 12편

오 헨리 지음

주식회사 자유지성사

" 어휘력 · 문해력 · 문장력 세계명작에 있고 영어공부 세계명작 직독직해에 있다"

## (1) 미래의 약속은 어휘력 · 문해력 · 문장력이다.

이 책은 이미 검증이 되어 세계인들에게 널리 읽히고 있고, 필독서로 선정된 세계명작을 직독직해 하면서 그 작품성과 작품속의 언어들을 통해 어휘력 · 문해력 · 문장력까지 몸에 배이도록 반복연습 하여 체득화시키고(學而時習之) 글로벌 리더로서 자아강도를 높여 학습자들 스스로 자긍심을 갖도록 하는데 있다.

## (2) 국어공부는 어떻게 해야하는가?

초등학교 1학년 어린이들은 글자를 다 익히고 난 다음 본격적으로 국어공부를 시작한다. 국어 교육 과정은 읽기, 쓰기, 듣기, 말하기를 바탕으로 문학, 문법 영역으로 구분되어 있다. 하지만 어린이들이 이렇게 세분화 된 영역에 대해서 다 알기는 어렵다. 수업 시간에 무엇을 배워야 하는지 수업 목표에 대해서는 선생님이 일러 주지만, 영역과 관련지어 궁극적으로 어린이들이 도달해야 할 목표가 무엇인지 알기는 어려울 것이다. 이것은 초등학생들 뿐만 아니라, 중학생, 고등학교 학생들 역시 비슷하지 않을까 싶다!

수학은 계산을 통해서 정답이 도출되는 명명함이 있고, 통합교과는 움직임 활동이나 조작활동이 주가 되기에 그나마 배우는 즐거움이 있지만, 국어는 이 두 가지 모두가 부재한다고 할 수 있는 과목이다. "국어공부를 통해서 다다르고자 하는 궁극적 가치는 '문해력'과 '자기표현'이다." 문해력이 지문을 해석하여 문제를 푸는 것으로 평가한다면, 자기표현은 논리적인 말하기가 포함된 글쓰기인 논술일 것이다. 그래서 '국어공부를 어떻게 해야 할 것인가'를 묻는다면 너무도 뻔한 대답일지 모르겠지만 꾸준한 '글 읽기'와 '글쓰기' 라고 말하고 싶다. 우선 책읽기를 통해 어휘력과 전반적인 문해력을 기를 수 있고, 독서록쓰기, 일기쓰기 등 다양한 글쓰기를 통해 표현력을 향상 시킬 수 있을 것이다.

중국 송나라시대 정치가이고 당송팔대가(唐宋八大家)인 구양수는 글을 잘 짓는 방법을 '3다(多)'라고 했다.

① 다독(多讀) : 많이 읽다
② 다작(多作) : 많이 쓰다
③ 다상량(多商量) : 많이 생각하다

즉 책을 많이 읽다보면 어휘력이 풍부해져 생각의 폭이 넓어지고, 또한 생각이 깊어지고, 자연히 하고싶은 말이 많아지게 되면서 보여주고 싶은 글을 잘 짓게 된다는 것이다.

하지만 이 두 가지 모두 스스로 재미를 느껴 꾸준히 하기에는 무엇보다 어렵다. 특히 책읽기는 '읽기의 재미' 를 붙일 수 있을 때까지 적절한 도움과 관심이 필요한 부분이다. 책에 관심을 가질 수 있도록 자주 노출시켜 주고, 특히 저학년들은 스스로 책읽기를 힘들어 한다면 조금 귀찮더라도 반복해서 자주 읽어주는 것도 하나의 방법이라고 할 수 있다.

## (3) 직독직해란 무엇인가?

영어 문장을 읽으며 우리말 해석을 따로 하지 않고 내용을 즉시 이해하는 독해방식이다. 직독직해의 장점은 주어, 목적어, 동사를 찾아 문장 앞뒤로 옮겨 다니며 우리말로 일일이 해석하는 방식에서 벗어나 영어 어순 구조에 빨리 적응하도록 해준다는 점이다. 직독직해가 익숙해지면 듣기 능력 향상에도 도움을 준다. 듣기가 잘 안 되는 데는 여러가지 이유가 있겠지만, 문장을 어순 그대로 받아들이는 연습이 부족했던 점도 주된 이유 중 하나이다. 그래서 눈에 보이는 순서대로 해석하는 직독직해가 익숙해지면 귀에 들리는 순서대로 뜻을 파악하는 데도 수월하다. 결론적으로 직독직해는 수험생들일 경우 시험시간도 절약해 주지만 영어의 언어적 특징을 잘 이해할 수 있게 도와줘 말하기와 듣기를 포함하여 전체적인 어학수준을 향상시켜 준다. 이 책은 직독직해를 처음 접하거나 익숙하지 않은 학습자들에게,

① 왜 직독직해를 하는가?
② 직독직해를 하면 어떤 효과를 얻을 수 있는가?
③ 직독직해를 잘하기 위해서는 어떤 연습과 노력이 필요한가?

등을 스스로 체험하게하고 반복연습을 통해 몸에 배이도록 하였다. 중급 수준의 영어 학습자라면 원활한 직독직해를 어렵지 않게 소화해 낼 수 있을 것으로 믿는다. 노력도 재능이다.

2024년 11월

# Preface

College entrance examination up to now have changed for several times, usually it was known as to have changed once in every 5 years. But the new college entrance examination system could be called quite "REVOLUTIONARY".

The early days of focusing on studying English only for grammar no longer exists. Studying English requires the ability of getting knowledge through not only reading broadly, but also reading correctly and rapidly. If you are to face this kind of situation progressively, the first thing you need to do is to read a lot. You have to build your reading skills through fast, careful reading.

The reason I wanted to publish this book was the thought to have a book that is correspondent to such a new entrance system. But it's not the only reason. In fact, most English studying books tend to concentrate on translations of difficult sentences and picking little grammar mistakes. It is because only grammatical knowledge and mechanical interpretation is focused. But grammar is systematizing the use of language that is spoken by ordinary people. They do not use language by distinguishing right from wrong grammatically. In spite of this fact, studying English in this country and also in college entrance examination, grammar has been of greater importance than the true meaning.

Now it has changed. Reading the sentences properly and understanding the meaning correctly are only needed. This is the royal road to learning English. As you read along this book, you will find some part that is difficult or incomprehensible. But you don't need to tangled up with those phrases. At that moment, you might get caught up with it, but as you read along over and over, you will be able to get the meaning.

First, you'll start to read with 'Andersen's Fairy tales' and then read 'The Adventures of Tom Sawyer', 'O Henry's Short Stories' and 'The Adventures of Sherlock Holmes'. And finally, it would be better to read 'The Scarlet Letter'. It has some very difficult sentences, so your effort is

much needed to read through this book.

However, if you keep on trying to feel what it's like to learn English, it won't fail. In other words, it is not hard at all. For both fun and improving English skills, like killing two birds with one stone, I firmly ask you readers to read this book over and over. Good Luck to all the students reading this book!

At Chongrimjae seeing lights along Han river.

Translator

# CONTENTS

# 차 례

# The Last Leaf

IN a little district west of Washington Square the streets have run crazy and broken themselves into small strips called 'places.' These 'places' make strange angles and curves. One street crosses itself a time or two. An artist once discovered a valuable possibility in this street. Suppose a collector with a bill for paints, paper and canvas should, in traversing this route, suddenly meet himself coming back, without a cent having been paid on account!

So, to quaint old Greenwich Village the art people soon came prowling, hunting for north windows and eighteenth century gables and Dutch attics and low rents. Then they

---

breake into strips:여러 조각으로 나뉜  traverse:가로지르다(cross), 통과하다  quaint:예스럽고 아취있는  prowl:헤매다  gable:박공  attic:다락방

# 마지막 잎새

워싱톤 광장의 서쪽에 있는 조그마한 구역은, 길이 얽히고 설켜 복잡하고 작고 길쭉하게 조각나 있는데 이것을 '플레이스'라고 부른다. 이 '플레이스'들은 기묘한 각과 곡선을 이루고 있다. 하나의 길은 한두 번 정도 그 자신의 길과 교차한다. 한때 한 화가가 이 거리에서 재미있는 일을 할 수 있을 것 같다는 것을 발견했다. 물감과 종이와 캔버스의 대금 계산서를 든 수금원이 이 길을 통하여 거리에 들어와서 대금을 한 푼도 받지 못하고 갑자기 온 길로 되돌아 나오게 된다면 어떨까를 생각해 보라.

그래서 이 예스럽고 아취 있는 그리니치 빌리지로 곧 예술가들이 몰려들어 북향의 창문과 18세기 풍의 박공과 네델란드 풍의 다락방과 싸구려 방을 찾아서 헤매 다녔다. 이윽고 그들이

아취: 아담한 정취.

imported some pewter mugs and a chafing dish or two from Sixth Avenue, and became a 'colony.'

At the top of a squatty, three-story brick Sue and Johnsy had their studio. 'Johnsy' was familiar for Joanna. One was from Maine; the other from California. They had met at the table d'hote of an Eighth Street 'Delmonico's' , and found their tastes in art, chicory salad and bishop sleeves so congenial that the joint studio resulted.

That was in May. In November a cold, unseen stranger, whom the doctors called Pneumonia, stalked about the colony, touching one here and there with his icy fingers. Over on the east side this ravager strode boldly, smiting his victims by scores, but his feet trod slowly through the maze of the narrow and moss-grown 'places.'

Mr. Pneumonia was not what you would call a chivalric old gentleman. A mite of a little woman with blood thinned by California zephyrs was hardly fair game for the red-fisted, short-breathed old duffer. But Johnsy he smote; and she lay, scarcely moving, on her painted iron bedstead, looking through the small Dutch window-panes at the blank side of the next brick house.

One morning the busy doctor invited Sue into the hall-way with a shaggy, gray eyebrow.

---

pewter mug:백랍 머그잔  chafing dish:요리겸 보온용 남비  colony:식민지
congenial:(성격, 취미가)같은  pneumonia:폐렴  stalk:활보하다, (유행병)널리
퍼지다  ravager:파괴자  smite:(질병, 피해)갑자기 덮치다  victim:희생자
maze:미로  chivalric:기사도의  zephyrs:미풍  duffer:협잡꾼  shaggy:털복숭이의

6번 거리에서 백랍 머그잔과 요리겸 보온용 남비를 하나 둘 들고 들어오자 여기에 하나의 '예술인의 부락'이 생긴 것이다.

낮고 폭이 넓은 3층·벽돌집 꼭대기에 수우와 존시는 화실을 갖고 있었다. '존시'는 조안나라는 이름으로 알려졌다. 수우는 메인주가 고향이고, 존시는 캘리포니아 출신이었다. 두 사람은 8번 거리에 있는 '델모니코' 식당에서 정식을 먹다가 만나, 예술 감각에 있어서나 치커리 샐러드나 주교 소매에 있어서나 취미가 일치한다는 것을 알고, 공동으로 화실을 갖게 되었던 것이다.

5월이었다. 11월에 의사들이 폐렴이라 부르는 차갑고 눈에 보이지 않는 손님이 이 마을을 활보하고 다니면서 그 얼음 같은 손가락으로 여기 저기서 사람들을 만지고 다녔다.

저편 동쪽에서는 이 파괴자가 대담하게 으스대고 다니면서 몇십 명씩 희생자를 덮쳤지만, 이 좁고 이끼긴 '플레이스'의 미로에서는 그 걸음걸이도 한결 느렸다.

폐렴 씨는 기사도적인 노신사라고 부를 만한 것이 못 되었다. 캘리포니아의 산들 바람으로 가냘퍼진 조그만 어린 처녀는, 도저히 이 피묻은 주먹에 숨결이 거친 이 늙은 협잡꾼의 정당한 사냥감이 될 수는 없었다. 그런데 그는 존시를 덮친 것이다. 그래서 그녀는 페인트를 칠한 철제 침대에 누운 채 거의 꼼짝도 못하고, 조그만 네델란드 풍의 창 너머로 옆에 있는 벽돌집

---

미로: 한 번 들어가면 드나드는 곳이나 방향을 알 수 없게 된 길.
협잡꾼: 옳지 않은 짓으로 남을 속이는 일을 잘하는 사람.

"She has one chance in-let us say, ten," he said, as he shook down the mercury in his clinical thermometer. "And that chance is for her to want to live. This way people have of lining-up on the side of the undertaker makes the entire pharmacopoeia look silly. Your little lady has made up her mind that she's not going to get well. Has she anything on her mind?"

"She—she wanted to paint the Bay of Naples some day," said Sue.

"Paint?—bosh! Has she anything on her mind worth thinking about twice-a man, for instance?"

"A man?" said Sue, with a jew's-harp twang in her voice. "Is a man worth—but, no, doctor; there is nothing of the kind."

"Well, it is the weakness, then," said the doctor. "I will do all that science, so far as it may filter through my efforts, can accomplish. But whenever my patient begins to count the carriages in her funeral procession I subtract 50 per cent. from the curative power of medicines. If you will get her to ask one question about the new winter styles in cloak sleeves I will promise you a one-in-five chance for her, instead of one in ten."

After the doctor had gone Sue went into the workroom

---

mercury:수은 clinical thermometer:체온계 pharnacopoeia:(⇒ pharmacopeia)약전 make up one's mind:결심하다(decide) twang:(현악기)윙하고 울리다, 콧소리로 말하다 funeral procession:장례 행렬 curative:치료 효험이 있는 (remedial) cloak:외투

의 텅 빈 벽을 바라보고 있었다.

어느 날 아침, 바쁜 의사가 털이 텁수룩한 반백의 눈썹을 움직여서 수우를 복도로 불러냈다.

"저 처녀가 살아날 가망은, 글쎄, 열에 하나야." 하고 그는 체온계를 뿌려 수은을 내리면서 말했다. "그리고 그 가망성도 저 처녀가 살고 싶어 하지 않으면 소용없단 말씀이야. 지금처럼 사람이 장의사 쪽으로 달려갈 기분으로 있어서야 처방이고 뭐고 다 바보 같은 짓이 되고 말지. 저 처녀는 이제 좋아지지 않을 거라고 아예 마음 먹고 있거든. 무언가 생각하고 있는 일이라도 없나?"

"쟤는 언젠가 나폴리 만(灣)을 그리고 싶어 해요." 하고 수우는 말했다.

"그림? 바보같이! 무언가 골똘히 생각할 만한 가치가 있는 것은 없을까? 이를테면 남자 친구 같은 거 말야."

"남자요?" 수우는 유대 하프 같은 소리를 냈다. "남자가 그럴 만한 값어치가… 없어요, 선생님, 그런 건 아무것도 없어요."

"응, 그렇다면, 그게 좋지 않은 점이군." 하고 의사는 말했다. "나는 내 힘이 미치는 한 의술의 힘을 다해 보겠어. 하지만 환자가 자기 장례식 행렬의 자동차 수를 세기 시작하게 된다면, 약의 치료 효과도 5할은 반감되지. 만약 아가씨가 잘 구슬려서, 겨울 외투 소매의 새 유행이라도 물어 보도록만 만든다면, 가망성이 열에 하나가 아니라 다섯에 하나라고 약속하지."

and cried a Japanese napkin to a pulp. Then she swaggered into Johnsy's room with her drawing board, whistling ragtime.

Johnsy lay, scarcely making a ripple under the bedclothes, with her face toward the window. Sue stopped whistling, thinking she was asleep.

She arranged her board and began a pen-and-ink drawing to illustrate a magazine story. Young artists must pave their way to Art by drawing pictures for magazine stories that young authors write to pave their way to Literature.

As Sue was sketching a pair of elegant horseshow riding trousers and a monocle on the figure of the hero, an Idaho cowboy, she heard a low sound, several times repeated. She went quickly to the bedside.

Johnsy's eyes were open wide. She was looking out the window and counting-counting backward.

"Twelve," she said, and a little later "eleven"; and then "ten," and "nine"; and then "eight" and "seven," almost together.

Sue looked solicitously out of the window. What was there to count? There was only a bare, dreary yard to be seen, and the blank side of the brick house twenty feet away. An old, old ivy vine, gnarled and decayed at the

---

rag-time:재즈음악 ripple:잔물결 illustrate:삽화를 넣다 pave one's way to (for):~쪽에 길을 개척하다 monocle:외알 안경 solicitously:걱정스러워서 ivy vine:담쟁이 덩굴 gnarled:옹이투성이의 decayed:썩은

의사가 돌아간 뒤 수우는 작업실로 들어가서 종이 냅킨이 곤죽이 될 때까지 울었다. 그러고는 화판을 들고 휘파람으로 재즈를 불면서 힘차게 존시 방으로 들어갔다.

존시는 이불 밑에 잔잔한 파도 하나 일으키지 않고, 얼굴을 창문으로 돌린 채 누워 있었다. 수우는 그녀가 자는 걸로 생각하고 휘파람을 멈추었다.

수우는 화판을 세워 어떤 잡지 소설의 삽화로 쓸 펜화를 그리기 시작했다. 젊은 화가는 젊은 작가가 문학에의 길을 개척해 나가기 위해서 쓰는 잡지 소설의 삽화를 그림으로 그려, 미술에 대한 길을 개척해 나가야만 한다. 수우가 소설의 주인공인 아이다호 카우보이에, 말 품평회에 입고 나갈 멋있는 승마 바지와 외알 안경을 그리고 있을 때, 나지막한 소리가 몇 번이나 되풀이해서 들려왔다. 그녀는 얼른 침대 곁으로 갔다.

존시의 눈은 커다랗게 떠 있었다. 그녀는 창 밖을 바라보며 세고 있었다. 수를 거꾸로 세고 있었다.

"열둘" 하고 세고는 조금 있다가 "열하나", 이어 "열", "아홉", 그러다가 거의 동시에 "여덟", "일곱" 하고 세었다.

수우는 걱정스러워서 창 밖을 내다보았다. '뭐가 있어서 세지?' 그저 살풍경하고 쓸쓸한 안마당과 20피트 저편에 벽돌집의 텅빈 벽면이 보일 뿐이었다. 뿌리가 울퉁불퉁하게 옹이져서 썩은 한 그루 위 해묵은 담쟁이덩굴이 벽돌벽 중간쯤까지 뻗어

---

곤죽: 죽같이 질퍽질퍽한 땅.
살풍경: 아주 보잘것 없거나 몹시 쓸쓸한 풍경.

roots, climbed half way up the brick wall. The cold breath of autumn had stricken its leaves from the vine until its skeleton branches clung, almost bare, to the crumbling bricks.

"What is it, dear?" asked Sue.

"Six," said Johnsy, in almost a whisper. "They're falling faster now. Three days ago there were almost a hundred. It made my head ache to count them. But now it's easy. There goes another one. There are only five left now."

"Five what, dear? Tell your Sudie."

"Leaves. On the ivy vine. When the last one falls I must go, too. I've known that for three days. Didn't the doctor tell you."

"Oh, I never heard of such nonsense," complained Sue, with magnificent scorn. "What have old ivy leaves to do with your getting well? And you used to love that vine, so, you naughty girl. Don't be a goosey. Why, the doctor told me this morning that your chances for getting well real soon were-let's see exactly what he said-he said the chances were ten to one! Why, that's almost as good a chance as we have in New York when we ride on the street cars or walk past a new building. Try to take some broth now, and let Sudie go back to her drawing, so she

---

skeleton branch:앙상한 가지  with a whisper:속삭이듯이  complain:불평하다 with magnificent scorn:상당히 경멸조로.  naughty:개구쟁이, 천한  goosey:(가볍게 웃으면서 나무라는 투로)바보  broth:국물

올라가 있었다. 차가운 가을 바람이 덩굴에서 잎사귀를 쳐서 떨어뜨리고 앙상한 발가숭이 가지가 허물어져 가는 벽돌에 매달려 있었다.

"뭐니, 애?" 수우가 물었다.

"여섯." 하고 존시는 거의 속삭이듯이 말했다. "이제 빨리 떨어지기 시작했어. 사흘 전에는 거의 백 개쯤 있었는데. 세고 있으면 머리가 다 아팠는데, 하지만 이젠 쉬워. 아, 또 하나 떨어지네. 이제 남은 것은 다섯 잎뿐이야."

"뭐가 다섯 잎이지? 얘기해 보렴."

"잎사귀야, 담쟁이덩굴 잎. 마지막 한 잎이 떨어질 때는 나도 가는 거야. 나는 사흘 전부터 알고 있었어, 의사 선생님이 그러시지 않든?"

"그런 바보 같은 소린 들을 적도 없다, 애." 하고 수우는 몹시 경멸하는 듯이 투덜거렸다. "마른 담쟁이 잎사귀와 네가 낫는 것이 무슨 관계가 있다고 그러니? 그리고 넌 저 덩굴을 아주 좋아했잖아, 이 말괄량이야, 바보 같은 소리 작작해라, 선생님은 말이야, 오늘 아침에 네가 곧 완쾌할 가망성은, 선생님 말씀대로 정확히 말한다면, 하나에 열이라고 그러셨어!

그건 뉴욕 시내에서 전차를 타고 가거나 신축 빌딩 밑을 지나갈 때의 위험률과 같은 거야. 자, 이제 국물 좀 마셔 봐. 그리로 수디에게 다시 그림을 그리게 해줘. 그러면 그걸 잡지사 편

---

작작하다: 대강하다, 어지간하게 하다

can sell the editor man with it, and buy port wine for her sick child, and pork chops for her greedy self."

"You needn't get any more wine," said Johnsy, keeping her eyes fixed out the window. "There goes another. No, I don't want any broth. That leaves just four. I want to see the last one fall before it gets dark. Then I'll go, too."

"Johnsy, dear," said Sue, bending over her, "Will you promise me to keep your eyes closed, and not look out the window until I am done working? I must hand those drawings in by tomorrow. I need the light, or I would draw the shade down."

"Couldn't you draw in the other room?" asked Johnsy, coldly.

"I'd rather be here by you," said Sue. "Besides, I don't want you to keep looking at those silly ivy leaves."

"Tell me as soon as you have finished," said Johnsy, closing her eyes, and lying white and still as a fallen statue, "because I want to see the last one fall. I'm tired of waiting. I'm tired of thinking. I want to turn loose my hold on everything, and go sailing down, down, just like one of those poor, tired leaves."

"Try to sleep," said Sue. "I must call Behrman up to be my model for the old hermit miner. I'll not be gone a

---

chop:자른 고기조각 greedy:욕심많은, 게걸스런 hand in:제출하다 tired of:싫증나다 )tired with(from)~으로 피곤하다 go~ing:~하러 가다 hermit:은둔자

집자에게 팔아서 앓아 누운 우리 아기에겐 포도주를 사 오고, 먹성 좋은 나한테는 돼지고기를 사올 수가 있잖아?"

"포도주는 이제 살 필요 없어." 하고 존시는 계속 창 밖을 바라보면서 말했다. "또 한 잎 떨어지네! 아니, 국물도 먹고 싶지 않아. 이젠 네 잎뿐이야. 어둡기 전에 마지막 한 잎 떨어지는 걸 보고 싶어. 그러면 나도 가는 거야."

"존시." 수우는 그녀 위에 몸을 눕히고 말했다. "내가 그림을 다 그릴 때까지, 눈을 감고 창 밖을 보지 않겠다고 약속해 주지 않겠어? 난 이 그림을 내일까지 넘겨줘야 한단 말이야. 광선이 필요해서 그래, 그렇지 않으면 커튼을 내리고 싶다만."

"다른 방에서 그릴 수 없어?" 하고 존시는 차갑게 물었다.

"난 네 옆에 있고 싶어서 그래." 하고 수우는 말했다. "게다가, 네가 줄곧 저 쓸데없는 담쟁이 잎사귀를 쳐다보고 있는 게 싫어서 그런다."

"다 그리고 나면 금방 알려줘야 해." 하고 존시는 눈을 감고 쓰러진 조각처럼 창백하게 조용히 누워서 말했다. 마지막 한 잎이 떨어지는 걸 보고 싶으니까. 난 이제 기다리기에 지쳤어. 생각하는 것도 지쳤고 모든 것에 대한 집착에서 떠나, 꼭 저 가엾고 고달픈 나뭇잎처럼 아래로 아래로 떨어져 가고 싶어."

"좀 자도록 해봐." 하고 수우는 말했다. "나는 베어먼 할아버지를 불러다가 은둔한 늙은 광부의 모델이 되어 달라고 부탁해야겠어. 곧 돌아올게. 내가 돌아올 때까지 움직이지 마."

---

은둔: 세상을 피하여 숨음.

minute. Don't try to move 'til I come back."

Old Behrman was a painter who lived on the ground floor beneath them. He was past sixty and had a Michael Angelo's Moses beard curling down from the head of a satyr along the body of an imp. Behrman was a failure in art. Forty years he had wielded the brush without getting near enough to touch the hem of his Mistress's robe. He had been always about to paint a masterpiece, but had never yet begun it. For several years he had painted nothing except now and then a daub in the line of commerce or advertising. He earned a little by serving as a model to those young artists in the colony who could not pay the price of a professional. He drank gin to excess, and still talked of his coming masterpiece. For the rest he was a fierce little old man, who scoffed terribly at softness in any one, and who regarded himself as especial mastiff-in-waiting to protect the two young artists in the studio above.

Sue found Behrman smelling strongly of juniper berries in his dimly lighted den below. In one corner was a blank canvas on an easel that had been waiting there for twenty-five years to receive the first line of the masterpiece. She told him of Johnsy's fancy, and how she feared she would,

---

beard:턱수염  satyr:사티로스(그리스 신화에 나오는 숲의 神)  imp:꼬마도깨비  wield:(무기)휘두르다, (연장)다루다  hem:(옷)가장자리  be about to:막~하려하다  masterpiece:대작, 걸작  daub:서투른 그림  commerce:상업  to excess:지나치게  scoff:비웃다  mastiff-in-waiting:감시견  easel:화가

베어먼 노인은 그들의 아래층인 이 집 1층에 살고 있는 화가였다. 나이는 60이 넘었고, 미켈란젤로가 그린 모세의 수염 같은 턱수염이 반수신(半獸神) 같은 얼굴에서 도깨비 같은 몸으로 곱슬곱슬하게 드려져 있었다. 베어먼은 예술의 실패자였다. 40년 동안 화필을 쥐어 왔지만, 예술의 여신의 치맛자락을 잡을 만큼 가까이 가보지는 못했다. 언제나 걸작을 그린다고 하면서도 아직 시작해 본 적이 없다. 지난 몇 해 동안 상업용이나 광고용의 서투른 그림을 이따금 그린 것밖에는 아무것도 그리지 못했다. 그는 전문적인 모델을 채용할 힘이 없는 젊은 화가들의 모델이 되어 주고는 조금씩 돈을 얻어 쓰고 있었다.

과하게 진을 마시면서도 여전히 머지 않아 걸작을 그린다는 말만 했다. 그밖의 점에서는 몸집은 작지만 성격이 꼿꼿한 늙은이였으며, 누구나 유약한 것을 보면 사정없이 비웃고, 특히 위층 화실에 있는 두 젊은 예술가를 지키는 감시견으로 자인하고 있었다.

수우가 가보니 베어먼은 아래층의 어둠침침한 골방에서 노간주나무 열매의 냄새를 물씬하게 풍기며 앉아 있었다. 한쪽 구석에는 아무것도 그리지 않은 캔버스가 화가(畵架)위에 얹혀 있었는데 거기서 걸작의 첫 획을 25년 동안이나 기다려 온 것이다. 수우는 노인에게 존시의 망상을 얘기하고 존시는 정말 나뭇잎처럼 가볍고 연약해서 둥둥 떠서 날아가 버리지 않을는

---

반수신(半獸神): 몸의 반은 짐승 모양이라고 하는 신
화가(畵架): 그림을 그릴때 화판을 받치는 삼각의 틀, 이즐.

indeed, light and fragile as a leaf herself, float away, when her slight hold upon the world grew weaker.

Old Behrman, with his red eyes plainly streaming, shouted his contempt and derision for such idiotic imaginings.

"Vass!" he cried. "Is dere people in de world mit der foolishness to die because leafs dey drop off from a confounded vine? I haf not heard of such a thing. No, I will not bose as a model for your fool hermit-dunderhead. Vy do you allow dot silly pusiness to come in der brain of her? Ach, dot poor leetle Miss Yohnsy."

"She is very ill and weak," said Sue, "and the fever has left her mind morbid and full of strange fancies. Very well, Mr. Behrman, if you do not care to pose for me, you needn' t. But I think you are a horrid old-old flibbertigibbet."

"You are just like a woman!" yelled Behrman. "Who said I will not bose? Go on. I come mit you. For half an hour I haf peen trying to say dot I am ready to bose. Gott! dis is not any blace in which one so goot as Miss Yohnsy shall lie sick. Some day I vill baint a masterpiece, and ve shall all go away. Gott! yes."

Johnsy was sleeping when they went upstairs. Sue

---

dere ⇒ there  de ⇒ the  mit ⇒ meet  der ⇒ the  dey ⇒ they  haf ⇒ have  bose ⇒ pos.  hermit-dunderhead:우둔한  vy ⇒ why  pusiness ⇒ business  lettle ⇒ little  morbid:병적인  fibbertigib:수다쟁이, 경솔한 사람  I haf peen... ⇒ I have been...  dis ⇒ this  goot ⇒ good  vill ⇒ will  baint ⇒ paint  ve ⇒ we  gott ⇒ god

지, 그렇게 약한 소리를 하니 살아갈 의욕을 잃어버린다며 걱정스럽게 말했다.

베어먼 노인은 핏발이 선 눈에 뚜렷이 눈물을 글썽이면서, 그 어리석은 망상에 큰소리로 모멸과 조소를 퍼부었다.

"뭐라고!" 하고 그는 소리쳤다. "아니 그래, 다 썩은 덩굴에서 잎이 떨어진다고 저도 죽는다는 그런 얼빠진 소릴 하는 놈이 이 세상에 어딨어? 나는 그런 말 들어본 적도 없다. 싫어, 나는 아가씨의 그 쓸데없는 은둔자의 숙맥 같은 모델이 되기는 싫다고. 어째서 아가씨는 그런 어처구니 없는 생각을 그 아가씨가 하게 내버려두는 거지? 아아, 가엾은 존시 아가씨."

"걔는 몹시 앓아서 쇠약해졌어요." 하고 수우는 말했다. "그리고 열 때문에 마음이 병적으로 되서, 별의별 이상한 망상으로 가득찬 걸요. 좋아요. 베어먼 할아버지, 제 모델이 되기가 싫으시다면 필요 없어요. 하지만 전 할아버지가 정말로 너무나 변덕스러운 할아버지라고 생각할 테예요."

"여자란 금방 저래서 탈이야!" 하고 베어먼은 소리쳤다.

"누가 모델이 안 돼 준다고 그랬나? 가라고, 나도 따라갈 테니까. 반 시간 전부터 나는 언제라도 모델이 되어 주겠다고 말하려고 했었지. 허, 참! 여긴 존시 아가씨 같은 착한 처녀가 병들어 누워 있을 자리가 못 된다고, 머잖아 나는 걸작을 그릴 거야. 그러면 우리 모두 다른 데로 옮기자, 정말이야! 그렇게 하자."

---

숙맥: 콩과 보리를 구별하지 못한다는 뜻으로 어리석은 사람을 비유함.
별의별: 별다른 중에도 더욱 별다른

pulled the shade down to the window-sill, and motioned Behrman into the other room. In there they peered out the window fearfully at the ivy vine. Then they looked at each other for a moment without speaking. A persistent, cold rain was falling, mingled with snow. Behrman, in his old blue shirt, took his seat as the hermit miner on an upturned kettle for a rock.

When Sue awoke from an hour's sleep the next morning she found Johnsy with dull, wide-open eyes staring at the drawn green shade.

"Put it up; I want to see," she ordered, in a whisper.

Wearily Sue obeyed.

But, lo! after the beating rain and fierce gusts of wind that had endured through the livelong night, there yet stood out against the brick wall one ivy leaf. It was the last on the vine. Still dark green near its stem, but with its serrated edges tinted with the yellow of dissolution and decay, it hung bravely from a branch some twenty feet above the ground.

"It is the last one," said Johnsy. "I thought it would surely fall during the night. I heard the wind. It will fall today, and I shall die at the same time."

"Dear, dear!" said Sue, leaning her worn face down to

---

persistent:고집하는, 끊임없이  wearily:지쳐서  serrated:톱니꼴의  dissolution: 용해, 죽음  at the same time:동시에

두 사람이 위층에 올라가 보니 존시는 잠들어 있었다. 수우는 커튼을 창턱까지 끌어내리고, 베어먼에게 옆방으로 가자고 몸짓했다. 방에 들어간 두 사람은 겁먹은 듯이 창문으로 담쟁이덩굴을 내다보았다. 그리고 잠시 서로 말없이 쳐다보았다. 차가운 진눈깨비가 쉴새없이 내리고 있었다. 베어먼은 낡은 푸른 웃옷을 입고는 바위 대신 냄비를 엎어놓고 은둔한 광부의 자세가 되었다.

이튿날 아침 수우가 한 시간쯤 자고 눈을 떠보니 존시는 멍한 눈을 크게 뜨고 내려진 녹색 커튼을 바라보고 있었다.

"열어 줘, 보고 싶으니까." 하고 그녀는 속삭이는 소리로 명령했다.

수우는 지쳐서 하라는 대로 했다.

그런데 보라! 기나긴 밤이 새도록 비가 후려치고 바람이 휘몰아쳤는데도 벽에는 아직도 한 장의 담쟁이 잎이 또렷이 남아서 드러나 있지 않은가! 그것은 담쟁이의 마지막 잎새였다. 그 잎자루 가까이는 아직도 진한 초록빛이었지만, 톱니 모양의 잎 가장자리에는 대견스럽게도 퇴색되고 시들어져 가는 노란 빛깔로 물이 들어 땅 위에서 20피트쯤 되는 가지에 매달려 있었다.

"저게 마지막 잎새야." 하고 존시는 말했다. "밤중에 틀림없이 떨어질 줄 알았는데. 바람 소리를 들었거든. 오늘은 떨어질

the pillow, "think of me, if you won't think of yourself. What would I do?"

But Johnsy did not answer. The lonesomest thing in all the world is a soul when it is making ready to go on its mysterious, far journey. The fancy seemed to possess her more strongly as one by one the ties that bound her to friendship and to earth were loosed.

The day wore away, and even through the twilight they could see the lone ivy leaf clinging to its stem against the wall. And then, with the coming of the night the north wind was again loosed, while the rain still beat against the windows and pattered down from the low Dutch eaves.

When it was light enough Johnsy, the merciless, commanded that the shade be raised.

The ivy leaf was still there.

Johnsy lay for a long time looking at it. And then she called to Sue, who was stirring her chicken broth over the gas stove .

"I've been a bad girl, Sudie," said Johnsy. "Something has made that last leaf stay there to show me how wicked I was. It is a Sin to want to die. You may bring me a little broth now, and some milk with a little port in it, and no; bring me a hand-mirror first, and then pack some pillows

---

eaves:(집의)처마  merciless:무자비한  stir:젖다  wicked:나쁜, 심술궂은  port = port wine

거야. 그러면 동시에 나도 죽을 거야."

"애, 애!" 하고 수우는 지친 얼굴을 베개에 얹으면서 말했다. "네 자신을 생각하고 싶지 않거든, 내 생각이나 좀 해줘, 난 어떡하면 좋으냐?"

그러나 존시는 대답하지 않았다. 이 세상에서 가장 고독한 것은 신비로운, 먼 여행을 떠날 채비를 하고 있는 영혼이다. 그녀를 우정과 이 세상에 묶어주던 매듭이 하나 하나 풀어짐에 따라 그 망상이 점점 더 강하게 그녀를 휘어잡는 것 같았다.

그 날도 다 지나가고, 해거름이 되어도 그 외로운 담쟁이 잎이 벽에 기는 덩굴에 그냥 매달려 있는 것이 보였다. 그러다가 밤이 되더니 북풍이 다시 사납게 휘몰아치기 시작하고, 한편 비는 여전히 창문을 두들겨 나직한 네덜란드 풍 처마에서 뚝뚝 흘러 떨어졌다.

이윽고 날이 새자 존시는 사정없이 커튼을 올리라고 명령했다. 담쟁이 잎은 여전히 그 자리에 있었다. 존시는 드러누워서 오랫동안 그것을 바라보았다. 그러더니 가스 스토브에서 닭 국물을 휘젓고 있는 수우에게 말을 건넸다.

"난 나쁜 애였어, 수디." 하고 존시는 말했다. "내가 얼마나 나쁜 애였는가 알려주려고, 마지막 잎새를 저 자리에 남겨 둔 거야. 죽고 싶어 하다니 죄 받을 일이지. 자, 그 국물 좀 갖다 줘, 우유에 포도주를 탄 것도 좀 주고. 그리고 아냐, 손거울부터

about me, and I will sit up and watch you cook."

An hour later she said:

"Sudie, some day I hope to paint the Bay of Naples."

The doctor came in the afternoon, and Sue had an excuse to go into the hallway as he left.

"Even chances," said the doctor, taking Sue's thin, shaking hand in his. "With good nursing you'll win. And now I must see another case I have downstairs. Behrman, his name is—some kind of an artist, I believe. Pneumonia, too. He is an old, weak man, and the attack is acute. There is no hope for him; but he goes to the hospital today to be made more comfortable."

The next day the doctor said to Sue: "She's out of danger. You've won. Nutrition and care now—that's all."

And that afternoon Sue came to the bed where Johnsy lay, contentedly knitting a very blue and very useless woollen shoulder scarf, and put one arm around her, pillows and all.

"I have something to tell you, white mouse," she said. "Mr. Behrman died of pneumonia today in the hospital. He was ill only two days. The janitor found him on the morning of the first day in his room downstairs helpless with pain. His shoes and clothing were wet through and

---

Even chances:반반의 기회  acute:(병)급성의 ⇔ chronic(만성의)  out of danger: 위험을 벗어난 nutrition:영양 contentedly:만족스럽게 knit:뜨개질하다 white mouse:(귀엽게 부르는 말이다) die of:~이유로 죽다(of 는 원인) janitor:문지 기, 수위, 관리인

갖다 줄래? 내 등에다 베개 몇 개 받쳐 줘. 일어나 앉아서 네 가 요리하는 걸 보고 있을 테야."

한 시간 뒤 그녀는 말했다.

"수디, 난 언젠가 나폴리 만을 그려보고 싶어."

오후에 의사가 왔다. 의사가 돌아갈 때, 수우는 살그머니 뒤 따라 나왔다.

"희망은 반반이야." 하고 의사는 떨고 있는 여윈 손을 잡고 말했다. "간호만 잘해 주면 당신은 회복될 겁니다. 그럼 아래층 에 있는 환자를 보러 가야지. 베어먼인가 하는 화가 같더군. 역 시 폐렴이야. 나이가 많고 몸도 약한 사람인데 갑자기 당했어. 나을 희망은 없지만, 오늘 입원시키면 좀 편해지겠지."

이튿날 의사는 수우에게 말했다. "이제 위험은 벗어났소. 당 신이 이겼소. 앞으로는 영양 보충과 몸조심을 잘해요."

그리고 그날 오후, 수우가 침대로 다가가 보니, 존시는 누운 채 아주 파란 빛깔의 도무지 쓸모 없어 보이는 털 어깨걸이를 만족스러운 듯이 짜고 있었다. 수우는 한쪽 팔로 베개와 그녀 를 함께 껴안았다.

"너한테 할 얘기가 있어, 귀여운 아가씨." 수우가 말했다. "베어먼 할아버지가 오늘 병원에서 폐렴으로 돌아가셨어. 겨우 이틀을 앓으셨을 뿐인데. 첫날 아침에 관리인이 아래층에 있는 그분 방에 가 봤더니 할아버지가 몹시 괴로워하고 계시더래.

---

폐렴:폐렴균의 침입으로 일어나는 폐장의 염증. 가슴을 찌르는 아픔과 오한, 고열, 기침, 호흡 곤란을 일으킴.

icy cold. They couldn't imagine where he had been on such a dreadful night. And then they found a lantern, still lighted, and a ladder that had been dragged from its place, and some scattered brushes, and a palette with green and yellow colors mixed on it, and—look out the window, dear, at the last ivy leaf on the wall. Didn't you wonder why it never fluttered or moved when the wind blew? Ah, darling, it's Behrman's masterpiece-he painted it there the night that the last leaf fell."

dreadful:무서운, 지독한 scatterd:흩어진 flutter:(깃발 따위)펄럭이다

신발과 옷은 흠뻑 젖어서 얼음처럼 차갑고, 날씨가 그렇게 험한 날 밤에 대체 어디를 다녀오셨는지 아무도 짐작하지 못했어. 그러다가 아직도 불이 켜져 있는 등과 언제나 그 자리에 놓여 있던 곳에서 꺼내 온 사다리와, 흩어진 화필과, 초록과 노랑 물감을 푼 팔레트를 발견한 거야. 그리고 얘, 창 밖으로 저 벽에 있는 마지막 담쟁이 잎 좀 쳐다봐. 바람이 부는데도, 조금도 흔들리지 않고 움직이지도 않는 게 이상하지 않니? 아아, 얘, 저건 베어먼 할아버지의 걸작이야. 마지막 잎사귀가 떨어진 날 밤, 그분이 저 자리에 그려 놓으셨어."

# The Gift of the Magi

ONE dollar and eighty-seven cents. That was all. And sixty cents of it was in pennies. Pennies saved one and two at a time by bulldozing the grocer and the vegetable man and the butcher until one's cheeks burned with the silent imputation of parsimony that such close dealing implied. Three times Della counted it. One dollar and eighty-seven cents. And the next day would be Christmas.

There was clearly nothing to do but flop down on the shabby little couch and howl. So Della did it. Which instigates the moral reflection that life is made up of sobs, sniffles, and smiles, with sniffles predominating.

---

bulldoze:협박하다, 억지로~하다  butcher:푸줏간  imputation:(과실, 죄)문책, 전가  parsimony:인색  close:인색한(= stingy)  flop down:털썩 주저앉다  shabby:낡은, 초라한  instigate:부추기다, 유발하다  moral reflection:교훈적인 생각  sniffle:홀쩍거리며 울다  predominate:우세하다(exceed)

# 현자의 선물

1달러 87센트, 그것이 전부였다. 그리고 그 중의 60센트는 1센트짜리 동전이었다. 이 동전은 식료품 가게와 채소 장수와 푸줏간에서 억지로 값을 깎아, 이렇게도 인색한 사람이 어디 있을까 하는 무언의 비난에 얼굴을 붉히면서 한 번에 한 푼 두 푼 모은 것이다. 세 번씩이나 델라는 그것을 세었다. 1달러 87센트. 내일은 크리스마스이다.

보잘것 없고 조그만 침대에 엎드려서 소리내어 우는 수밖에 달리 할 일이 없는 것은 분명하였다. 그래서 델라는 울어버렸다. 인생이란 슬프고 기쁜 일들과 더많은 어려운 일들로 이루어져 있다는 교훈적인 생각이 떠올랐다.

이 집 안주인의 복받쳐 오르던 슬픔이 점차 가라앉아 가는 동안, 이 가정을 한 번 들여다보기로 하자. 가구가 딸린 아파트 방으

While the mistress of the home is gradually subsiding from the first stage to the second, take a look at the home. A furnished flat at $8 per week. It did not exactly beggar description, but it certainly had that word on the lookout for the mendicancy squad.

In the vestibule below was a letter-box into which no letter would go, and an electric button from which no mortal finger could coax a ring. Also appertaining thereunto was a card bearing the name 'Mr. James Dillingham Young.'

The 'Dillingham' had been flung to the breeze during a former period of prosperity when its possessor was being paid $30 per week. Now, when the income was shrunk to $20, the letters of 'Dillingham' looked blurred, as though they were thinking seriously of contracting to a modest and unassuming D. But whenever Mr. James Dillingham Young came home and reached his flat above he was called 'Jim' and greatly hugged by Mrs. James Dillingham Young, already introduced to you as Della. Which is all very good.

Della finished her cry and attended to her cheeks with the powder rag. She stood by the window and looked out dully at a gray cat walking a gray fence in a gray back-

---

subside:진정되다, 가라앉다 lookout:경계, 감시. be on the lookout for:~을 조심하다, 망보고 있다 mendicancy squad:거지 집단 vestibule:현관 coax:(물건을)잘 다루어 제대로 하다 appertain:~에 속하다(belong), 관계되다(relate) thereunto:그곳에, 게다가 blurred:얼룩진 unassuming=modest:겸손한

로 일주일에 8달러짜리다. 극빈한 생활은 아니지만 확실히 부랑 집단을 단속하는 경찰대를 경계할 만큼은 가난했다.

아래층 현관에는 아무리 봐도 편지가 들어갈 것 같지 않은 우편함과, 어떤 사람이 눌러도 제대로 작동될 것 같지 않은 초인종 버튼이 있었다. 또 거기에는 '제임스 딜링검 영'이라는 이름이 새겨진 문패가 붙어 있었다.

이 '딜링검'이라는 이름은 그 소유자가 일주일에 30달러나 받고 있던 경기가 좋은 지난날에는 산들바람에 늠름히 펄럭이고 있었다. 수입이 일주일에 20달러로 줄어든 지금은, 마치 '딜링검'이라는 글자도 겸손하고 눈에 띄지 않게, D자 하나로 줄어 버릴까 하고 진지하게 생각하고 있는 것처럼 흐릿해 보였다. 그러나 제임스 딜링검 영 씨가 집에 돌아와서 2층 셋방으로 들어가면 언제나 "짐!"이라고 부르는 소리를 들으면서 이미 델라라는 이름으로 여러분에게 소개한 제임스 딜링검 영 부인의 뜨거운 포옹을 받는 것이다. 이 모두 매우 좋은 일이다.

델라는 울음을 그치고 분첩으로 얼굴에 분을 발랐다. 그녀는 창가에 서서 잿빛 뒷마당의 잿빛 울타리 위로 잿빛 고양이가 걸어가는 것을 멍하니 바라보았다. 내일은 크리스마스다. 그러나 짐에게 줄 선물을 살 돈은 불과 1달러 87센트밖에 되지 않았다. 몇 달 동안이나 한 작은 돈이라도 가능한 모았지만, 결과는 이것이었다. 일주일에 20달러로는 오래 가지 못했다. 지출이 계산한 것보다 훨씬

---

부랑: 일정한 거처나 직업없이 떠돌아 다님.

yard. Tomorrow would be Christmas Day, and she had only $1.87 with which to buy Jim a present. She had been saving every penny she could for months, with this result. Twenty dollars a week doesn't go far. Expenses had been greater than she had calculated. They always are. Only $1.87 to buy a present for Jim. Her Jim. Many a happy hour she had spent planning for something nice for him. Something fine and rare and sterling something just a little bit near to being worthy of the honor of being owned by Jim.

There was a pier-glass between the windows of the room. Perhaps you have seen a pier-glass in an $8 flat. A very thin and very agile person may, by observing his reflection in a rapid sequence of longitudinal strips, obtain a fairly accurate conception of his looks. Della, being slender, had mastered the art.

Suddenly she whirled from the window and stood before the glass. Her eyes were shining brilliantly, but her face had lost its color within twenty seconds. Rapidly she pulled down her hair and let it fall to its full length.

Now, there were two possessions of the James Dillingham Youngs in which they both took a mighty pride. One was Jim's gold watch that had been his father's

---

sterling:금을 함유한, 진짜의, 훌륭한  pier-glass:(창과 창사이의 벽에 붙이는) 큰 거울  agile:민첩한, 활기찬  sequence:결과, 연속  longitudinal:세로의(≠ lateral)  strip:길고 가느다란 조각  slender:가느다란, 날씬한  whirl:~의 주위를 돌다  brillianty:찬란하게  take a pride in:~를 자랑스럽게 여기다

웃돌았다. 항시 그랬다. 짐의 선물을 살 돈이 불과 1달러 87센트. 그녀의 짐에게 말이다. 짐에게 무언가 멋진 것을 선물할 계획을 세우면서 오랫동안 즐거운 시간을 보내 왔다. 무언가 훌륭하고 흔하지 않으며 순수한 것, 조금이라도 짐이 소유하고 있다는 것이 명예스러운 것에 가까운 뭔가를.

방의 창문과 창문 사이에는 큰 거울이 있었다. 아마 당신도 주 8달러 짜리의 아파트 같은 데서 봤을 거다. 몹시 여위고 민첩한 사람이라면, 길고 가느다란 모양으로 연결된 거울에 자신의 모습을 비추어 보게 될 때 거의 정확하게 자신의 모습을 알아 볼 수 있을 것이다. 델라는 홀쭉했으므로 그런 기술은 익숙했다.

갑자기 그녀는 창문에서 몸을 획 돌려 거울 앞에 섰다. 눈은 반짝반짝 빛나고 있었지만 그녀의 얼굴은 순식간에 핏기를 잃어버렸다. 그녀는 재빨리 머리를 풀어 헤쳐 길이대로 늘어뜨렸다.

그런데 제임스 딜링검 영 부부에게는 두 사람이 상당할 정도로 자랑하는 소유물이 두 가지 있었다. 하나는 일찍이 할아버지와 아버지 것이었던 짐의 금시계이다. 다른 하나는 델라의 머리였다. 만약 시바의 여왕이 통풍 공간 저편의 아파트에 살고 있고, 델라가 어느 날 머리를 말리려고 머리채를 창 밖에 늘어뜨린다면 여왕 폐하의 보석과 보물도 값어치가 떨어지고 말았을 것이다. 만일 솔로몬 왕이 보물을 지하실에 산더미처럼 쌓아 놓고 이 아파트 관리인을 하고 있고, 짐이 지날 때마다 매번 금시계를 꺼낸다면 왕은 부

and his grandfather's. The other was Della's hair. Had the Queen of Sheba lived in the flat across the air shaft, Della would have let her hair hang out the window some day to dry just to depreciate Her Majesty's jewels and gifts. Had King Solomon been the janitor, with all his treasures piled up in the basement, Jim would have pulled out his watch every time he passed, just to see him pluck at his beard from envy.

So now Della's beautiful hair fell about her rippling and shining like a cascade of brown waters. It reached below her knee and made itself almost a garment for her. And then she did it up again nervously and quickly. Once she faltered for a minute and stood still while a tear or two splashed on the worn red carpet.

On went her old brown jacket; on went her old brown hat. With a whirl of skirts and with the brilliant sparkle still in her eyes, she fluttered out the door and down the stairs to the street.

Where she stopped the sign read: 'Mme. Sofronie. Hair Goods of All Kinds.' One flight up Della ran, and collected herself, panting. Madame, large, too white, chilly, hardly looked the 'Sofronie.'

"Will you buy my hair?" asked Della.

---

air shaft:환기구 depreciate:가치를 떨어뜨리다 pile up:~를 쌓다 ripple잔물결이 일어나다 cascade:작은 폭포 do it up:머리를 땋다 falter:망설이다 for a minute:잠시 동안(for a while) sparkle:불꽃, 광채, 생기 flutter:펄럭이다, 빠르고 불규칙하게 움직이다 Mme ⇒ Madame

러워서 턱수염을 쥐어뜯고 말 것이다.

그래서 지금 델라의 아름다운 머리채는 윤기가 넘치고 갈색의 폭포처럼 잔잔하게 파도치며 몸 주위에 드리워져 있다. 그것은 무릎 아래까지 이르러 마치 긴 웃옷처럼 되었다. 그리고 나서 델라는 신경질적으로 재빨리 머리를 땋아 올렸다. 그녀는 잠깐 망설이며 가만히 서 있었고, 이어 눈물이 한 방울 두 방울 낡고 붉은 카페트 위로 떨어졌다.

그녀는 낡은 갈색 재킷을 걸치고 낡은 갈색 모자를 썼다. 스커트 자락을 펄럭이며, 두 눈에 아직도 반짝이는 눈물 방울을 글썽이며 문 밖으로 뛰어나가 층계를 내려가서 거리로 나섰다.

그녀가 걸음을 멈춘 곳에는 다음과 같은 간판이 있었다. '마담 소프로니 머리 치장품 일체.' 그녀는 층계를 한 층 달려 올라가서, 헉헉 숨을 몰아쉬며 마음을 가라앉혔다. 몸집이 크고 차가울 정도로 투명한 피부를 가진 마담은 아무리 보아도 '소프로니'라는 이름에는 걸맞지 않았다.

"내 머리카락을 사시겠어요?" 하고 델라가 물었다.

"사죠." 하고 마담은 대답했다. "모자를 벗고 머리 모양을 좀 보여주세요."

갈색 머리결이 잔잔히 굽어치면서 흘러 내렸다.

"20달러 드리지." 익숙한 솜씨로 머리채를 걷어올리면서 마담이 말했다.

"돈은 빨리 주세요." 하고 델라는 말했다.

"I buy hair," said Madame. "Take yer hat off and let's have a sight at the looks of it."

Down rippled the brown cascade.

"Twenty dollars," said Madame, lifting the mass with a practised hand.

"Give it to me quick," said Della.

Oh, and the next two hours tripped by on rosy wings. Forget the hashed metaphor. She was ransacking the stores for Jim's present.

She found it at last. It surely had been made for Jim and no one else. There was no other like it in any of the stores and she had turned all of them inside out. It was a platinum fob chain simple and chaste in design, properly proclaiming its value by substance alone and not by meretricious ornamentationL —as all good things should do. It was even worthy of The Watch. As soon as she saw it she knew that it must be Jim's. It was like him. Quietness and value —the description applied to both. Twenty-one dollars they took from her for it, and she hurried home with the 87 cents. With that chain on his watch Jim might be properly anxious about the time in any company. Grand as the watch was, he sometimes looked at it on the sly on account of the old leather strap that he used in place of a

---

yer ⇒ your  hash:엉망으로 만들다  metaphor:비유  ransacking:샅샅이 뒤지다
platiunm:백금  fob chain:시계줄  chaste:고상한, 우아한  meretricious:겉만 번
지르르한  ornamentation:장식  apply to:적용하다  on the shy:남몰래 살짝  on
account of:~때문에  strap:가죽끈  in place of:~대신에(= instead of)

아아, 그 뒤의 2시간은 장밋빛 날개를 타고 가볍게 날아갔다. 이런 엉터리 비유는 잊어 주기 바란다. 그녀는 짐에게 줄 선물을 찾으러 가게를 샅샅이 뒤지고 다녔다.

마침내 그녀는 그것을 발견했다. 확실히 그것은 짐을 위해서 만들어진 것이며, 다른 누구를 위한 것도 아니었다. 어느 가게에도 달리 그런 것은 없었고, 가게란 가게를 모조리 들추어 본 것이다. 그것은 디자인이 산뜻하고 우아한 백금 시계줄이었는데, 겉만 번지르르한 장식은 없어도 품질만으로 그 가치를 정확하게 알아낼 수 있었다. 으레 좋은 물건은 다 그래야 하지만. 그것은 '그 시계' 만큼이나 가치가 있었다. 그것을 보는 순간 그녀는 이거야말로 짐의 것이어야 한다는 걸 알았다. 그것은 짐에게 어울렸다. 고요함과 가치, 이 표현은 짐과 시계줄 양쪽 모두에 해당된다. 그녀는 시계줄에 21달러를 지불하고 87센트를 들고 서둘러 집으로 돌아왔다. 그 시계에 이 줄을 단다면 짐은 누구 앞에서나 떳떳이 시계를 꺼내 볼 수 있을 것이다. 시계는 훌륭했지만 쇠줄 대신 헌 가죽끈을 달아 놓고 있었으므로 짐은 남몰래 살짝 시계를 들여다보곤 했다.

집으로 돌아온 델라는 흥분을 약간 가라앉히고 분별력과 이성(理性)을 되찾았다. 그녀는 머리를 지지는 인두를 꺼내어 가스에 불을 붙이고 사랑과 관용 때문에 엉망이 되어 버린 머리의 손질 작업을 시작했다. 이런 것은 언제나 대단한 작업입니다. 친애하는 여러분, 대단한 작업이랍니다.

---

인두: 재래식 바느질 도구의 한 가지. 불에 달구어 솔기를 꺽어 누르거나 구김살을 눌러 펴는데 쓰임.

chain.

When Della reached home her intoxication gave way a little to prudence and reason. She got out her curling irons and lighted the gas and went to work repairing the ravages made by generosity added to love. Which is always a tremendous task, dear friends-a mammoth task.

Within forty minutes her head was covered with tiny, close-lying curls that made her look wonderfully like a truant schoolboy. She looked at her reflection in the mirror long, carefully, and critically.

"If Jim doesn't kill me," she said to herself, "before he takes a second look at me, he'll say I look like a Coney Island chorus girl. But what could I do — oh! what could I do with a dollar and eighty-seven cents?"

At 7 o'clock the coffee was made and the frying-pan was on the back of the stove hot and ready to cook the chops.

Jim was never late. Della doubled the fob chain in her hand and sat on the corner of the table near the door that he always entered. Then she heard his step on the stair way down on the first flight, and she turned white for just a moment. She had a habit of saying little silent prayers about the simplest everyday things, and now she whis-

---

intoxication:도취, 흥분  give away to:마음이 꺾이다  (eg)She gave away to anger 그녀는 화를 냈다  ravage: 파괴(=destruction)  prudence:분별력  be covered with:~으로 뒤덮인  truant:무단결석의, 태만자  have a habit of ~ing:~를 습관으로 하다 flight:한줄의 계단

40분이 안 되어 델라의 머리는 촘촘하게 찬 조그만 고수머리로 덮이고, 학교를 빼먹는 개구쟁이를 놀랍도록 닮은 얼굴이 되어 버렸다. 그녀는 거울에 비친 자신의 모습을 오래도록 자세하게 들여다보았다.

"짐은" 하고 델라는 혼자 중얼거렸다. "나를 첫눈에 보고 죽이진 않더라도 아마 코니 아일랜드의 코러스걸 같다고 할 거야. 하지만 하는 수 없었는걸. 아아! 1달러 87센트로 무얼 어떻게 할 수 있었을까?"

7시에 커피가 끓고, 스토브 위의 프라이팬은 뜨거워져서 언제라도 고기 토막을 요리할 수 있게 되었다.

짐은 늦게 돌아온 적이 없다. 델라는 시계줄을 둘로 접어 손에 쥐고, 그가 언제나 들어오는 문 가까운 곳에 있는 탁자 위에 앉았다. 이어 그녀는 계단의 첫단을 밟는 그의 발자국 소리를 들었으며 잠시 하얗게 핏기를 잃었다. 그녀는 일상의 아주 사소한 일이라도 반드시 짧은 묵도를 드리는 버릇이 있었다. 그래서 지금도 소곤거렸다. "오오, 하느님, 제가 여전히 곱다고 그이가 생각하게 해 주세요."

문이 열리고, 짐이 들어와서 문을 닫았다. 그는 여위고 매우 진지하게 보였다. 가엾게도 그는 이제 겨우 스물두 살이지만, 가정이라는 무거운 짐을 지고 있는 것이다. 외투도 새로 지어야 하고 장갑도 없었다.

---

묵도: 가만히 속으로 빎

pered: "Please God, make him think I am still pretty."

The door opened and Jim stepped in and closed it. He looked thin and very serious. Poor fellow, he was only twenty-two and to be burdened with a family! He needed a new overcoat and he was without gloves.

Jim stopped inside the door, as immovable as a setter at the scent of quail. His eyes were fixed upon Della, and there was an expression in them that she could not read, and it terrified her. It was not anger, nor surprise, nor disapproval, nor horror, nor any of the sentiments that she had been prepared for. He simply stared at her fixedly with that peculiar expression on his face.

Della wriggled off the table and went for him.

"Jim, darling," she cried, "don't look at me that way. I had my hair cut off and sold it because I couldn't have lived through Christmas without giving you a present. It'll grow out again—you won' t mind, will you? I just had to do it. My hair grows awfully fast. Say 'Merry Christmas!' Jim, and let's be happy. You don't know what a nice-what a beautiful, nice gift I've got for you."

"You've cut off your hair?" asked Jim, laboriously, as if he had not arrived at that patent fact yet even after the hardest mental labor.

---

be burdened with:부담(짐)을 지고 있는  scent:냄새, 향기  quail:메추리
sentiment:감정  be prepared for:준비된(be ready for).  stare at:물끄러미 바라보
다  peculiar:기묘한  wriggle:우물쭈물하다  laborious:어색한, 부자연스러운
patent:명백한, 특허

짐은 문 안쪽에 들어와서 메추라기의 냄새를 맡은 사냥개처럼 꼼짝도 않고 서 있었다. 그의 눈은 델라에게 고정되어 있었으며 그 눈에는 델라가 읽을 수 없는 표정이 떠올라 있어서 그녀는 무서워졌다. 그것은 노여움도, 놀라움도, 비난도, 공포도 아니었으며, 그녀가 각오하고 있던 그 어느 감정도 아니었다. 그는 그 기묘한 표정을 얼굴에 띤 채 그녀를 응시하고 있을 뿐이었다.

델라는 우물쭈물하니 탁자에서 떨어져 그 앞으로 다가섰다.

"여보, 짐." 하고 그녀는 외쳤다. "그런 식으로 절 보진 마세요. 당신에게 줄 선물도 없이 크리스마스를 보낼 순 없어서, 머리카락을 잘라서 팔았어요. 머리카락은 금방 자라요. 괜찮죠? 네? 어쩔 수 없었는걸요. 제 머리는 무척 잘 자라요. '메리 크리스마스!' 라고 말해 주세요, 짐. 그리고 행복하게 지내요. 당신은 내가 당신께 드리려고 얼마나 근사한, 얼마나 아름답고 근사한 선물을 사 왔는지 모르실 거예요."

"머리카락을 잘랐다고?" 짐은 아무리 열심히 생각해 봐도 그 명백한 사실이 아직 납득이 가지 않는 것처럼 간신히 물었다.

"잘라서 팔았어요." 하고 델라는 대답했다. "어쨌든 전과 다름 없이 당신은 절 사랑해 주실 거죠? 머리카락이 없어도 전 역시 저니까요. 그렇죠?"

짐은 이상한 듯이 방안을 둘러보았다.

"당신 머리카락은 이제 없어졌단 말이지?" 하고 그는 거의 바

"Cut it off and sold it," said Della. "Don't you like me just as well, anyhow? I' m me without my hair, ain't I?"

Jim looked about the room curiously.

"You say your hair is gone?" he said, with an air almost of idiocy.

"You needn' t look for it," said Della. "It's sold, I tell you- sold and gone, too. It's Christmas Eve, boy. Be good to me, for it went for you. Maybe the hairs of my head were numbered," she went on with a sudden serious sweetness, "but nobody could ever count my love for you. Shall I put the chops on, Jim?"

Out of his trance Jim seemed quickly to wake. He enfolded his Della. For ten seconds let us regard with discreet scrutiny some inconsequential object in the other direction. Eight dollars a week or a million a year — what is the difference? A mathematician or a wit would give you the wrong answer. The magi brought valuable gifts, but that was not among them. This dark assertion will be illuminated later on.

Jim drew a package from his overcoat pocket and threw it upon the table.

"Don't make any mistake, Dell," he said, "about me. I

---

idiocy:바보같은 행위  chop:고기조각  trance:비몽사몽, 망연자실  enfold:껴안다(= embrace)  with discreet scutiny:꼼꼼하게  ex)with care = carefully. inconsequential:중요하지 않은  wit:현인  magi:동방박사 세 사람(마태복음 2장)  assertion:주장  illuminate:분명하게 하다, 밝게 하다

보 같은 표정으로 말했다.

"찾아볼 필요 없어요." 하고 델라는 말했다. "팔아 버렸다니까요. 팔아서 이제 없어졌어요. 오늘 밤은 크리스마스 이브예요. 여보, 저한테 정답게 해주세요, 그건 당신을 위해서 없어진 걸요. 제 머리카락은 하느님이 세어 주셨는지는 모르지만." 갑자기 그녀는 정답게, 그리고 진지하게 말을 이었다. "하지만 당신에 대한 제 사랑은 아무도 셀 수 없어요. 고기를 불에 올려놓을까요, 짐?"

짐은 그 순간 제 정신이 든 것 같았다. 그는 델라를 껴안았다. 우리는 한 10초쯤 조심스럽게 별로 중요하지 않는 다른 방면의 일이나 꼼꼼하게 고찰해 보기로 하자. 일주일에 8달러거나 1년에 백만 달러거나 그게 무슨 차이가 있을까? 수학자나 재사(才士)도 옳은 대답은 주지 못할 것이다. 동방의 현자들은 가치 있는 선물을 갖고 왔지만, 이 대답은 그 선물 속에도 없었다. 이 분명치 않은 말의 뜻은 나중에 분명해질 것이다.

짐은 외투 주머니에서 조그만 꾸러미 하나를 꺼내어 탁자 위에 던졌다.

"나를 오해하지 말아요, 델라."하고 그는 말했다. "머리카락을 자르고 수염을 깎고 머리를 씻고 하는 것으로 당신에 대한 내 사랑이 줄어든다고는 생각지 않아. 하지만 그걸 풀어 보면 처음에 내가 왜 어리둥절했는지 알 수 있을 거야."

---

재사: 재주가 많은 남자
현자: 세상에 이름을 드날리는 사람.

don't think there's anything in the way of a haircut or a shave or a shampoo that could make me like my girl any less. But if you'll unwrap that package you may see why you had me going a while at first."

White fingers and nimble tore at the string and paper. And then an ecstatic scream of joy; and then, alas! a quick feminine change to hysterical tears and wails, necessitating the immediate employment of all the comforting powers of the lord of the flat.

For there lay The Combs-the set of combs, side and back that Della had worshipped for long in a Broadway window. Beautiful combs, pure tortoise shell, with jewelled rims—just the shade to wear in the beautiful vanished hair. They were expensive combs, she knew, and her heart had simply craved and yearned over them without the least hope of possession. And now, they were hers, but the tresses that should have adorned the coveted adornments were gone.

But she hugged them to her bosom, and at length she was able to look up with dim eyes and a smile and say: "My hair grows so fast, Jim!"

And then Della leaped up like a little singed cat and

---

nimble:민첩한 ecstatic:황홀한 feminine:여성의 necessitate:~를 필요로 하다 tortoise shell:별갑 tortoise:거북이 rim:(원형의)가장자리, 테 vanished:사라진 crave:갈망하다 tress(보통~es)삼단같은 머리털 adorn:장식하다 covet:갈망하다. hug:포옹하다 bosom:가슴, 마음 singed:(털)그을린

하얀 손가락이 재빨리 끈과 종이를 풀었다. 그리고 황홀한 기쁨의 소리, 이어서 이런! 그것은 금방 신경질적인 눈물과 통곡으로 변하고, 이 방의 주인은 즉시 모든 힘을 다하여 달래지 않으면 안 되게 되었다.

왜냐하면 머리 빗이 들어 있었기 때문이다. 델라가 오랫동안 브로드웨이의 진열창에서 보고 동경하던 옆빗과 뒷빗 한 세트. 가장자리에 보석을 아로새긴 진짜 별갑(鼈甲)으로 만든 아름다운 빗이었으며, 지금은 사라진 그녀의 아름다운 머리에 꼭 어울리는 빛깔이었다. 비싼 물건이라는 것을 그녀는 알고 있었고, 그래서 그저 가슴 속으로만 열망했지 자신이 갖게 되리라는 희망은 추호도 없었던 빗이었다. 그런데 지금 그것이 그녀의 것이 된 것이다. 그러나 그 동경의 장식품을 장식할 삼단 같은 머리채는 이제 간 곳이 없는 것이다.

그녀는 빗을 가슴에 꼭 안고, 마침내 눈물이 글썽거리는 눈을 들어 미소를 지으며 말할 수 있었다. "내 머리는 아주 빨리 자라요. 짐!"

그리고 델라는 털이 그을은 고양이 새끼처럼 팔짝 뛰어오르면서 소리쳤다. "오, 이런!"

짐은 아직도 자기의 아름다운 선물을 보지 못했다. 델라는 선물을 손바닥 위에 얹어 조바심을 내면서 그 앞에 내밀었다. 둔한 빛깔의 귀금속은 그녀의 밝고 열정적인 성격을 반영한듯 빛나고 있

---

별갑: 자라의 등딱지.
추호: 가을에 가늘어진 짐승의 털. 몹시 적음의 비유

cried, "Oh, oh!"

Jim had not yet seen his beautiful present. She held it out to him eagerly upon her open palm. The dull precious metal seemed to flash with a reflection of her bright and ardent spirit.

"Isn't it a dandy, Jim? I hunted all over town to find it. You'll have to look at the time a hundred times a day now. Give me your watch. I want to see how it looks on it."

Instead of obeying, Jim tumbled down on the couch and put his hands under the back of his head and smiled.

"Dell," said he, "let's put our Christmas presents away and keep'em a while. They're too nice to use just at present. I sold the watch to get the money to buy your combs. And now suppose you put the chops on."

The magi, as you know, were wise men—wonderfully wise men—who brought gifts to the Babe in the manger. They invented the art of giving Christmas presents. Being wise, their gifts were no doubt wise ones, possibly bearing the privilege of exchange in ease of duplication.

And here I have lamely related to you the uneventful chronicle of two foolish children in a flat who most unwisely sacrificed for each other the greatest treasures of

---

ardent:열렬한  dandy:멋쟁이, 멋진  tumble:구르다, 넘어지다  couch:소파, 침대  keep'em⇒ keep them  manger:구유  privilege:특권  duplication:중복, 복사 in case of:~의 경우에  lamely:서투르게  chronicle:이야기(=narrative)

었다.

"멋지지 않아요, 짐? 이걸 찾으려고 온 시내를 다 돌아다녔어요. 이제는 하루에 백 번도 더 시간을 봐야만 할거예요. 당신 시계를 주세요. 이 줄이 그 시계에 얼마나 잘 어울리나 보고 싶어요."

그러나 그 대신에 짐은 침대에 벌렁 드러눕더니 머리 밑에 두 손을 베고 빙그레 웃었다.

"델" 하고 그는 말했다. "우리들의 크리스마스 선물은 당분간 잘 간직해 둡시다. 당장 쓰기에는 너무 좋은 물건이야. 나는 시계를 팔아 돈을 마련해 당신의 머리빗을 사 버렸지. 자, 이제 고기를 불에 올려놓지 그래?"

여러분들도 아시다시피 동방의 현자들은 말구유에서 태어난 아기에게 선물을 가져온 아주 현명하고 지혜로운 사람들이었다. 그들이 크리스마스날 선물을 주고받는 관습을 만들어냈다. 그들은 아주 지혜로웠기 때문에 선물도 확실히 현명하게 구입한 것들이었다.

똑같은 선물일 경우에는 아마도 교환도 가능한 그러한 것들 말이다. 그런데 여기서 나는 서로를 위해 자신들의 가장 소중한 보물을 아주 현명하지 않은 방법으로 희생해 버린 한 아파트 방에 사는 어리석은 두 사람의 평범한 이야기를 서투르게 지지부진하게 늘어놓았다.

그러나 마지막으로 오늘날의 현명한 사람들에게 한 마디하면,

---

말구유: 말의 먹이를 담아 주는 그릇
지지부진: 몹시 더뎌서 잘 나아가지 않음.

their house.

But in a last word to the wise of these days let it be said that of all who give gifts these two were the wisest. Of all who give and receive gifts, such as they are wisest. Everywhere they are wisest. They are the magi.

———————————————————

선물을 하는 모든 사람들 중에서 이 두 사람이야말로 가장 현명한 사람들이라고 말하고 싶다. 선물을 주고받는 사람들 중에서, 이런 사람이 가장 현명하다. 어디에 있든지 이런 사람들이 가장 현명하다. 이들이야말로 현자(賢者)인 것이다.

# After Twenty Years

THE policeman on the beat moved up the avenue impressively. The impressiveness was habitual and not for show, for spectators were few. The time was barely 10 o' clock at night, but chilly gusts of wind with a taste of rain in them had well nigh depeopled the streets.

Trying doors as he went, twirling his club with many intricate and artful movements, turning now and then to cast his watchful eye adown the pacific thoroughfare, the officer, with his stalwart form and slight swagger, made a fine picture of a guardian of the peace. The vicinity was one that kept early hours. Now and then you might see the lights of a cigar store or of an all-night lunch counter; but

---

on the beat:순찰중인 impressively:강한 인상을 주는 barely:겨우 gust:(갑자기 확 부는)바람 nigh:거의(almost) depeople:사람을 없애다 twirling:빙 빙돌리다 intrecate:가리키다, 암시하다 adown ⇒ down thoroughfare:한 길, 도로 stalwart:건장한 swagger:뽐내며 걷다

# 20년 후

순찰 중인 경관이 거리를 인상적인 몸짓으로 걸어 갔다. 보는 사람이 거의 없었기 때문에 그런 몸짓은 버릇이지 과시하기 위한 것은 아니었다. 시간은 겨우 밤 10시밖에 안 되었지만, 비를 머금은 차가운 바람이 불고 있어서 거리에는 사람의 모습이 거의 보이지 않았다.

여러 가지 복잡하고 교묘한 솜씨로 경찰봉을 빙빙 휘두르기도 하고, 이따금 고개를 돌려 평온한 거리에 경계의 시선을 던지면서 집집의 문단속을 살펴 나가고 있는 이 다부진 체격에 약간 우쭐거리는 모습은 치안의 수호자인 경관을 보기 좋게 그린 한 폭의 그림이었다. 이 근처의 사람들은 보통 일찍 잠자리에 든다. 이따금 담배 가게나 철야 영업을 하는 간이식당의 불빛을 보는 수도 있었지만, 대부분은 벌써 문을 닫은 지 오래된 사무소 건물이었다.

the majority of the doors belonged to business places that had long since been closed.

When about midway of a certain block the policeman suddenly slowed his walk. In the doorway of a darkened hardware store a man leaned, with an unlighted cigar in his mouth. As the policeman walked up to him the man spoke up quickly.

"It's all right, officer," he said, reassuringly. "I'm just waiting for a friend. It's an appointment made twenty years ago. Sounds a little funny to you, doesn't it? Well, I'll explain if you'd like to make certain it's all straight. About that long ago there used to be a restaurant where this store stands — 'Big Joe' Brady's restaurant."

"Until five years ago," said the policeman. "It was torn down then."

The man in the doorway struck a match and lit his cigar. The light showed a pale, square-jawed face with keen eyes, and a little white scar near his right eyebrow. His scarfpin was a large diamond, oddly set.

"Twenty years ago to-night," said the man, "I dined here at 'Big Joe' Brady's with Jimmy Wells, my best chum, and the finest chap in the world. He and I were raised here in New York, just like two brothers, together. I

---

belong to:~에 속하다  lean:기대다  reassuringly:안심이 되도록   tear down:부수다, 파괴하다  square-jawed:네모난 턱의  keen:날카로운  scarfpin:넥타이핀  oddly:이상하게(strangely)  chum:친구(=friend)  chap:man이나 boy를 소탈하게 표현한 말

어느 구획의 중간쯤에 왔을 때, 경관은 갑자기 걸음을 늦추었다. 컴컴한 철물 가게 문간에 불을 붙이지 않은 여송연을 입에 문 웬 남자가 기대어 서 있었다. 경관이 다가가자, 그는 얼른 말을 건넸다.

"염려마십시오, 경관 나리." 하고 그는 안심시키듯이 말했다. "친구를 기다리고 있을 뿐입니다. 20년 전에 한 약속이거든요. 좀 우습게 들리죠? 그럼, 이게 모두 사실이라는 걸 확인하고 싶으시다면 얘기해 드리죠. 약 20년 전입니다만, 지금 이 가게가 서 있는 자리에 식당이 하나 있었습니다. '빅 조' 브래디 식당이라고 했지요"

"5년 전까지는 있었지." 하고 경관은 말했다. "그때 헐려 버렸소."

문간에 서 있던 남자는 성냥을 그어 여송연에 불을 붙였다. 그 불빛이 날카로운 눈과 오른쪽 눈썹 가까이에 조그만 흰 상처 자국이 있는, 창백하고 턱이 모난 얼굴을 비추었다. 넥타이 핀은 묘하게 새겨진 큼직한 다이아몬드였다.

"20년 전 오늘 밤입니다." 하고 남자는 말했다. "나는 이 '빅 조' 브래디 식당에서 지미 웰즈와 식사를 했지요. 지미는 저하고 제일 친한 친구였고, 이 세상에서 제일 좋은 놈이었습니다. 지미와 나는 이 뉴욕에서 마치 형제처럼 함께 자랐죠. 내가 열여덟이고, 지미는 스물이었습니다. 그 이튿날, 저는 한번 성공해 보려고 서부로 가게

여송연:필리핀의 루손 섬에서 나는 향기가 좋은 엽궐련

was eighteen and Jimmy was twenty. The next morning I was to start for the West to make my fortune. You couldn't have dragged Jimmy out of New York; he thought it was the only place on earth. Well, we agreed that night that we would meet here again exactly twenty years from that date and time, no matter what our conditions might be or from what distance we might have to come. We figured that in twenty years each of us ought to have our destiny worked out and our fortunes made, whatever they were going to be."

"It sounds pretty interesting," said the policeman. "Rather a long time between meets, though, it seems to me. Haven't you heard from your friend since you left?"

"Well, yes, for a time we corresponded," said the other. "But after a year or two we lost track of each other. You see, the West is a pretty big proposition, and I kept hustling around over it pretty lively. But I know Jimmy will meet me here if he's alive, for he always was the truest, stanchest old chap in the world. He'll never forget. I came a thousand miles to stand in this door to-night, and it's worth it if my old partner turns up."

The waiting man pulled out a handsome watch, the lids of it set with small diamonds.

---

fortune:재산 destiny:운명 correspond:서신 왕래하다 proposition:사업(business) keep ~ing:계속 ~하다 hustle:(구어) (장사 따위를) 정력적으로 하다 stanch:의리있는(staunch) turn up:나타나다 pull out:꺼내다

되어 있었습니다. 지미를 뉴욕에서 끌어낸다는 것은 도저히 할 수 없는 일이었습니다. 그 녀석은 여기만이 인간이 사는 제일 좋은 곳인 줄 알고 있었거든요. 그래서 우린 그날 밤 약속했죠. 설령 어떤 처지에 있더라도, 또 아무리 멀리서 달려와야 하더라도 여기서 다시 만나기로 약속했죠. 꼭 20년이나 지나면 어떻게 되어 있던 간에 아무튼 우리 운명도 정해져 있을 거고, 성공도 했을 것으로 생각한 거죠."

"꽤 재미있는 얘기군요" 하고 경관은 말했다. "하지만, 다시 만나는 기간치고는 좀 긴 것 같군요. 선생이 떠난 뒤, 그 친구분한테서 편지는 있었습니까?"

"있었죠. 한참 동안은 서로 편지를 주고받았습니다." 하고 그는 말했다. "하지만 1, 2년 지나니까 그만 서로 소식이 끊어지고 말았습니다. 아시다시피 서부는 일할 곳이 엄청나게 많은 곳이죠. 게다가 전 꽤 바쁘게 여기저기 뛰어다녔고요. 하지만 지미가 만일 살아만 있다면, 나를 만나러 반드시 여기로 올 겁니다. 그 친구는 다시없이 성실하고 의리있는 녀석이었으니까요. 결코 잊을 까닭이 없습니다. 전 오늘 밤 이 문간에 서려고 천 마일이나 멀리서 달려왔지만, 옛 친구가 나타나 주기만 한다면야 그만한 보람은 있는 일이죠."

기다리고 있던 사나이는 훌륭한 회중시계를 꺼냈다. 그 뚜껑에

---

회중시계: 품에 지니고 다니는 시계

"Three minutes to ten," he announced. "It was exactly ten o' clock when we parted here at the restaurant door."

"Did pretty well out West, didn' t you?" asked the policeman.

"You bet! I hope Jimmy has done half as well. He was a kind of plodder, though, good fellow as he was. I' ve had to compete with some of the sharpest wits going to get my pile. A man gets in a groove in New York. It takes the West to put a razor-edge on him."

The policeman twirled his club and took a step or two.

"I' ll be on my way. Hope your friend comes around all right. Going to call time on him sharp?"

"I should say not!" said the other. "I' ll give him half an hour at least. If Jimmy is alive on earth he' ll be here by that time. So long, officer."

"Good-night, sir," said the policeman, passing on along his beat, trying doors as he went.

There was now a fine, cold drizzle falling, and the wind had risen from its uncertain puffs into a steady blow. The few foot passengers astir in that quarter hurried dismally and silently along with coat collars turned high and pocketed hands. And in the door of the hardware store the man who had come a thousand miles to fill an appointment,

---

lid:뚜껑  Three minutes to ten:(=It's nine fifty-seven) 9시 50분  You bet! = You may be sure  plodder:꾸준히 일하는 사람  compete with:~와 경쟁하다  groove: 고정된 생활태도(습관)  razor-edge:면도날  sharp:(시간)정각  at least:적어도 drizzle:이슬비  foot passenger:보행자, 통행인  astir:떠들썩하여

는 조그마한 다이아몬드가 새겨져 있었다.

"10시 3분 전이군." 하고 그는 말했다. "우리가 이 식당 문간에서 헤어진 게 꼭 10시였습니다."

"서부에선 성공하셨나보죠?" 하고 경관이 물었다.

"그러믄요! 지미가 내 절반만이라도 잘 되었으면 좋겠습니다. 그 녀석은 사람은 좋지만, 꾸준히 일하는 녀석이 되어서요. 저는 지금 재산을 모으느라고 아주 약은 놈들과 겨루어야 했죠. 뉴욕에선 인간이 판에 박은 생활을 하게 됩니다. 인간을 면도날처럼 날카롭게 만드는 건 서부죠."

경관은 경찰봉을 빙빙 돌리면서 두어 걸음 걸어갔다.

"가 봐야겠습니다. 선생 친구분이 틀림없이 나타나길 빌겠습니다. 약속 시간밖에 안 기다리실 참인가요?"

"그렇게는 안합니다." 하고 사나이는 대답했다. "적어도 30분은 기다려야죠. 지미가 어디든 살아만 있다면, 그때까진 올 테니까요. 안녕히 가십시오, 경관 나리."

"안녕히 계십시오." 이렇게 말하고 경관은 일일이 문단속을 살펴보며 순회 구역을 걸어갔다.

이제 가늘고 차가운 이슬비가 내리고 있었으며, 이따금 휙휙 변덕스럽게 불던 바람은 쉴새 없는 강풍으로 바뀌고 있었다. 그 구역을 지나가는 몇 안 되는 통행인들은 옷깃을 세우고 주머니에 두

uncertain almost to absurdity, with the friend of his youth, smoked his cigar and waited.

About twenty minutes he waited, and then a tall man in a long overcoat, with collar turned up to his ears, hurried across from the opposite side of the street. He went directly to the waiting man.

"Is that you, Bob?" be asked, doubtfully.

"Is that you, Jimmy Wells?" cried the man in the door.

"Bless my heart!" exclaimed the new arrival, grasping both the other's hands with his own. "It's Bob, sure as fate. I was certain I'd find you here if you were still in existence. Well, well, well! —twenty years is a long time. The old restaurant's gone, Bob, I wish it had lasted, so we could have had another dinner there. How has the West treated you, old man?"

"Bully: it has given me everything I asked it for. You've changed lots, Jimmy. I never thought you were so tall by two or three inches."

"Oh, I grew a bit after I was twenty."

"Doing well in New York, Jimmy?"

"Moderately. I have a position in one of the city departments. Come on, Bob; we'll go around to a place I know of, and have a good long talk about old times."

---

absurdity:어리석음 doubtfully:의심스럽게 last:(동)지속되다 bully:멋진, 근사한 ex) Bully for You! :근사하다 moderate:중간의

손을 찌른 채 음울하게 입을 다물고 총총히 걸어갔다. 그리고 철물 가게 문간에서는 젊었을 때 친구와 맺은, 어리석은 짓이라고만 할 수도 없는 약속을 지키려고 천 마일이나 멀리서 달려온 사나이가 여송연을 피우며 기다리고 있었다.

한 20분쯤 그는 기다렸다. 그때, 기다란 외투를 입고 깃을 귀까지 세운 훤칠하게 큰 사나이가 맞은 편에서 바쁘게 길을 건너왔다. 그는 곧장 기다리고 있는 사나이 앞으로 다가갔다.

"밥이야?" 하고 그는 의심스러운 듯이 물었다.

"지미 웰즈?" 문간에 서 있던 사나이가 소리쳤다.

"야아!" 방금 온 사나이가 상대방의 두 손을 쥐면서 소리쳤다. "틀림없이 밥이구나. 난 네가 살아만 있다면, 틀림없이 올 줄 알았지. 이거, 정말! 20년이면 긴 세월이야. 옛날 그 식당도 이제 사라져 버렸군. 밥. 그게 아직 있으면 좋을 텐데. 그러면 또 한번 식사를 같이 할 수도 있을텐데 말이야. 서부는 어땠나?"

"근사했지, 갖고 싶은 건 뭐든지 손에 들어왔거든. 넌 무척 변했구나, 지미. 난 네가 이렇게 2, 3인치나 더 클 줄은 몰랐는걸?"

"응, 스물이 지나고부터 키가 좀 컸지."

"뉴욕에선 잘하고 있나, 지미?"

"그저, 그렇지 뭐. 시청의 한 부서에 근무하고 있지. 자, 가자고, 밥. 내가 아는 집에 가서 옛날 얘기나 실컷 해보세."

The two men started up the street, arm in arm. The man from the West, his egotism enlarged by success, was beginning to outline the history of his career. The other, submerged in his overcoat, listened with interest.

At the corner stood a drug store, brilliant with electric lights. When they came into this glare each of them turned simultaneously to gaze upon the other's face.

The man from the West stopped suddenly and released his arm.

"You're not Jimmy Wells," he snapped. "Twenty years is a long time, but not long enough to change a man's nose from a Roman to a pug;"

"It sometimes changes a good man into a bad one" said the tall man. "You've been under arrest for ten minutes, 'Silky' Bob. Chicago thinks you may have dropped over our way and wires us she wants to have a chat with you. Going quietly, are you? That's sensible. Now, before we go to the station here's a note I was asked to hand to you. You may read it here at the window. It's from Patrolman Wells."

The man from the West unfolded the little piece of paper handed him. His hand was steady when he began to read but it trembled a little by the time he had finished.

---

arm in arm:팔짱을 끼고  egotism:자만(self-conciet)  enlarge:크게 하다 submerged in his overcoat:코트에 푹 파묻혀  with interest = interestingly  glare: 눈부신 빛  simultaneously:동시에  pug = pug nose:사지코(=snub-nose)  under errest:체포되어  wire:전보로 알리다  Partrolman:순찰경관

두 사나이는 서로 팔을 끼고 거리를 걸어가기 시작했다. 서부에서 온 사나이는 성공으로 아주 우쭐해져서 그 동안의 이야기를 대충 시작하고 있었다. 상대편 사나이는 외투에 푹 싸인 채 흥미 있는 듯이 귀를 기울였다.

길모퉁이에 전등불이 훤하게 빛나는 약국이 있었다. 이 눈부신 불빛 속으로 들어갔을 때, 두 사람은 동시에 얼굴을 돌려 서로의 얼굴을 쳐다보았다.

서부에서 온 사나이는 갑자기 걸음을 멈추더니 팔을 풀었다.

"넌 지미 웰즈가 아니야!" 하고 그는 쏘아 붙였다. "20년은 긴 세월이지만 사람의 매부리코를 사지코로 바꿀 만큼 길진 않아."

"그 세월이 때로는 착한 사람을 악한 사람으로 바꾸지." 하고 키 큰 사나이가 받았다. "넌 벌써 10분 전에 체포되었어, '실키' 밥. 시카고 경찰에서 네가 이쪽으로 갔을지 모른다고 생각하고 너한테 볼일이 있다는 전보를 보내 왔어. 얌전하게 따라가겠지? 그래 분별은 있군. 그런데 서에 가기 전에 너한테 주라고 부탁받은 편지가 있어. 이 진열창 앞에서 읽어보라고 외근 순경 웰즈가 준 거야."

서부에서 온 사나이는 건네주는 조그만 종이 쪽지를 폈다. 그의 손이 종이 쪽지를 다 읽을 무렵에는 약간 떨리고 있었다. 편지의 사연은 간단했다.

---

매부리코: 매부리와 같이 끝이 삐죽하게 아래로 숙어진 코
사지코: 들창코, 짧고 치켜 올라간 코

The note was rather short.

Bob: I was at the appointed place on time. When you struck the match to light your cigar I saw it was the face of the man wanted in Chicago. Somehow I couldn't do it myself, so I went around and got a plain clothes man to do the job.

JIMMY.

---

on time:정시에  go around:(=go round) 길을 돌아가다  plain-clothes man:사복경찰

밥, 나는 제 시간에 약속 장소에 갔네. 자네가 여송연에다 불을 붙이려고 성냥을 그었을 때, 난 그 얼굴이 시카고에서 수배된 범인의 얼굴이라는 것을 알았네. 아무래도 난 내 손으로 자네를 잡을 수는 없었다네. 그래서 경찰서로 돌아가 사복 형사에게 부탁한 것이라네.

지미.

# Makes the Whole World Kin

THE burglar stepped inside the window quickly, and then he took his time. A burglar who respects his art always takes his time before taking anything else.

The house was a private residence. By its boarded front door and untrimmed Boston ivy the burglar knew that the mistress of it was sitting on some oceanside piazza telling a sympathetic man in a yachting cap that no one had ever understood her sensitive, lonely heart. He knew by the light in the third-story front windows, and by the lateness of the season, that the master of the house had come home, and would soon extinguish his light and retire. For it was September of the year and of the soul, in which sea-

---

burglar:강도  take one's time:서두르지 않다  board:판지, ~에 판지를 대다
untrimmed:손질되지 않은, 장식이 없는  piazza=veranda=plaza  yachting cap:
요트 모자  season:(어떤)기간, 시기  extinguish:불을 끄다  retire:잠자리에 들
다, 물러나다, 은퇴하다  season:(어떤)기간 시기

# 세상 사람들은 모두 친구

강도는 재빨리 창문 안으로 뛰어넘더니 조금도 서두르지 않고 여유 있는 행동을 했다. 자기 기술을 존중하는 강도라면 으레 물건을 훔치기 전에 무엇보다도 여유를 갖는 법이다.

그가 뛰어든 집은 개인 주택이었다. 앞문에 널빤지를 댄 것이라든지, 보스턴 담쟁이가 다듬어져 있지 않은 것으로 보아, 지금 이 집 여주인은 바다를 마주 보고 베란다에 앉아, 요트 모자를 쓰고 있는 어느 동정적인 사내에게 신세 타령을 늘어놓고 있으리란 걸 알 수 있었다. 이 세상에는 그녀의 예민하고 고독한 마음을 이해해 주는 사람은 한 사람도 없다고 말이다. 그리고 삼층 앞 창문에 불이 켜져 있고 어느덧 계절이 가을로 접어든 것으로 보아, 벌써 집에 돌아온 이 집주인 남자는 이제 불을 끄고 곧 잠자리에 들 것이라는 것도 알 수 있었다. 때는 일 년 중에서도 구월, 마음마저도 을씨년스러운 계절이었다. 이

son the house's good man comes to consider roof gardens and stenographers as vanities, and to desire the return of his mate and the more durable blessings of decorum and the moral excellencies.

The burglar lighted a cigarette. The guarded glow of the match illuminated his salient points for a moment. He belonged to the third type of burglars.

This third type has not yet been recognized and accepted. The police have made us familiar with the first and second. Their Classification is simple. The collar is the distinguishing mark.

When a burglar is caught who does not wear a collar he is described as a degenerate of the lowest type, singularly vicious and depraved, and is suspected of being the desperate criminal who stole the handcuffs out of Patrolman Hennessy's pocket in 1878 and walked away to escape arrest.

The other well-known type is the burglar who wears a collar. He is always referred to as a Raffles in real life. He is invariably a gentleman by daylight, breakfasting in a dress suit, and posing as a paperhanger, while after dark he plies his nefarious occupation of burglary. His mother is an extremely wealthy and respected resident of Ocean

---

stenographer:속기사 vanity:자만심, 자만심에 빠진 durable:계속가는, 전진 decorum:예의바름 illuminate:비추다 salient:돌출부위, 두드러진 degenerate: 퇴화하다, 타락하다 vicious:악덕한, 발칙한 deprave:사악한, 타락한 desperate:극단적인 handcuffs:수갑 invariably:변함없이 nefarious:극악한

런 계절이 되면, 집주인 남자는 옥상 정원이나 속기사의 직업을 부질없는 것으로 여기면서, 어서 부인이 돌아오기를 기다리게 되고, 예절과 도덕적으로 아름다운 성품은 더욱더 지속적인 신의 은총이 있기를 원하게 된다.

강도는 담배에 불을 붙였다. 두 손 속에 가려져 있는 성냥 불빛으로, 잠시 얼굴의 튀어나온 부분이 드러났다. 그런데 그는 세 번째 부류의 강도에 속하는 사람이었다.

이 세 번째 부류의 강도는 아직 세상에 널리 알려져 있지 않은 강도였다. 경찰들은 단지 첫 번째와 두 번째 부류의 강도만을 널리 알렸을 뿐이다. 경찰의 분류는 단순해서, 그들은 강도의 칼러를 가지고 그들의 유형을 분류하고 있는 것이다.

강도가 붙잡혔을 때 칼러 깃을 달고 있지 않으면, 그는 저질 중에서 가장 저질의 강도, 즉 1878년 헤너시라는 순경의 주머니에서 수갑을 훔쳐 달아났던 그 지독한 범인이 아닌가 의심될 정도로, 악독하고 비열한 강도로 일컬어진다.

두 번째로 잘 알려진 부류의 강도는 칼러깃을 달고 있는 강도이다. 그는 실제 생활에서는 언제나 일종의 신사 도둑으로 일컬어진다. 그는 낮에는 변함없이 신사로, 정장 차림으로 아침 식사를 하고 도배쟁이 행세를 하고 다니지만, 일단 밤이 되면 추악한 강도 짓을 일삼는 것이다. 그들의 어머니는 대개 매우 부유한 편으로, 오션 그로브 거리의 고급 주택가에서 살고 있다. 그가 체포되어 감옥소에 들어가게 되면, 그는 즉시 손톱을 다듬는 줄과 '경찰 신문'을 달라고 요구한다. 그는 북부 각 주(州)마다 부인 한 사람씩 거느리고 있으며, 모든 서부 미개척

---

속기사: 글을 빨리 쓰는 일을 전문으로 하는 사람.

Grove, and when he is conducted to his cell he asks at once for a nail file and the Police Gazette. He always has a wife in every State in the Union and fiancees in all the Territories, and the newspapers print his matrimonial gallery out of their stock of cuts of the ladies who were cured by only one bottle after having been given up by five doctors, experiencing great relief after the first dose.

The burglar wore a blue sweater. He was neither a Raffles nor one of the chefs from Hell's Kitchen. The police would have been baffled had they attempted to classify him. They have not yet heard of the respectable, unassuming burglar who is neither above nor below his station.

This burglar of the third class began to prowl. He wore no masks, dark lanterns, or gum shoes. He carried a 38calibre revolver in his pockets, and he chewed peppermint gum thoughtfully.

The furniture of the house was swathed in its summer dust protectors. The silver was far away in safe-deposit vaults. The burglar expected no remarkable 'haul.' His objective point was that dimly lighted room where the master of the house should be sleeping heavily after whatever solace he had sought to lighten the burden of his

---

fiancee:약혼자 Territory:미국에서 아직 주(state)로 인정되지 아니한 지방 matrimonial:부부의, 결혼의 blaffle:좌절시키다 unassuming=modest:겸손한 station:신분, 지위 prowl:~를 찾아 헤매다 swathe:~을 감싸다 vault:금고실 haul:벌어들인 것, 잡은것 solace:위로, 위안

지방에도 약혼녀를 두고 있다. 각종 신문들은 다섯 명의 의사도 치료를 하지 못한 병을 그가 준 겨우 한 병의 약으로 치료하여 일 회분의 약을 복용한 후 아주 안심하고 있던 부인들이 모아둔 목판화로 화랑을 만든 것에 대한 기사를 쓰고 있다.

이 강도는 푸른색 스웨터를 입고 있었다. 그는 신사 도적도, 그렇다고 '지옥의 식당'이라는 음식점에서 칼을 갖고 달려드는 주방장 중의 한 사람도 아니었다. 만약 경찰 당국이 그 강도를 분류하고자 했다면 그들은 아주 애를 먹었을지도 모른다. 경찰은 아직 자신의 신분에 크게 벗어나지 않는 이 점잖고 겸손한 강도에 대해 일찍이 들어본 적도 없다.

세 번째 부류에 속하는 이 강도는 집안을 슬금슬금 돌아다니기 시작했다. 그는 가면을 쓰지도, 희미한 등불을 들지도, 고무 덧신을 신지도 않았다. 그는 단지 주머니 안에 38구경의 권총 한 자루를 가지고 있을 뿐이었으며, 생각에 잠긴 듯이 페퍼민트 껌을 천천히 씹고 있었다.

이 집 가구는 여름철 동안 먼지막이 천으로 덮여 있었다. 은그릇들은 안전하게 금고 안으로 치워져 있었다. 그래서 강도는 이 집에서 큰 털이를 기대하고 있지는 않았다. 그가 지금 눈독을 들이고 있는 곳은, 이 집 남자 주인이 고독이라는 무거운 짐을 덜기 위해 어떤 위안을 찾은 후 이제는 잠들어 있을, 희미하게 불이 켜져 있는 방이었다. 그곳에서는 값비싼 엄청난 물건보다는 잔돈이나 시계, 혹은 보석이 박힌 넥타이 핀 같은, 강도 직업에 어울리는 물건을 슬쩍 훔칠 수 있을 것 같았다.

그는 창문이 열려져 있는 것을 보았다. 기회를 잡은 것이다.

loneliness. A 'touch' might be made there to the extent of legitimate, fair professional profits— loose money, a watch, a jeweled stickpin— nothing exorbitant or beyond reason. He had seen the window left open and had taken the chance.

The burglar softly opened the door of the lighted room. The gas was turned low. A man lay in the bed asleep. On the dresser lay many things in confusion— a crumpled roll of bills, a watch, keys, three poker chips, crushed cigars, a pink silk hair bow, and an unopened bottle of bromo-seltzer for a bulwark in the morning.

The burglar took three steps toward the dresser. The man in the bed suddenly uttered a squeaky groan and opened his eyes. His right hand slid under his pillow, but remained there.

"Lay still," said the burglar in conversational tone. Burglars of the third type do not hiss. The citizen in the bed looked at the round end of the burglar's pistol and lay still.

"Now hold up both your hands," commanded the burglar.

The citizen had a little, pointed, brown-and-gray beard, like that of a painless dentist. He looked solid, esteemed,

---

legitimate:합법의, 도리에 맞는(reasonable) exorbitant:터무니 없는 in confusion:뒤죽박죽인 crumpled:구겨진 bulwark:성벽, 방어물, 보호자 squeaky:날카로운 목소리의 groan:신음소리, 불평소리 hiss:'쉿'소리를 내다. esteemed:점잖은, 존중해주는

강도는 불이 켜진 이 방의 문을 살며시 열었다. 가스불은 약하게 켜져 있었다. 한 남자가 침대에 누워 자고 있었다. 옷장 위에는 자질구레한 물건—구겨진 지폐 뭉치며, 시계, 열쇠들, 포커칩 세 개, 부스러진 시가 담배, 분홍색 실크 나비 넥타이, 아침에 일어나 마실, 아직 마개를 열지 않은 브룸—셀처 탄산수 한 병이 뒤죽박죽 놓여 있었다. 강도는 옷장을 향해 세 걸음을 다가갔다. 그때, 침대에 누워 있던 남자는 갑자기 비명을 지르면서 눈을 떴다. 그의 오른손이 베개 밑에 미끄러졌지만, 더 이상 움직이지 않고 그곳에 머물고 있었다.

"움직이지 마라." 하고 강도는 마치 이야기라도 하는 듯한 목소리로 말했다. 세 번째 부류의 강도는 이렇게 '쉿!' 소리를 내는 법이 없다. 침대에 누워 있던 남자는 강도가 내민 권총의 둥근 총구를 바라보며 몸을 조금도 움직이지 않고 가만히 있었다.

"두 손을 모두 위로 올려." 하고 강도는 명령했다.

주인 남자는 고통을 모르는 치과 의사의 수염처럼 뾰족하게 뻗친 희끗희끗한 갈색 수염을 기르고 있었다. 그는 근엄하고 점잖으면서도 성마르고 메스껍다는 표정을 지어 보였다. 그는 침대에 일어나 앉아, 오른쪽 손을 머리 위에 들어 올렸다.

"나머지 손도 올려." 하고 강도는 명령했다. "양손잡이라서 왼손으로 총을 쏘는지도 모르니까. 자, 하나 둘까지 세어 봐. 자, 빨리 시작하지 못해!"

"다른 손은 들어올릴 수 없소이다." 하고 주인 남자는 얼굴을 찡그리며 말했다.

---

성마르다: 도량이 좁고 성미가 급하다.
메스껍다: 구역질이 날 것 같이 속이 아니꼽다

irritable, and disgusted. He sat up in bed and raised his right hand above his head.

"Up with the other one," ordered the burglar. "You might be amphibious and shoot with your left. you can count two, can't you? Hurry up, now."

"Can't raise the other one," said the citizen with a contortion of his lineaments.

"What's the matter with it?"

"Rheumatism in the shoulder."

"Inflammatory?"

"Was. The inflammation has gone down."

The burglar stood for a moment or two, holding his gun on the afflicted one. He glanced at the plunder on the dresser and then, with a half-embarrassed air back at the man in the bed. Then he, too, made a sudden grimace.

"Don't stand there making faces," snapped the citizen, bad-humoredly. "If you've come to burgle why don't you do it? There's some stuff lying around."

"'Scuse me," said the burglar, with a grin; "but it just socked me one, too. It's good for you that rheumatism and me happens to be old pals. I got it in my left arm, too. Most anybody but me would have popped you when you wouldn't hoist that left claw of yours."

---

irritable:민감한 disgusted:역겨운 amphibious:양손잡이의 contortion:찡그리기 lineament:인상 inflammatory:염증을 일으키는 plunder:훔칠 물건 grimace:찡그린 얼굴 make face:얼굴을 찡그리다 bad-humoredly:기분 나쁘게 'scuse=excuse sock=hit pop:사격하다 hoist:끌어올리다 claw:(속어)손

"그 손이 어찌 되기라도 했단 말이오?"

"어깨에 류머티즘이 걸렸소."

"염증이 생겼나요?"

"전에 생겼다가, 지금은 없어졌소."

강도는 류머티즘에 걸렸다는 주인 남자를 향해 총을 겨눈 채, 잠시 서 있었다. 그는 옷장 위에 있는 훔칠 물건을 힐끗 쳐다보더니, 이번에는 다시 좀 당황한 듯한 태도로 침대에 앉아 있는 주인 남자를 쳐다보았다. 그러더니 갑자기 얼굴을 찡그렸다.

"거기에 서서 인상 쓰지 마시오." 하고 주인 남자는 퉁명스럽게 쏘아붙였다. "강도질하러 왔으면 강도질이나 할 것이지. 훔칠 만한 물건들이 여기저기 굴러다니지 않소?"

"죄송합니다만," 하고 강도는 싱긋이 웃으며 말했다. "나도 류머티즘 때문에 고생을 하고 있소이다. 류머티즘과 내가 오랜 친구인 것이 당신한테는 참으로 다행이오. 나도 바로 왼쪽 팔에 류머티즘이 걸렸지요. 아마 나 말고 다른 사람 같았으면, 당신이 왼쪽 팔을 들어올리지 않았을 때, 벌써 탕 하고 방아쇠를 당겼을 거요."

"댁은 류머티즘에 걸린 지 얼마나 되시오?" 하고 주인 남자가 물었다.

"한 사 년 되었지요. 시간이 문제가 아닌 것 같소이다. 류머티즘에 한번 걸렸다 하면, 그야말로 일생 동안 고생하게 된다는 게 제 판단이지요."

"방울뱀 기름을 사용해 봤소?" 하고 주인 남자가 관심 있게

"How long have you had it?" inquired the citizen.

"Four years. I guess that ain't all. Once you've got it, it's you for a rheumatic life that's my judgment."

"Ever try rattlesnake oil?" asked the citizen interestedly.

"Gallons," said the burglar. "If all the snakes I've used the oil of was strung out in a row they'd reach eight times as far as Saturn, and the rattles could be heard at Valparaiso, Indiana, and back."

"Some use Chiselum's Pills," remarked the citizen.

"Fudge!" said the burglar. "Took 'em five months. No good. I had some relief the year I tried Finkelham's Extract, Balm of Gilead poultices, and Pott's Pain Pulverizer; but I think it was the buckeye I carried in my pocket what done the trick."

"Is yours worse in the morning or at night?" asked the citizen.

"Night," said the burglar; "just when I'm busiest. Say, take down that arm of yours— I guess you won't—Say! did you ever try Blickerstaff's Blood Builder?"

"I never did. Does yours come in paroxysms or is it a steady pain?"

The burglar sat down on the foot of the bed and rested his gun on his crossed knees.

---

rattlesnake:방울뱀 poultice:습포 buckeye:칠엽수속의 나무 paroxysm:발작

물어 보았다.

"방울뱀 기름이라면 몇 갤런이나 써 보았지요." 하고 강도는 말했다. "기름을 짜내기 위해 죽인 방울뱀을 한 줄로 늘어놓는 다면, 아마 토성까지 가는 거리의 여덟 배는 될 거요. 그리고 방울뱀의 방울 소리로 말하자면, 여기서 인디애너 주에 있는 밸퍼레이소까지 그 소리가 들렸다가 다시 메아리쳐 돌아올 정도이지요."

"치즐럼 알약을 사용하는 사람도 있더군요." 하고 주인 남자는 말했다.

"말짱 헛겁니다!" 하고 강도는 말했다. "다섯 달 동안이나 그 약을 복용했지만, 아무 소용이 없더군요. 어느 해인가 핑클햄 정제와 길리어드 향유 습포(濕布)와 포드 진통제 등을 써 봤는데, 그때 조금 효험을 보았었죠. 그러나 뭐니뭐니해도 마로니에를 주머니 속에 넣고 다니니까 효과가 좋습니다."

"아침에 더 심한가요, 아니면 밤에 더 심한가요?" 하고 주인 남자는 물었다.

"밤에 더 심해요." 하고 강도는 말했다. "나한테는 제일 바쁜 시간이지요. 선생, 그 팔을 내리시구려……. 설마 하니……. 그런데, 블릭커스태프 조혈제를 사용해 본 적이 있소?"

"아뇨. 그런데 당신의 경우는 고통이 갑작스럽게 발작적으로 오나요, 아니면 꾸준하게 오나요?"

강도는 침대 발치에 앉아서 무릎을 꼬고는 그 위에 총을 올려놓았다.

"발작적으로 옵니다." 하고 그는 말했다. "생각도 않고 있을

---

습포: 물이나 약물을 축이거나 발라서 대는 헝겊
조혈제: 혈액 중의 헤모글로빈과 적혈구의 수를 증가시키는 약제

"It jumps," said he. "It strikes me when I ain't looking for it. I had to give up second-story work because I got stuck sometimes half-way up. Tell you what I don't believe the bloomin' doctors know what is good for it."

"Same here. I've spent a thousand dollars without getting any relief. Yours swell any?"

"Of mornings. And when it's goin' to rain—great Christopher!"

"Me, too," said the citizen. "I can tell when a streak of humidity the size of a tablecloth starts from Florida on its way to New York. And if I pass a theatre where there's an 'East Lynne' matinee going on, the moisture starts my left arm jumping like a toothache."

"It's undiluted hades!" said the burglar.

"You're dead right," said the citizen.

The burglar looked down at his pistol and thrust it into his pocket with an awkward attempt at ease.

"Say, old man," he said, constrainedly, "ever try opodeldoc?"

"Slop!" said the citizen angrily. "Might as well rub on restaurant butter."

"Sure," concurred the burglar. "It's a salve suitable for little Minnie when the kitty scratches her finger. I'll tell

---

bloonim=bloomining:한창때의  a steak of:~의 조짐  humidity:습기
undiluted=pure hades=hell with awkward= awkwardly:어색하게 constrainedly:
거북스럽게 opodeldoc:알콜에 비누, 장뇌를 따위를 섞은 도찰제 concur:동의
하다 kitty:새끼고양이 scratch:할퀴다 salve:연고, 고약

때 갑자기 찾아오지요. 어떤 때는 이층집을 반 올라가다가 통증이 오는 바람에, 이층을 터는 일을 그만 포기해야 할 때도 있답니다. 있잖습니까, 내노라 하는 의사들도 류머티즘에는 손하나 까딱 못 하더군요."

"내 경우도 꼭 마찬가지지요. 돈을 일천 달러나 들였지만, 조금도 차도가 없어요. 댁은 부어 오르나요?"

"아침에는 좀 부어 오르지요. 그리고 비가 내리려고 할 양이면, 아이고, 맙소사!"

"나도 마찬가지지요." 하고 주인 남자는 말했다. "플로리다 주 쪽에서 뉴욕 쪽을 향해 식탁보 크기만한 비구름이 몰려와도, 난 그걸 알 수 있을 정도니까요. 그리고 '이스트 린' 낮 공연이 상연되는 극장 앞을 지나만 가도 왼쪽 팔이 마치 치통처럼 쑤셔 대기 시작한답니다."

"그야말로 지옥에서 고생하는 것이나 다름없지요!" 하고 강도는 말했다.

"댁의 말이 맞소이다." 하고 주인 남자는 맞장구쳤다.

강도는 권총을 바라보더니, 예사스러운 태도를 지어 보이려 하면서, 어딘지 좀 어색한 태도로 그것을 주머니 안에 다시 쑤셔 넣었다.

"그런데, 말씀이지요," 하고 그는 거북스러운 듯이 말했다. "혹시 오포델독을 써 보셨는지요?"

"그 엉터리 약 말씀이군요!" 하고 주인 남자는 화를 버럭 내며 말했다. "차라리 음식점의 버터를 바르는 편이 낫지요."

"맞아요." 하고 강도는 그의 말에 맞장구를 쳤다. "꼬마가 고

you what! We're up against it. I only find one thing that eases her up. Hey? Little old sanitary, ameliorating, lest-we-forget Booze. Say-this job's off— 'scuse me-get on your clothes and let's go out and have some. 'Scuse the liberty, but-ouch! There she goes again!"

"For a week," said the citizen, "I haven't been able to dress myself without help. I'm afraid Thomas is in bed and"

"Climb out," said the burglar, "I'll help you get into your duds."

The conventional returned as a tidal wave and flooded the citizen. He stroked his brown-and-gray beard.

"It's very unusual."—he began.

"Here's your shirt," said the burglar, "fall out. I know a man who said Omberry's Ointment fixed him in two weeks so he could use both hands in tying his four-in-hand."

As they were going out the door the citizen turned and started back.

"Liked to forgot my money," he explained; "laid it on the dresser last night."

The burglar caught him by the right sleeve.

"Come on," he said, bluffly. "I ask you. Leave it alone.

---

sanitary:위생적인 ameliorating:좋아지게 하는 dud:(~s)옷 tidal wave=tide wave:파도 four-in-hand:(양끝을 늘어뜨린 가장 보통 방식으로 매는)넥타이 bluffly:허세부리듯

양이 새끼한테 할퀴었을 때나 바를 만한 고약이지요. 그러고 보니, 우리 두 사람은 그 빌어먹을 류머티즘 때문에 똑같이 고생을 하고 있군요. 나한테는 통증을 잊게 해 주는 게 딱 한가지 있어요. 자, 어떻습니까? 위생적이고 서로의 상처를 아물게 해 주고, 또 서로를 잊지 않도록 해 주는, 그 술 말입니다. 자, 이 일은 이제 집어치우기로 합시다. 죄송합니다. 어서 옷을 입으시고 밖에 나가 한 잔 합시다. 무례함을 용서하십시오. 아야, 통증이 또 오기 시작하는군요!"

"난 지난 일 주일 동안, 누가 옆에서 도와 주지 않고는 옷도 제대로 입을 수 없었지요." 하고 주인 남자는 말했다. "제 아들 놈 토머스는 지금쯤 잠자리에 들었을 텐데……."

"어서 침대 밖으로 나오시구려." 하고 강도는 말했다. "내가 옷 입는 걸 도와 드리리다."

인습적으로 고루한 생각이 마치 파도처럼 밀려와서 이 주인 남자를 에워쌌다. 그는 희끗희끗한 갈색 수염을 쓰다듬었다.

"이건 꽤 보기 드문……." 하고 그는 말을 시작했다.

"자, 여기 셔츠가 있습니다." 하고 강도는 말했다. "빨리 자리에서 일어나시라니까요. 내가 아는 어떤 사람은 옴베리 연고를 사용했더니, 이 주일 후에는 말끔히 나아서 두 손으로 매듭 넥타이까지 매었다지 뭡니까?"

이 두 사람이 방문을 나설 때, 주인 남자는 뒤로 돌아서서는 갑자기 다시 방 안으로 들어가려고 했다.

"돈을 갖고 가는 걸 잊었군요." 하고 그는 설명했다. "간밤에 옷장 위에 모두 올려놓았어요."

---

인습: 전부터 전해 내려오는 습관
고루: 묵은 생각이나 풍습에 젖어 고집이 세고 변통성이 없음

I've got the price. Ever try witch hazel and oil of winter-green?"

---

witch hazel:금누배의 일종  winter-green:바위앵도 나무

강도는 주인 남자의 오른쪽 소매를 붙잡았다.

"자, 그냥, 어서 가십시다." 하고 그는 허세를 부리듯이 말했다. "술 한 잔 하자고 먼저 제안한 것은 내 쪽이지 않습니까? 댁의 돈은 그냥 두세요. 나한테도 술값은 있어요. 그런데, 금누배 열매 정기(丁幾)와 바위앵도나무 기름은 한 번 써 보셨던가요?"

---

정기: 어떤 생약이나 약품을 알코올이나 에테르에 담가 우려낸 액체

# The Furnished Room

RESTLESS, shifting, fugacious as time is a certain vast bulk of the population of the red brick district of the lower West Side. Homeless, they have a hundred homes. They flit from furnished room to furnished room, transients forever– transients in abode, transients in heart and mind. They sing 'Home, Sweet Home' in ragtime; they carry their lares et penates in a bandbox; their vine is entwined about a picture hat; a rubber plant is their fig tree.

Hence the houses of this district, having had a thousand dwellers, should have a thousand tales to tell, mostly dull ones, no doubt; but it would be strange if there could not be found a ghost or two in the wake of all these vagrant

---

fugacious:(식물)쉽게 시드는, 덧없는  a bulk of:~의 대부분  flit:(새)날다, 이사하다  furnished room:가구가 딸린 셋방  transient:정처없는  in ragtime:재즈풍으로  lares et penates ⇒ lares and penates:(고대 로마의)가정의 수호신  entwind:잠긴  fig tree:무화과 나무  hence=therefore

# 셋방

뉴욕시 웨스트사이드 아래 지역 붉은 벽돌집 일대의 일부 사람들은 마치 흐르는 세월처럼 쉬지 않고 유동적이며, 덧없이 이곳 저곳을 돌아다니며 살고 있다. 그들은 소유한 집은 없지만, 수백 개의 셋방(貰房)이 있었다. 거처를 정처 없이 옮겨 다니다 보면 마음도 거처도 언제나 영원한 떠돌이였다. 그들은 '즐거운 나의 집'을 재즈 가락으로 부르고, 가정의 수호신을 종이 상자 속에 넣어 모시고 다니는가 하면, 챙이 넓은 모자에 꽂혀 있는 담쟁이덩굴이 그들의 벽의 담쟁이요, 화분에 심은 고무나무가 곧 무화과나무 정원수나 다름이 없었다.

이 지역에는 일 천여 명이나 되는 많은 사람들이 살고 있기 때문에, 틀림없이 재미있는 이야기는 아니겠지만 많은 이야깃거리가 있을 법하다. 이런 떠돌이 손님들이 살다가 지나간 곳

guests.

One evening after dark a young man prowled among these crumbling red mansions, ringing their bells. At the twelfth he rested his lean hand-baggage upon the step and wiped the dust from his hatband and forehead. The bell sounded faint and far away in some remote, hollow depths.

To the door of this, the twelfth house whose bell he had rung, came a housekeeper who made him think of an unwholesome, surfeited worm that had eaten its nut to a hollow shell and now sought to fill the vacancy with edible lodgers.

He asked if there was a room to let.

"Come in," said the housekeeper. Her voice came from her throat; her throat seemed lined with fur. "I have the thirdfloor back, vacant since a week back. Should you wish to look at it?"

The young man followed her up the stairs. A faint light from no particular source mitigated the shadows of the halls.

They trod noiselessly upon a stair carpet that its own loom would have forsworn. It seemed to have become vegetable; to have degenerated in that rank, sunless air to

---

prowl:헤매다, 배회하다  crumbling:허물어지는  wholesome:건강해보이는 surfeited:과식한  edible:먹을 수 있는  throat:목구멍  line:의복에, 안감을 대다 since a week back ⇒ since a week ago  mitigated:(감정)누그러뜨리다  loom:직 조기, 베틀  forsworn:forswear(foreswear)의 과거형(~와 관계를 끊다)

에 유령 한둘이 남아 있지 않다면 오히려 이상한 일이 아닐 수 없으리라.

해가 저문 어느 저녁, 이 허물어져 가는 벽돌집 마을에 젊은 남자 한 사람이 집집마다 초인종을 눌러 대며 배회하고 있었다. 열두 번째 집에 이르러 그는 초라한 손가방을 문 앞 계단 위에 올려놓고, 모자 테와 이마의 먼지를 닦았다. 텅 빈 집 깊숙히 저 멀리서 초인종 소리가 희미하게 울렸다.

젊은이가 방금 누른 초인종 소리를 듣고, 이 열두 번째의 집 문간에 집주인 여자가 나타났는데 그녀는 마치 껍데기만 남기고 속을 다 파먹은 배부른 벌레가 그 빈 껍데기 속에 다시 먹이를 채워 넣으려는 듯한 표정이었기 때문에 그는 그녀가 병자가 아닌가하고 생각하게 되었다.

젊은이는 이 집에 셋방이 없느냐고 물어 보았다.

"들어오세요." 하고 집주인은 말했다. 그녀의 목소리는 마치 모피로 안을 댄 목구멍에서 나오는 듯한 소리 같았다. "삼층 뒷방이 지난 주부터 비어 있습니다만, 어느 방을 보시겠어요?"

젊은 사나이는 그녀를 따라 위층으로 올라갔다. 어디에서인지는 모르겠지만 한 줄기 희미한 빛이 새어 들어와 어두컴컴한 복도를 약간 밝혀 주었다.

두 사람은 너덜거리는 카펫을 밟고 소리 없이 계단을 따라 올라갔다. 그것은 마치 푸성귀처럼 변해 있었고 이미 카펫이라고 말할 수 없을 정도였다. 햇볕이 들지 않는 공기 속에서 계단 군데군데에 지의(地衣)와 이끼가 무성하게 피어 있어, 발길이 닿을 때마다 살아 있는 생물체를 밟듯 끈적끈적했다. 계단

---

배회: 목적없이 이리저리 걸어 다님
지의(地衣): 지의류에 딸린 식물을 통틀어 이르는 말

lush lichen or spreading moss that grew in patches to the stair-case and was viscid under the foot like organic matter. At each turn of the stairs were vacant niches in the wall. Perhaps plants had once been set within them. If so they had died in that foul and tainted air. It may be that statues of the saints had stood there, but it was not difficult to conceive that imps and devils had dragged them forth in the darkness and down to the unholy depths of some furnished pit below.

"This is the room," said the housekeeper, from her furry throat. "It's a nice room. It ain't often vacant. I had some most elegant people in it last summer—no trouble at all, and paid in advance to the minute. The water's at the end of the hall. Sprowls and Mooney kept it three months. They done a vaudeville sketch. Miss B'retta Sprowls-you may have heard of her. Oh, that was just the stage names-right there over the dresser is where the marriage certificate hung, framed. The gas is here, and you see there is plenty of closet room. It's a room everybody likes. It never stays idle long."

"Do you have many theatrical people rooming here?" asked the young man.

"They comes and goes. A good proportion of my

---

lush:무성한 lichen:지의류 viscid:끈끈한 niche:벽감(벽면을 파내어 조각품이나 장식품을 놓도록 만든 곳) tainted:오염된 imp:꼬마도깨비 not(no) at all = never vaudeville:유랑극단 sketch:촌극 marriage certificate:결혼 증명서 It never stay idle long:비어 있는 시간이 길지 않다 room=lodge:유숙하다

하나를 돌 때마다 옆벽에는 움푹 들어간 자리가 있었다. 그 속에 화초를 넣어 둔 적이 있는 것 같았다. 비록 화초가 들어 있었다 하더라도 더럽고 오염된 공기 속에서 필경 시들어 죽었을 것임에 틀림없겠지만 말이다. 혹은 거기에 성인(聖人)들을 새긴 조각품을 세워 두었을지도 모르는 일이지만, 비록 그렇다고 하더라도 꼬마도깨비와 악마들이 어둠 속에서 그것들을 끌어내어 성스럽지 못한 저 아래 어느 방구석에 갖다 처박아 놓았을 거라는 생각을 하는 것도 어렵지 않았다.

"이 방이예요." 하고 집주인은 모피를 두른 듯한 목구멍으로부터 나오는 목소리로 말했다. "괜찮은 방이랍니다. 비어 있을 날도 별로 없어요. 지난 여름에는 퍽 점잖은 사람들이 살고 있었지요. 그 사람들은 조금도 골치를 썩인 적이 없었고, 집세도 미리 내곤 했어요. 수도는 저 복도 끝에 있고요. 스프로올즈와 무우니라는 사람들이 석 달이나 살았답니다. 유랑 극단에서 촌극을 한다나 봐요. 미스 브레타 스프로올즈라고. 어쩌면 댁에서도 이름을 들은 적이 있을 거예요. 하기야 그 이름은 무대에서나 사용하는 이름이니까요. 저기 저 옷장 위가 결혼 증명서를 액자에 끼워 걸어 놓았던 곳이죠. 가스는 여기 있고요, 옷을 넣을 곳은 많이 있습니다. 누구나 다 탐을 내는 방이예요. 내놓기가 무섭게 쉽게 나가는 방이지요."

"이 집에는 극단에서 일하는 사람들이 많이 사나요?" 하고 젊은이는 말했다.

"꽤 왔다 갔다 하지요." 하고 집주인은 말했다. "세 들어 사는 사람 상당수가 극단과 관련되어 있어요. 하기야 이곳은 극

---

촌극:아주 짧은 극, 토막극.

lodgers is connected with the theatres. Yes, sir, this is the theatrical district. Actor people never stays long anywhere. I get my share. Yes, they comes and they goes."

He engaged the room, paying for a week in advance. He was tired, he said, and would take possession at once. He counted out the money. The room had been made ready, she said, even to towels and water. As the housekeeper moved away he put, for the thousandth time, the question that he carried at the end of his tongue.

"A young girl–Miss Vashner-Miss Eloise Vashner-do you remember such a one among your lodgers? She would be singing on the stage, most likely. A fair girl, of medium height and slender, with reddish, gold hair and a dark mole near her left eyebrow."

"No, I don't remember the name. Them stage people has names they change as often as their rooms. They comes and they goes. No, I don't call that one to mind."

No. Always no. Five months of ceaseless interrogation and the inevitable negative. So much time spent by day in questioning managers, agents, schools and choruses; by night among the audiences of theatres from all-star casts down to music halls so low that he dreaded to find what he most hoped for. He who had loved her best had tried to

---

is connected with:~와 관계가 있는 interrogation:질문 inevitable:필연적인 negative:부정적인 말(⇔ positive) dread:두려워하다

장 지역이니까요. 연극 배우들은 어느 한 곳에 오래 머물러 있지는 않아요. 그런 대로 장사가 됩니다. 그래요, 그 사람들은 늘 들락날락해요."

젊은이는 일 주일 방세를 미리 내고 곧 그 방을 쓰기로 계약했다. 그는 이제 몸도 지치고 해서 그 방을 즉시 사용하겠노라고 말했다. 그는 돈을 세어 그녀에게 건네 주었다. 집주인은 타월과 물에 이르기까지 그 방은 만반의 준비가 되어 있었다고 말했다. 집주인이 방 밖으로 나가려고 할 때, 그는 이제까지 수천 번 입술이 마르도록 반복했던 질문을 다시 한번 꺼냈다.

"혹시 세든 사람 가운데 미스 배시너……, 미스 엘로이즈 배시너라는 젊은 여잔 없습니까? 극단에서 노래를 부르고 있을 거예요. 키는 보통이고, 목이 가냘픈데다 불그스름한 금발 머리를 하고, 왼쪽 눈썹 가에 검은 사마귀가 하나 있어요. 얼굴은 예쁜 편이지요."

"글쎄요, 그런 이름, 생각이 나지 않는군요." 하고 그녀는 말했다. "아무튼 극단 사람들이란 셋방을 옮기는 것만큼이나 이름도 자주 바꾸는걸요. 또 방도 자주 옮기는 편이고요. 정말 기억이 나지 않습니다."

'없어요.' 언제나 이런 '없어요'라는 대답이었다. 다섯 달 동안 끊임없는 질문과 필연적인 모른다는 부정적인 말뿐이었다. 이 다섯 달 동안 낮에는 지배인, 대리인, 학교, 합창 단원 등을 찾아다니며 물어 보았다. 그리고 밤에는 인기 배우들이 총출연하는 연극으로부터, 이런 곳에서 그녀를 만나지나 않을까 하고 두렵기까지 한 싸구려 음악 홀에 이르기까지 샅샅이 찾아다녔

find her. He was sure that since her disappearance from home this great, water-girt city held her somewhere, but it was like a monstrous quicksand, shifting its particles constantly, with no foundation, its upper granules of today buried tomorrow in ooze and slime.

The furnished room received its latest guest with a first glow of pseudo-hospitality, a hectic, haggard, perfunctory welcome like the specious smile of a demirep. The sophistical comfort came in reflected gleams from the decayed furniture, the ragged brocade upholstery of a couch and two chairs, a foot-wide cheap pier glass between the two windows, from one or two gilt picture frames and a brass bedstead in a corner.

The guest reclined, inert, upon a chair, while the room, confused in speech as though it were an apartment in Babel, tried to discourse to him of its divers tenantry.

A polychromatic rug like some brilliant-flowered, rectangular, tropical islet lay surrounded by a billowy sea of soiled matting. Upon the gay-papered wall were those pictures that pursue the homeless one from house to house- 'The Huguenot Lovers,' 'The First Quarrel,' 'The Wedding Breakfast,' 'Psyche at the Fountain.' The mantel's chastely severe outline was ingloriously veiled

---

water- girt:물로 둘러싸인  monstrous:무서운  granule:작은 알갱이  ooze and slime:진흙  hectic:열광적인  haggard:초췌한, 거친  perfunctory:형식적인 demirep:창녀  sophistical:궤변의  gleam:희미한 선  brocade:무늬를 넣은 upholstery:실내장식품  inert:둔한  discourse:이야기하다  divers:다양한

다. 어느 누구보다도 그녀를 가장 사랑했던 그는 그녀를 찾으려고 갖은 애를 다 써 왔던 것이다. 그녀가 집을 나간 후, 그는 그녀가 줄곧 사면이 물로 둘러싸인 이 큰 도시 어디엔가에 분명히 살고 있을 것으로 생각되었지만, 이 뉴욕은 마치 언제나 끊임없이 여기저기 옮겨 다니는 바닥 없는 무서운 모래밭과 같아서, 오늘은 윗 부분의 알갱이었지만 내일이면 바닥의 진흙에 묻혀 버린다.

이 셋방은 겉치레 환대로써, 이를테면 창녀의 허울 좋은 미소와도 같이 열광적인 척하면서도 인색하고 형식적인 그런 환영으로써 새로운 손님을 맞아들였다. 좀 궤변스런 이야기 같지만, 차라리 그가 이 셋방에서 얻을 수 있는 위안이라고는, 낡아빠진 헌 가구에서 반사되는 희미한 빛이며, 넝마처럼 너덜거리는 수놓은 천을 씌운 소파와 의자 두 개, 창문 사이에 끼워져 있는 한 걸음 넓이의 싸구려 벽거울, 한두 개의 도금한 그림 액자, 그리고 방구석에 놓여 있는 놋쇠 침대 같은 물건에서뿐이었다.

힘없이 의자에 걸터앉아 있는 손님에게 이 셋방은 마치 바벨탑 속의 방처럼 영문 모를 갖가지 언어로써 이 방에서 세 들었던 다양한 사람들의 이야기를 들려주는 것 같았다.

여러 가지 꽃들이 만발한 것 같은 여러 가지 색깔로 짠 양탄자는 파도치는 바닷 속의 네모난 열대섬 같았다. 화려한 색깔의 벽지를 바른 방의 벽에는 집 없는 사람들이 이 셋방에서 저 셋방으로 갖고 다니던, '위그노 연인들'이라든지, '첫 번째 싸움'이라든지, '결혼식의 아침 식사'라든지, 혹은 '샘 가의 사이

---

궤변:이치에 닿지 않는 말로 그럴 듯하게 둘러대는 말솜씨
바벨탑:구약 성서에 나오는 전설의 탑

behind some pert drapery drawn rakishly askew like the sashes of the Amazonian ballet. Upon it was some desolate flotsam cast aside by the room's marooned when a lucky sail had borne them to a fresh port-a trifling vase or two, pictures of actresses, a medicine bottle, some stray cards out of a deck.

One by one, as the characters of a cryptograph become explicit, the little signs left by the furnished room's procession of guests developed a significance. The threadbare space in the rug in front of the dresser told that lovely women had marched in the throng. The tiny fingerprints on the wall spoke of little prisoners trying to feel their way to sun and air. A splattered stain, raying like the shadow of a bursting bomb, witnessed where a hurled glass or bottle had splintered with its contents against the wall. Across the pier glass had been scrawled with a diamond in staggering letters the name "Marie." It seemed that the succession of dwellers in the furnished room had turned in fury-perhaps tempted beyond forbearance by its garish coldness-and wreaked upon it their passions. The furniture was chipped and bruised; the couch, distorted by bursting springs, seemed a horrible monster that had been slain during the stress of some grotesque convulsion.

---

marooned:버려진 cryptograph:암호 explicit:명백한, 충분히 해명된 threadbare:(의복 따위)닳아서 실밥이 보이는 splattered:흩어진 splinter:쪼개지다 forbearance:인내 garish:지나치게 화려한 chipped:조각난 bruised:상처난 distorted:일그러진 slain: slay(살해하다)의 과거분사 drapery:휘장, 긴커튼

키 여인' 같은 그림이 붙어 있었다. 우아한 벽난로 장식의 뚜렷한 윤곽은 마치 아마존 발레단의 허리 장식띠처럼 교태 있고, 비스듬하게 드리워진 커튼으로 어울리지 않게 가려져 있었다. 그 벽난로 위에는 이 방에 세 들어 살았던 사람들이 다행히 새로운 항구를 찾아 떠나면서 버린 낡은 물건, 보잘것 없는 꽃병 한두 개, 여배우들의 사진, 약병, 짝이 맞지 않는 트럼프 카드 등이 놓여 있었다.

이 방에 세 들어 살던 사람들이 남기고 간 이런 조그만 물건들이 마치 암호가 하나하나 풀려지듯이 어떤 의미를 주고 있었다. 화장대 앞 융단이 실밥이 보이도록 닳아빠진 것을 보면, 예쁜 여자들이 이 방에 많이 드나들었다는 사실을 알 수 있었다. 벽 위에 남아 있는 조그만 손자국은, 이 방에 갇혀 있던 아이들이 햇볕이나 공기를 찾아 더듬거리고 있었다는 것을 말해 주고 있었다. 마치 폭탄이 터진 것같이 물방울이 튀긴 자국은, 유리잔이나 병을 벽에 던져 그 속에 들어 있는 내용물과 함께 산산이 부서진 것임에 틀림없었다. 그리고 벽거울을 가로질러서는 유리 끊는 칼로 '마리'라는 이름이 휘갈겨 씌어져 있었다. 아마도 이 방에 살았던 사람들은 어쩌면 화려하면서도 차가운 이 방의 분위기에 참지 못할 정도로 화가 치밀어 올라 방에게 화풀이를 한 모양이었다. 가구들은 하나같이 조각이 떨어져 나가고 상처투성이다. 스프링이 튀어 나와 일그러진 소파는 괴기한 발작을 하다 살해된 무서운 괴물처럼 보였다. 대리석으로 된 벽난로는 어떤 큰 힘으로 말미암아 조각이 크게 떨어져 있었다. 마룻바닥에 깔린 널빤지 한 장 한 장도 각각 저마다의 고

---

괴기: 괴상하고 기이한
발작: 병세가 갑자기 일어남

Some more potent upheaval had cloven a great slice from the marble mantel. Each plank in the floor owned its particular cant and shriek as from a separate and individual agony. It seemed incredible that all this malice and injury had been wrought upon the room by those who had called it for a time their home; and yet it may have been the cheated home instinct surviving blindly, the resentful rage at false household gods that had kindled their wrath. A hut that is our own we can sweep and adorn and cherish.

The young tenant in the chair allowed these thoughts to file, soft-shod, through his mind, while there drifted into the room furnished sounds and furnished scents. He heard in one room a tittering and incontinent, slack laughter; in others the monologue of a scold, the rattling of dice, a lullaby, and one crying dully; above him a banjo tinkled with spirit. Doors banged somewhere— the elevated trains roared intermittently; a cat yowled miserably upon a back fence. And he breathed the breath of the house— a dank savor rather than a smell— a cold, musty effluvium as from underground vaults mingled with the reeking exhalations of linoleum and mildewed and rotten woodwork.

Then suddenly, as he rested there, the room was filled with the strong, sweet odor of mignonette. It came as

---

potent=powerful, mighty  cant:모서리, 기울기  shriek:비명  titter:킥킥 웃다 incontinent:참지 못해  lullaby:자장가  tinkle:딸랑딸랑 울리다  intermittently:간 헐적으로.  musty:곰팡내 나는  effluvium:악취.  reeklimg:악취를 풍기는 exhalation(악취, 향기)발산하는 것  mildewed:곰팡이가 생긴  mignonette:목서초

통으로 신음하듯 비명 소리를 지르고 있었다. 이런 모든 악의
와 상처는 한때나마 이 방을 자기 집이라고 불렀던 사람들의
소행이라고는 믿어지지 않았다. 그러나 그들이 이렇게 화를 낸
것은 부질없이 남아 있는 가정에 대한 본능이 기만당했기 때문
이며, 위선적인 가정의 수호신에 대한 분풀이 때문이었는지도
모른다. 아무리 오두막집이라도 자기 집이라면, 사람들은 그것
을 쓸고 닦고 꾸미고, 또 소중히 아낄 것이 아니겠는가?

젊은이가 의자에 앉아 이런 생각을 마음속에 조용히 떠올리
고 있는 동안, 셋집 특유의 낯익은 소리와 냄새가 방안으로 흘
러 들어왔다. 어느 방에서는 참다 못해 나지막하게 킥킥거리는
웃음소리가 들려 왔다. 다른 방에서는 혼잣말로 누군가를 꾸짖
는 소리와, 골패를 굴리는 소리, 자장가를 부르는 소리, 누군가
가 따분하게 흐느끼는 소리가 들려 왔다. 그리고 위층에 있는
방에서는 밴조를 신나게 켜는 소리가 들려 왔다. 어디에선가
문을 쾅 하고 닫는 소리가 들려 왔으며, 이따금 고가(高架) 철
도를 덜거덕거리며 지나가는 소리도 들려 왔다. 고양이 한 마
리가 뒤켠 울타리 위에서 구슬피 우는 소리도 들렸다. 그리고
그는 이 집안의 냄새—냄새라기보다는 축축한 맛을 들이마셨
는데, 그것은 마치 지하실에서 나는 듯한 차갑고 곰팡이 핀 냄
새가 리놀륨과 썩은 목조 부분에서 나는 퀴퀴한 냄새와 뒤범벅
이 된 것 같은 냄새였다.

그런데 그가 이렇게 앉아 있는 동안, 갑자기 방안이 달콤하
고도 강한 목서초(木犀草) 냄새로 가득 찼다. 그 향기는 한 줄
기 바람처럼 그렇게도 향기롭고 강하게 풍겨 왔기 때문에, 마

---

소행:한 짓, 행한 일.
골패:노름기구의 한 가지. 납작하고 네모진 검은 나무로 만듦

upon a single buffet of wind with such sureness and fra-
grance and emphasis that it almost seemed a living visi-
tant. And the man cried aloud: "What, dear?" as if he had
been called, and sprang up and faced about. The rich odor
clung to him and wrapped him around. He reached out his
arms for it, all his senses for the time confused and com-
mingled. How could one be peremptorily called by an
odor? Surely it must have been a sound. But, was it not
the sound that had touched, that had caressed him?

"She has been in this room," he cried, and he sprang to
wrest from it a token, for he knew he would recognize the
smallest thing that had belonged to her or that she had
touched. This enveloping scent of mignonette, the odor
that she had loved and made her own-whence came it?

The room had been but carelessly set in order. Scattered
upon the flimsy dresser scarf were half a dozen hairpins-
those discreet, indistinguishable friends of womankind,
feminine of gender, infinite mood and uncommunicative
of tense. These he ignored, conscious of their triumphant
lack of identity. Ransacking the drawers of the dresser he
came upon a discarded, tiny, ragged handkerchief. He
pressed it to his face. It was racy and insolent with
heliotrope; he hurled it to the floor. In another drawer he

---

buffet:충격  fragrance:좋은 향기  visitant:방문객  commingled:뒤섞인(mixed)
peremptor:단호한, 엄연한  envelop:~을 싸다(wrap)  flimsy:부서지기 쉬운, 가
냘픈  discreet:분별있는, 사려깊은  feminine:여성의  infinite:헤아릴 수 없는,
무한한  ransack:샅샅이 뒤지다  racy:풍미가 독특한  insolent:무례한

치 살아 있는 방문객이라도 찾아온 것 같은 느낌이었다. "왜 그래, 당신?" 하고 그는 마치 자신을 누군가가 부르기라도 한 것처럼 소리치며 자리에서 벌떡 일어나 뒤를 돌아다보았다. 강한 향기가 그에게 달라붙고 그를 에워쌌다. 그는 잠시 어리둥절한 기분으로 그 냄새를 붙잡으려는 듯이 두 팔을 앞으로 내밀었다. 냄새가 어떻게 그렇게 단호하게 사람을 부를 수 있을까? 분명히 그것은 냄새가 아니라 소리였을 것이다. 그렇다면 그를 만져 주고 그를 껴안아 준 것 역시 소리가 아니었던가?

"그녀는 이 방에 살았었구나." 하고 그는 소리쳤다. 그러고는 그는 방안으로부터 그녀의 흔적을 찾기 시작했다. 그녀가 갖고 있었거나 그녀가 만진 것이라면 아무리 작은 것이라도 알 수 있었다. 방안을 에워싸는 이 목서초의 향기, 그녀가 좋아하여 그녀의 것으로 만들었던 그 향기가 도대체 어디에서 풍겨 오는 것일까?

이 방은 대충 아무렇게나 정리되어 있었다. 얇은 화장대 씌우개 위에는 머리핀 대여섯 개가 흩어져 있었다. 그 핀들은 여자들이 흔히 사용하는 물건으로서, 그 주인의 마음의 상태나 이것을 사용한 시간 같은 것은 도저히 헤아릴 수가 없었다. 그 누구의 것인지 확인할 길이 없다는 걸 알아차린 그는, 이 핀들을 거들떠보지도 않았다. 이번에는 화장대의 서랍을 샅샅이 뒤지다가, 누군가가 버린 헤진 조그만 손수건 한 장을 발견했다. 그는 그 손수건을 얼굴에 갖다 대었다. 헬리오트로프 꽃 냄새가 진하게 풍겨 오자, 그는 그것을 마룻바닥에 팽개쳐 버렸다. 다른 서랍 속에는 단추와 극장 프로그램 한 장, 전당표, 마시맬

---

밴조: 미국의 흑인의 민요나 재즈에서 쓰는 현악기의 하나.
마시맬로우: 양아욱(접시꽃류의 다년생 식물)로 만든 과자.

found odd buttons, a theatre programme, a pawnbroker's card, two lost marshmallows, a book on the divination of dreams. In the last was a woman's black satin hair bow, which halted him, poised between ice and fire. But the black satin hair bow also is femininity's demure, impersonal common ornament and tells no tales.

And then he traversed the room like a hound on the scent, skimming the walls, considering the corners of the bulging matting on his hands and knees, rummaging mantel and tables, the curtains and hangings, the drunken cabinet in the corner, for a visible sign, unable to perceive that she was there beside, around, against, within, above him, clinging to him, wooing him, calling him so poignantly through the finer senses that even his grosser ones became cognizant of the call. Once again he answered loudly: "Yes, dear!" and turned, wild-eyed, to gaze on vacancy, for he could not yet discern form and color and love and outstretched arms in the odor of mignonette. Oh, God! whence that odor, and since when have odors had a voice to call?? Thus he groped.

He burrowed in crevices and corners, and found corks and cigarettes. These he passed in passive contempt. But once he found in a fold of the matting a half-smoked

divination of dream:해몽 poise=balance demure:품위있는 skim:급히 대충 훑어보다 bulging:불룩한 rummage:샅샅이 찾다 poignantly:가슴에 사무치게 cognizant=aware wild-eyed:눈을 날카롭게 뜨고. burrow:~찾다 grope:손으로 더듬다, 탐색하다 crevice:갈라진 틈

로우 한두 개, 해몽(解夢)에 관한 책 한 권이 발견되었다. 마지막 서랍 속에서는 공단으로 만든 검은 색 나비 리번이 나왔는데, 이것을 본 그는 어쩔 줄을 몰라 했다. 그러나 이 검은 색 나비 리번 역시 여성 일반에 속한 품위 있는 장식품일 뿐, 누구의 것인지 아무런 단서도 제공해 주지 않았다.

그러고 나서 그는 마치 냄새를 찾아 헤매는 사냥개처럼 방안을 가로질러 벽을 훑어보기도 하고, 무릎을 꿇고 깔개가 불룩한 구석구석을 살펴보기도 하며 벽난로와, 테이블과, 커튼이나 휘장, 방구석에 술에 취한 듯 비스듬히 놓여 있는 캐비닛 등을 샅샅이 뒤지며 눈에 보이는 그녀의 흔적을 찾고 있었다. 그녀는 그의 옆에서, 주위에서, 안에서, 위에서 그에게 매달리고 그에게 애원하며 섬세한 감각을 통해 그렇게 집요하게 그를 부르고 있었으므로, 둔한 그의 감각으로도 그녀가 외치는 소리를 느끼지 않을 수 없었다.

"그래, 여보!" 하고 그는 다시 한번 크게 그녀가 부르는 소리에 대답한 다음 날카로운 눈으로 뒤돌아보았지만, 보이는 것이라고는 허공뿐이었다. 아직 목서초 향기 속에서 아무런 형체도, 색깔도, 사랑도, 두 팔을 뻗친 모습도 보이지 않았다. 오, 하나님! 그 향기는 도대체 어디서 풍겨 오나이까? 그리고 언제부터 향기에 소리가 있어 이처럼 나를 부르고 있나이까? 그는 이렇게 되뇌이며 계속 그녀의 흔적을 찾아 헤매고 있었다.

젊은이는 틈바구니와 구석구석을 모두 뒤졌으나, 코르크 마개와 담배꽁초 같은 것만 나올 뿐이었다. 그는 이런 물건들 따위는 거들떠보지도 않았다. 그러다 한 번은 깔개가 접힌 데서

공단: 감이 두껍고 무늬가 없는 비단.
목서초: 물푸레 나무.

cigar, and this he ground beneath his heel with a green and trenchant oath. He sifted the room from end to end. He found dreary and ignoble small records of many a peripatetic tenant; but of her whom he sought, and who may have lodged there, and whose spirit seemed to hover there, he found no trace.

And then he thought of the housekeeper.

He ran from the haunted room downstairs and to a door that showed a crack of light. She came out to his knock. He smothered his excitement as best he could.

"Will you tell me, madam," he besought her, "who occupied the room I have before I came?"

"Yes, sir. I can tell you again." "Twas Sprowls and Mooney, as I said. Miss B'retta Sprowls it was in the theatres, but Missis Mooney she was. My house is well known for respectability. The marriage certificate hung, framed, on a nail over…"

"What kind of a lady was Miss Sprowls—in looks, I mean?"

"Why, black-haired, sir., short, and stout, with a comical face. They left a week ago Tuesday."

"And before they occupied it?"

"Why, there was a single gentleman connected with the

---

trenchant:신랄한, 강력한 oath:욕설, 맹세 ignoble:품위가 없는 peripatetic:몰아다니는 tenant:빌려쓰는 사람 smother:(감정, 충동)억제하다, 누르다 be well known for = be famous for = be noted for

반쯤 피우다 만 여송연 하나를 발견하고는, 화가 나서 욕설을 퍼부으며 그것을 발로 밟아버렸다. 그는 방 한 끝에서 다른 끝까지 샅샅이 뒤졌지만, 보이는 것이라고는 떠돌이 셋방살이꾼들이 남기고 간 초라하고 보잘것없는 흔적들뿐이었다. 바로 이 방에서 살았을지도 모르는 여자, 그 정령(精靈)이 떠도는 듯한 여자, 그리고 지금 그가 열심히 찾고 있는 그녀가 남기고 간 흔적은 전혀 찾을 길이 없었다.

그러다 그는 셋집 여주인을 생각해 냈다.

정령이 떠도는 이 방을 뛰쳐나온 그는 아래층으로 달려 내려가, 불빛이 새어 나오는 어느 문 앞에 섰다. 노크 소리를 듣고 여주인이 나왔다. 그는 가까스로 흥분을 억제했다.

"아주머니, 말씀해 주실래요?" 하고 그는 그녀에게 애걸하듯이 물었다. "제가 세 들어 있는 방에 바로 전에 누가 살고 있었나요?"

"그래요, 다시 말해주죠. 아까 말했듯이 스프로올즈와 무우니라는 사람들이라니까요. '미스 브레타 스프로올즈'라는 이름은 극장에서 부르는 이름이지만, 실제 이름은 '무우니 씨 부인'이었답니다. 저희 집은 점잖은 사람들이 살기로 유명합니다. 결혼 증명서를 액자에 끼워 못에 걸어 두고 있는 걸요……."

"미스 스프로올즈는 어떤 여자였나요……? 외모 말입니다."

"글쎄요. 검은 머리에 키가 작달막하고, 우스꽝스러운 얼굴을 하고 있었지요. 지난 주 화요일에 떠났어요."

"그럼, 그 사람들이 살기 전에는요?"

"글쎄요. 독신 남자였는데, 무슨 짐마차 일을 하고 있다고 했

---

정령(精靈): 영혼

draying business. He left owing me a week. Before him was Missis Crowder and her two children, that stayed four months; and back of them was old Mr. Doyle, whose sons paid for him. He kept the room six months. That goes back a year, sir, and further I do not remember."

He thanked her and crept back to his room. The room was dead. The essence that had vivified it was gone. The perfume of mignonette had departed. In its place was the old, stale odor of mouldy house furniture, of atmosphere in storage.

The ebbing of his hope drained his faith. He sat staring at the yellow, swinging gaslight. Soon he walked to the bed and began to tear the sheets into strips. With the blade of his knife he drove them tightly into every crevice around windows and door. When all was snug and taut he turned out the light, turned the gas full on again and laid himself gratefully upon the bed.

It was Mrs. MeCool's night to go with the can for beer. So she fetched it and sat with Mrs. Purdy in one of those subterranean retreats where housekeepers foregather and the worm dieth seldom.

"I rented out my third-floor-back this evening," said Mrs. Purdy, across a fine circle of foam. "A young man

---

owing me a week:일주일 집세를 빚지고   vivify:활기차게 하다   ebbing:썰물, 쇠퇴  snug:아늑한  taut:잘 정돈된  fetch:가서 물건을 가져오다  subterranean: 지하실   retreat:피난처, 은둔처   foregather: (= forgather)모이다

어요. 그 사람은 일주일분 집세를 떼먹고 갔지요. 그 사람 전에는 크라우더 씨 부인이 애 둘을 데리고 넉 달 동안 살았지요. 그 전에는 도일 영감이 살았는데, 그 영감 아들들이 집세를 대신 내주었답니다. 그 영감은 여섯 달이나 살았고요. 그게 벌써 일년 전의 일이라, 그 이상은 생각이 나지 않는데요."

젊은이는 그녀에게 고맙다는 인사를 하고는 다시 자기 방으로 올라갔다. 방은 마치 죽은 것이나 다름없었다. 그 방에 생기를 불어넣어 주었던 정기(精氣)가 사라져 버렸다. 목서초의 향기 또한 사라지고 없었다. 그 대신 곰팡이가 핀 가구와 밀폐된 공기가 있었다.

그녀를 찾으려는 희망과 함께 신념 또한 사라져 버렸다. 그는 앉아서 춤을 추듯 타고 있는 노란 가스 불을 바라보고 있었다. 그는 곧 침대로 걸어가서 침대 시트를 갈기갈기 가늘게 찢기 시작했다. 그는 칼날을 사용해서 가늘게 찢은 헝겊으로 문 틈바구니를 하나도 남기지 않고 꼭꼭 틀어막아 버렸다. 모든 것이 다 준비되자, 그는 전기 불을 끈 다음, 가스를 다시 완전히 틀어 놓고 만족스러운 듯 침대 위에 드러누웠다.

그 날 밤은 맥쿠울 씨 부인이 맥주통을 들고 맥주를 사러 갈 차례였다. 그래서 그녀는 맥주를 사 들고 와서 퍼어디 씨 부인과, 벌레가 기어다니기는 하지만 동네 아낙네들이 자주 모이는 곳인 지하실에 있는 어느 호젓한 방에 앉아 있었다.

"오늘 저녁에 우리 집 삼층 뒷방을 세놓았어요." 하고 퍼어디 씨 부인은 둥그렇게 거품이 일어나는 맥주 잔을 앞에 두고 말했다. "웬 젊은 남자가 세를 들어왔지 뭐예요. 두 시간 전에

---

정기(精氣): 생명의 원천인 원기
호젓한: 무서운 느낌이 들만큼 고요하고 쓸쓸한

took it. He went up to bed two hours ago."

"Now, did ye, Mrs. Purdy, ma'am?" said Mrs. McCool with intense admiration. "You do be a wonder for rentin' rooms of that kind. And did ye tell him, then?" she concluded in a husky whisper laden with mystery.

"Rooms," said Mrs. Purdy, in her furriest tones, "are furnished for to rent. I did not tell him, Mrs. McCool."

"'Tis right ye are, ma'am; 'tis by renting rooms we kape alive. Ye have the rale sense for business, ma'am. There be many people will rayjict the rentin' of a room if they be tould a suicide has been after dyin' in the bed of it."

"As you say, we has our living to be making." remarked Mrs. Purdy.

"Yis, ma'am; 'tis true. 'Tis just one wake ago this day I helped ye lay out the third-floor-back. A pretty slip of a colleen she was to be killin' herself wid the gas-a swate little face she had, Mrs. Purdy, ma'am."

"She'd a-been called handsome, as you say," said Mrs. Purdy, assenting but critical, "but for that mole she had a' growin' by her left eyebrow. Do fill up your glass again, Mrs. McCool."

---

laden with:괴로워하다, 고민하는, (ex)laden with sorrow:슬픔으로 가득찬 ye ⇒ you  'tis ⇒ It is.  kape ⇒ keep  rale ⇒ real  rayjick ⇒ reject  tould ⇒ told  suicide:자살  We has ... ⇒ We have ….  yis ⇒ yes  wake ⇒ week  colleen=young girl:아가씨  wid ⇒ with  swate ⇒ sweer

벌써 자려고 올라갔어요."

"정말요?" 하고 맥쿠울 씨 부인은 퍽 감탄한 듯이 말했다. "그런 방에 세를 들이다니 댁은 참 용하구려. 그런데 그 사람한테 그 얘기했소?" 하고 그녀는 불가사의하다는 듯이 쉰 목소리로 나지막하게 물었다.

"방에 가구를 비치한 건," 퍼어디 씨 부인은 모피를 댄 목구멍에서 나오는 듯한 목소리로 말했다. "세를 놓기 위한 게 아니겠어요? 그런데 무엇 때문에 그런 얘기를 하겠어요?"

"댁의 말이 맞기도 해요. 방을 세놔야 우리가 사니까요. 아무튼 댁 장사 속 하나는 대단하다니까. 바로 그 방 침대에서 사람이 자살해 죽은 걸 알면, 어떤 놈이 그 방에 세 들려고 하겠어요?"

"댁 말마따나, 우리도 먹고 살아가야 할 게 아니예요?" 하고 퍼어디 씨 부인이 말했다.

"그래, 맞아요. 바로 딱 일 주일 전 오늘이죠? 내가 댁의 삼층 뒷방 치우는 걸 도와 준 게 말이오. 가스 켜 놓고 자살하기엔 매우 아까운 색시였는데, 그 조그맣고 귀여운 얼굴에다가."

"댁의 말대로, 그 색시는 예쁘장한 편이었지요." 하고 퍼어디 씨 부인은 그 말에 동의하면서도 흠을 잡듯이 말했다. "왼쪽 눈썹 가에 사마귀만 없었다면 말씀이예요. 어서 맥주나 한 잔 더 따르세요, 맥쿠울 부인."

---

불가사의:상식으로는 생각할 수 없는 이상야릇한 일

# The Whirligig of Life

JUSTICE-OF-THE-PEACE Benaja Widdup sat in the door of his office smoking his elder-stem pipe. Halfway to the Zenith the Cumberland range rose blue-gray in the afternoon haze. A speckled hen swaggered down the main street of the 'settlement,' cackling foolishly.

Up the road came a sound of creaking axles, and then a slow cloud of dust, and then a bull-cart bearing Ransie Bilbro and his wife. The cart stopped at the Justice's door, and the two climbed down. Ransie was a narrow six feet of sallow brown skin and yellow hair. The imperturbability of the mountains hung upon him like a suit of armor. The woman

---

justice-of-the-peace:치안판사  elder:딱총나무(흰 꽃송이가 달리고, 붉거나 검은 열매가 열린다)  zenith:(the~):절정, 천정  haze:안개  speckled:얼룩진 swagger:뽐내며 걷다  cackling:(닭이)꼬꼬꼬 소리를 내며  creaking:삐걱거리는  sallow:(안색이 병으로)누르께한  imperturbability:침착, 냉정함

# 인생의 회전 목마

**치**안 판사 비나이저 위덥은 딱총나무 줄기로 만든 파이프를 피우면서 사무소 문간에 앉아 있었다. 컴벌랜드의 잇닿은 산이 하늘을 반쯤까지 차지하고 오후의 안개 속에 연한 회색빛으로 치솟아 있었다. 얼룩진 암탉 한 마리가 바보 같은 울음소리를 내면서 '마을' 큰 길을 으스대며 걸어갔다.

거리 저편에서 삐걱거리는 바퀴 소리가 들려오더니 이어 먼지가 천천히 솟아오르고, 랜시 빌브로와 그의 아내를 태운 소 달구지가 나타났다. 달구지가 판사 사무소의 문 앞에서 멎자, 두 사람이 내렸다. 랜시는 누르스름한 갈색 피부에 누런 머리, 키가 6피트쯤 되는 여윈 사나이였다. 산의 냉정함이 갑옷처럼 그를 감싸고 있었다. 아내는 무명천으로 만든 옷을 입고, 앙상한 몸집에 황갈색 살갗을 가진 여자로 얼굴은 수심에 잠겨 있

---

수심:근심함, 또는 근심하는 마음

was calicoed, angled, snuff-brushed, and weary with unknown desires. Through it all gleamed a faint protest of cheated youth unconscious of its loss

The Justice of the Peace slipped his feet into his shoes, for the sake of dignity, and moved to let them enter.

"We-all," said the woman, in a voice like the wind blowing through pine boughs, "wants a divo'ce." She looked at Ransie to see if he noted any flaw or ambiguity or evasion or partiality or self-partisanship in her statement of their business.

"A divo'ce," repeated Ransie, with a solemn nod. "We-all can't git along together nohow. It's lonesome enough fur to live in the mount'ins when a man and a woman keers fur one another. But when she's a-spittin' like a wildcat or a-sullenin' like a hoot-owl in the cabin, a man ain't got no call to live with her."

"When he's a no-'count varmint," said the woman, without any especial warmth, "a-traipsin' along of scalawags and-moonshiners and a-layin' on his back pizen 'ith co'n whiskey, and a-pesterin' folks with a pack o' hungry, triflin' houn's to feed!"

---

divo'ce⇒divorce:이혼 git⇒got nohow:(방언)아무리해도 fur⇒for keer⇒care a-spittin⇒spitting:독설을 퍼붓는 a-sullenin⇒sullening:토라진, (고양이)으르렁거리는 a-traipsin⇒trapsing:어슬렁 어슬렁 걷다 a-layin⇒laying ith⇒with co'n⇒corn:옥수수 a-pesterin' =pestering pester=bother

는 것 같았다. 그리고 이미 상실한 것을 상실한 줄도 모르고 이 모든 것에 속아 넘어간 청춘에 대한 가냘픈 항의가 어렴풋이 엿보이고 있었다.

치안 판사는 위엄을 갖추기 위해 얼른 구두를 신고 일어나서 그들을 맞이했다.

"우리 두 사람은요." 하고 아내가 소나무 가지 사이로 불며 지나가는 바람 소리 같은 목소리로 말했다. "헤어지려고 왔어요." 그리고는 이 용건을 설명하는 데 있어서 무언가 결함이나 모호한 말투나 회피나 독단이나 오해 같은 것은 없는지 남편이 정신을 차리고 듣고 있는지 보려고 힐끗 랜시를 돌아보았다.

"헤어지려고요." 하고 랜시는 묵직하게 고개를 끄덕이며 같은 말을 되풀이했다. "우리 두 사람은 이제 아무래도 같이 살 수가 없습니다. 남자와 여자가 서로 좋아할 때는 산 속에서 사는 게 쓸쓸해도 참을 수 있지만, 마누라가 오두막 안에서 살쾡이처럼 으르렁거리고 올빼미처럼 토라져서야, 아무도 그런 마누라를 데리고 살 수는 없지요."

"남편이 아무 짝에도 쓸모가 없는데다가." 하고 아내는 별로 흥분도 하지 않고 말했다. "불한당이나 밀주꾼들과 붙어 다니기나 하고, 귀리 위스키나 옥수수 위스키를 들고 들어오기나 하고, 굶주린 들개 같은 인간들이나 끌고 들어와서 밥이나 먹

회피: 책임을 지지 아니하고 꾀를 부림
독단: 자기 혼자의 생각만으로 결정함

"When she keeps a-throwin' skillet lids," came Ransie's antiphony, "and slings b'ilin' water on the best coon-dog in the Cumberlands, and sets herself again' cookin' a man's victuals, and keeps him awake o' nights accusin' him of a sight of doin's!"

"When he's al'ays a-fightin' the revenuers, and gits a hard name in the mount'ins fur a mean man, who's gwine to be able fur to sleep o' nights?"

The Justice of the Peace stirred deliberately to his duties. He placed his one chair and a wooden stool for his petitioners. He opened his book of statutes on the table and scanned the index. Presently he wiped his spectacles and shifted his inkstand.

"The law and the statutes," said he, "air silent on the subjeck of divo'ce as fur as the jurisdiction of this co't air concerned. But, accordin' to equity and the Constitution and the golden rule, it's a bad barg'in that can't run both ways. If a justice of the peace can marry a couple, it's plain that he is bound to be able to divo'ce 'em. This here office will issue a decree of divo'ce and abide by the decision of the Supreme Co't to hold it good."

---

a-throwin' ⇒throwing  skillet lid:냄비 뚜껑  coon-dog:너구리  revenuer:세무관 victual:음식(food)  gwine:go의 현재분사  petitionet:소송인  statutes:법령  air⇒ are  jurisdiction:재판권  co't⇒court:법정  equity:형평법  div'ce'em⇒divorce them  a decree of divo'ce:이혼판결  abide by:준수하다

여 주라고 들볶고!"

"마누라라는 게 툭하면 냄비 뚜껑이나 집어던지질 않나." 이번에는 랜시의 차례였다. "컴벌랜드 산간 지방에서 가장 좋은 이 너구리한테 펄펄 끓는 물을 끼얹질 않나, 남편이 먹을 음식은 만들어 줄 생각은 않고서, 남편이 하는 일에 밤새도록 잔소리를 늘어놓고 잠을 못 자게 하질 않나!"

"밤낮 세무소 사람과 싸움이나 하고, 산간 지방에서 불한당으로 소문난 사내가 밤에 무슨 잠을 잘 수 있어요?"

치안 판사는 신중하게 일에 착수했다. 소송인들을 위해서 한 개밖에 없는 의자와 나무 걸상을 나란히 놓았다. 책상 위의 법령집을 펼쳐 놓고 자세히 색인을 훑어보았다. 곧 그는 안경을 닦고 잉크병 뚜껑을 열었다.

"법률도 법령도." 하고 그는 입을 열었다. "이 법정의 재판권에 관한 한, 이혼 문제에는 언급이 없단 말이야. 그러나 평형법(平衡法)과 미국 헌법과 황금률(黃金律)에 의하면, 당사자 쌍방이 이행할 수 없는 협약은 아무 소용도 없고, 또 만일 치안 판사가 한 쌍의 남녀를 결혼시킬 수 있다고 한다면 분명히 이혼시킬 수도 있을 거야. 좋아, 이 법정은 당신들에게 이혼 판결을 선고하겠어. 대심원도 이것을 유효로 인정할 거야."

랜시 빌브로는 바지 주머니에서 조그만 담배 쌈지를 꺼냈다.

---

황금률:뜻이 심오하여 인생에 유익한 말

Ransie Bilbro drew a small tobacco-bag from his trousers pocket. Out of this he shook upon the table a five-dollar note. "Sold a b'arskin and two foxes fur that," he remarked. "It's all the money we got."

"The regular price of a divo'ce in this co't," said the Justice, "air five dollars." He stuffed the bill into the pocket of his homespun vest with a deceptive air of indifference. With much bodily toil and mental travail he wrote the decree upon half a sheet of foolscap, and then copied it upon the other. Ransie Bilbro and his wife listened to his reading of the document that was to give them freedom:

Know all men by these presents that Ransie Bilbro and his wife, Ariela Bilbro, this day personally appeared before me and promises that hereinafter they will neither love, honor, nor obey each other, neither for better nor worse, being of sound mind and body, and accept summons for divorce according to the peace and dignity of the State. Herein fail not, so help you God.

Benaja Widdup, justice of the peace in and for the county of Piedmont, State of Tennessee.

---

hereinafter:이하 b' arskin⇒bearskm:곰 가죽 stuff:채워넣다 deceptive:속이는 travail:수고, 고생 sound:건전한 county:주(state) 다음에 가는 행정 구역

그 쌈지를 흔들어 책상 위에 5달러 지폐 한 장을 떨어뜨렸다. "곰 가죽 한 장과 여우 모피 두 장을 판 돈입죠." 하고 그는 설명했다. "돈은 모두 이것밖에 없습니다."

"이 법정의 이혼 수속 규정 요금은." 하고 치안 판사는 말했다. "5달러야." 그러고는 별 관심 없는 체하면서 홈스펀 조끼 주머니에 지폐를 쑤셔 넣었다. 그리고 커다란 육체적 노고와 정신적 수고를 거듭하여 대판(大版) 오절지 절반에 판결문을 적고, 나머지 절반에 그 사본을 썼다. 랜시 빌브로와 그 아내는 판사가 자기들에게 자유를 주기 위해서 쓴 문서를 낭독하는 것을 조용히 듣고 있었다.


랜시 빌브로와 그의 아내 애릴러 빌브로는 금일 본 치안 판사 앞에 출두하여, 양자는 앞으로 어떤 사정이 있더라도 서로 사랑하지 않고 존경하지 않고 복종하지 않는다는 것과 양자의 심신이 다 건전하다는 것을 서약하고, 주(州)의 질서와 존엄에 따라 이혼 신고를 수락했음을 공고함. 이를 어기지 말고, 양자에게 신의 은총이 있기를.

테네시 주 피드먼트 군 치안 판사 비나이저 위덥


판사는 이 문서 한 통을 랜시에게 건네주려고 했다. 그러자

---

대판: 인쇄물 · 사진 따위의 큰 판
오절지: 온 장의 종이를 5등분한 종이

The Justice was about to hand one of the documents to Ransie. The voice of Ariela delayed the transfer. Both men looked at her. Their dull masculinity was confronted by something sudden and unexpected in the woman.

"Judge, don't you give him that air paper yit. ' Tain't all settled, nohow. I got to have my rights first. I got to have my ali-money. ' Tain't no kind of a way to do fur a man to divo'ce his wife 'thout her havin' a cent fur to do with. I'm a-layin' off to be a-goin' up to brother Ed' s up on Hogback Mount'in. I'm bound fur to hev a pa'r of shoes and some snuff and things besides. Ef Rance kin affo' d a divo'ce, let him pay me ali-money."

Ransie Bilbro was stricken to dumb perplexity. There had been no previous hint of alimony. Women were always bring-ing up startling and unlooked-for issues.

Justice Benaja Widdup felt that the point demanded judi-cial decision. The authorities were also silent on the subject of alimony. But the woman's feet were bare. The trail to Hogback Mountain was steep and flinty.

"Ariela Bilbro," he asked, in official tones, "how much did you 'low would be good and sufficient ali-money in the

---

masculinity:남성  confront(v)=face  yit⇒yet  ' Tain't⇒That isn't  ali-money:alimony(위자료)를 잘못 알고 있음  'thout⇒without  hev a pa'r of⇒have a pair of  Ef Rance kin affo'd···⇒If Rance can afford···  perplexity:당황  low⇒know  befo⇒before  lay off to do:~하려고 꾀하다(기도하다)

애릴러의 목소리가 이를 막았다. 두 사나이는 그녀를 돌아보았다. 그들의 무딘 남성 기질이 갑작스럽고 예기치 않게 여성의 그 무엇에 직면했다.

"판사님, 그 서류는 아직 이이한테 주시지 마세요. 아직도 이야기가 다 된 게 아니거든요. 내 권리를 찾아야겠어요. 별거 수당을 받아야죠. 남편이 여편네한테 별거 수당도 한 푼 안 주는데 이혼을 허락하는 법이 어딨어요. 저는 호그백 산에 사는 에드 오빠를 찾아갈까 생각하고 있어요. 그러려면 신 한 켤레와 코담배를 좀 사야 하고, 그 밖에도 여러 가지 사야 할 게 있어요. 랜시에게 이혼을 허락하시려거든, 별거 수당을 지불하게 해 주세요."

랜시 빌브로는 당황하여 말을 하지 못했다. 그의 아내는 지금까지 별거 수당에 대해서는 한 마디도 입 밖에 낸 적이 없었다. 정말 여자란 묘한 때에 뜻밖의 난제를 꺼내 놓는 법이다.

판사 비나이저 위덥은 법적 판결에 필요한 사항이라고 느꼈다. 판례집에는 별거 수당 문제에 대해서는 전혀 언급이 없었다. 그러나 여자는 맨발이었다. 더욱이 호그백으로 가는 길은 험하고 돌밭길이다.

"애릴러 빌브로." 하고 판사는 격식을 갖춘 말투로 물었다. "그대는 이 법정에 제소한 이 사건에 있어서, 얼마의 별거 수

---

난제:처리하기 어려운 일. 해내기 어려운 문제

case befo' the co't?"

"I 'lowed," she answered, "fur the shoes and all, to say five dollars. That ain't much fur ali-money, but I reckon that'll git me up to brother Ed's."

"The amount," said the Justice, "air not onreasonable. Ransie Bilbro, you air ordered by the co't to pay the plaintiff the sum of five dollars befo' the decree of divo'ce air issued."

"I hain't no mo' money," breathed Ransie, heavily. "I done paid you all I had."

"Otherwise," said the Justice, looking severely over his spectacles, "you air in contempt of co't."

"I reckon if you gimme till tomorrow," pleaded the husband, "I mout be able to rake or scrape it up somewhars. I never looked for to be a-payin' no ali-money."

"The case air adjourned," said Benaja Widdup, "till tomorrow, when you-all will present yo'selves and obey the order of the co't. Followin' of which the decrees of divo'ce will be delivered." He sat down in the door and began to loosen a shoestring.

"We mout as well go down to Uncle Ziah's," decided Ransie, "and spend the night." He climbed into the cart on

---

air not on reasonable⇒are not uneasonalbe 부정어가 하나 더 있는 것은 교육의 부족 때문이다.  plaintiff:원고≒defendant  contempt of co't:법정 모욕죄 gimme⇒give me  mout⇒might  somewhars⇒somewhere  yo' selves⇒ yourselves  mout as well⇒might as well:~하는 것이 더 낫다

당을 받는다면 충분하고도 타당하다고 생각하는가?"

"신발도 사야 하고 다른 것도 사야 하니까요." 하고 아내는 대답했다. "5달러 정도 있으면 되겠어요. 별거 수당이랄 것도 없는 돈이지만 그만하면 오빠를 찾아갈 순 있겠죠, 뭐."

"그만한 액수라면." 하고 판사는 말했다. "부당하다고 할 수 없겠지. 랜시 빌브로, 이 법정은 이혼 판결서를 내주기 전에, 원고에게 5달러를 지불할 것을 그대에게 명령한다."

"더 가진 돈은 한푼도 없습니다." 하고 랜시는 깊은 한숨을 내쉬며 말했다. "가진 돈은 모두 판사님께 드렸어요."

"만일 지불하지 않으면 그대는 법정 모욕죄에 걸리네." 하고 판사는 안경 너머로 무섭게 그를 쏘아보며 말했다.

"내일까지 기다려 준다면." 하고 남편은 애원했다. "어디서 마련해 오죠. 별거 수당을 지불해야 할 줄은 꿈에도 생각 못했습니다."

"재판을 연기한다." 하고 비나이저 위덥은 말했다. "내일 그대들이 출두해서, 법정 명령을 이행할 때까지이다. 이혼 판결서는 그것이 끝난 뒤에 내줄 것이다." 판사는 문간에 앉아 구두끈을 풀기 시작했다.

"오늘 밤엔 자이러 아저씨 댁에 가서 자는 게 낫겠어." 하고 랜시는 정했다. 그는 소달구지 저쪽에 타고, 애릴러는 이쪽에

---

제소:소송을 일으킴

one side, and Ariela climbed in on the other. Obeying the flap of his rope, the little red bull slowly came around on a tack, and the cart crawled away in the nimbus arising from its wheels.

Justice-of-the-peace Benaja Widdup smoked his elder-stem pipe. Late in the afternoon he got his weekly paper, and read it until the twilight dimmed its lines. Then he lit the tallow candle on his table, and read until the moon rose, marking the time for supper. He lived in the double log cabin on the slope near the girdled poplar. Going home to supper he crossed a little branch darkened by a laurel thicket. The dark figure of a man stepped from the laurels and pointed a rifle at his breast. His hat was pulled down low, and something covered most of his face.

"I want yo' money," said the figure, "'thout any talk. I'm gettin' nervous, and my finger's a-wabblin' on this here trigger."

"I've only got f-f-five dollars," said the Justice, producing it from his vest pocket.

"Roll it up," came the order, "and stick it in the end of this here gun-bar'l."

---

flap:찰싹 때리기 nimbus:후광(halo) tallow:수지, 양기름(짐승의 기름) girdied poplar:포플러나무에 둘러싸인 laurel:월계수 thicket:덤불, 잡목숲 yo' ⇒your a-wabblin' ⇒wabbling=wobbling:흔들거리는, 망설이는 trigger:방아쇠 gun-bar' l⇒gun-barrel:총신 crisp:(종이)빳빳하고 새것인

탔다. 그가 흔드는 고삐의 명령을 따라 조그만 붉은 황소가 천천히 방향을 바꾸며, 소달구지는 수레바퀴에서 솟아오르는 먼지 속으로 느릿느릿 사라져 갔다.

치안 판사 비나이저 위덤은 뻑뻑 딱총나무 파이프로 담배를 피웠다. 저녁때가 다 되어서 그는 주간 신문을 펴들고, 어두워서 활자가 보이지 않게 될 때까지 읽었다. 그러고는 책상 위의 촛불을 켜고, 달이 떠서 저녁 식사 시간을 알릴 때까지 계속 신문을 읽었다. 그는 산비탈의 포플러나무에 둘러싸인 두 채의 통나무 집에 살고 있었다. 저녁 식사를 하려고 그 집으로 돌아가면서, 월계수 숲 그늘로 컴컴한 좁은 오솔길을 가로질렀다. 그때 월계수 숲속에서 시커먼 남자 그림자가 뛰어나와 그의 가슴에다 권총을 들이댔다. 사나이는 모자를 깊숙이 눌러쓰고 얼굴 대부분을 가리고 있었다.

"잠자코 돈을 내놔!" 하고 사나이는 말했다. "잔말 말고, 나는 지금 흥분해 있으니까 이 손가락이 방아쇠를 당기고 싶어서 근질근질하단 말이야."

"나는 오, 오, 오 달러밖에 없소." 하고 판사는 조끼 주머니에서 지폐를 꺼냈다.

"그걸 말아서" 하고 사나이는 명령했다. "이 총구멍에 꽂아."

새 지폐였으므로 벌벌 떨리는 서투른 손가락으로 그것을 돌

The bill was new. Even fingers that were clumsy and trembling found little difficulty in making a spill of it and inserting it into the muzzle of the rifle.

"Now I reckon you kin be goin' along," said the robber.

The Justice lingered not on his way.


The next day came the little red bull, drawing the cart to the office door. Benaja Widdup had his shoes on, for he was expecting the visit. In his presence Ransie Bilbro handed to his wife a five-dollar bill. The official's eye sharply viewed it. It seemed to curl up as though it had been rolled and inserted into the end of a gun-barrel. But the Justice refrained from comment. It is true that other bills might be inclined to curl. He handed each one a decree of divorce. Each stood awkwardly silent, slowly folding the guarantee of freedom. The woman cast a shy glance full of constraint at Ransie.

"I reckon you'll be goin' back up to the cabin," she said, "along 'ith the bull-cart. There's bread in the tin box settin' on the shelf. I put the bacon in the b'ilin'-pot to keep the hounds from gettin' it. Don't forget to wind the clock tonight."

---

clumsy:서투른, 어색한  spill:작은마개(구멍, 통풍구 따위를 막는)  muzzle:총구, (동물)주둥이  linger:꾸물거리다  refrain(from):자제하다  awkwardly:어색하게  guarantee:보증, 담보  constraint:제한, 어색함  b'ilin-pot⇒boiling-pot:냄비  'lowin⇒knowing  ther⇒there  afore⇒before

돌 말아 총구멍에 끼우는 것은 그다지 어렵지 않았다.

"됐다. 이제 가도 돼." 하고 강도는 말했다.

판사는 꾸물대지 않고 곧바로 갔다.

이튿날, 조그만 붉은 황소가 달구지를 끌고 사무실 앞에 나타났다. 비나이저 위덥 판사는 그들이 찾아올 것을 알고 있었으므로, 벌써 구두를 신고 있었다. 랜시 빌브로는 판사 앞에서 아내에게 5달러 지폐를 건네주었다. 판사의 눈은 그 지폐를 보자 날카롭게 빛났다. 동글동글하게 말려서 총구멍에 끼웠다는 것을 나타내기라도 하듯이 말린 자국이 남아 있는 것처럼 여겨졌기 때문이다. 그러나 판사는 아무 말도 하지 않았다. 말린 자국이 있는 지폐는 그밖에도 많을 것이니 말이다. 그는 두 사람에게 각각 이혼 판결서를 내주었다. 자유를 보장하는 서류를 천천히 접으면서, 두 사람 다 어색하게 잠자코 서 있었다. 이윽고 아내가 매우 어색하고 수줍은 눈길을 랜시에게 돌렸다.

"당신은 저 달구지를 타고 산 속 오두막으로 돌아가는 거죠?" 하고 그녀는 말했다. "빵은 양철통에 넣어서 선반에 얹어 놨어요. 베이컨은 개들이 훔쳐 먹지 못하게 냄비 안에 넣어 두었고요. 오늘 밤에 시계 태엽 감는 걸 잊지 말아요."

"당신은 오빠 집에 가는 거지?" 하고 랜시는 아주 무뚝뚝하

"You air a-goin' to your brother Ed's?" asked Ransie, with fine unconcern.

"I was 'lowin' to get along up thar afore night. I ain't sayin' as they'll pester theyselves any to make me welcome, but I hain' t nowhar else fur to go. It's a right smart ways, and I reckon I better be goin.' I'll be a-sayin' good-bye, Ranse— that is, if you keer fur to say so."

"I don't know as anybody's a hound dog," said Ransie, in a martyr's voice, "fur to not want to say good-bye'less you air so anxious to git away that you don't want me to say it."

Ariela was silent. She folded the five-dollar bill and her decree carefully, and placed them in the bosom of her dress. Benaja Widdup watched the money disappear with mournful eyes behind his spectacles.

And then with his next words he achieved rank (as his thoughts ran) with either the great crowd of the world's sym-pathizers or the little crowd of its great financiers.

"Be kind o' lonesome in the old cabin to-night, Ransie," she said.

Ransie Bilbro stared out at the Cumberlands, clear blue now in the sunlight. He did not look at Ariela.

---

unconcern:냉담, 태연  pester:성가시게 굴다(bother)  keer fur⇒care for  martyr: 순교자  'less⇒unless  sympathizer:동정자  financier:재정가, 자본가

게 물었다.

"어두워지기 전에 가야겠어요. 오빠네 식구들이 뭐 그리 반가워해 줄 리도 없지만 달리 갈 곳도 없으니까, 그렇게 하는 게 제일 좋겠죠, 뭐. 이제 가 봐야겠어요. 잘 가시라고 인사 할래요 랜시, 당신이 그래 주길 바란다면."

"잘 가라는 소리도 하기를 원치 않는," 하고 랜시는 순교자 같은 어조로 말했다. "그런 짐승 같은 인간이 있다는 말은 내 아직 못 들어봤어. 하기야 당신이 내 입으로 잘 가라는 말을 듣고 싶지 않을 만큼 얼른 가 버리고 싶다면야 얘기는 다르지만 말야."

애릴러는 잠자코 있었다. 그녀는 둘둘 말았던 5달러 지폐와 판결서를 곱게 접어서 옷섶에 쑤셔 넣었다. 판사 비나이저 위덥은 지폐가 모습을 감추는 것을 안경 속으로 슬픈 듯이 지켜보고 있었다.

그리고 그는 (그가 생각하는 바에 따라서) 세상의 매우 많은 동정자나, 아니면 매우 적은 대자본가 속에 속할 말을 속으로 중얼거렸다.

"오늘 밤엔 낡은 오두막에서 쓸쓸하겠죠, 랜시?" 하고 애릴러가 말했다.

랜시 빌브로는 이제 햇빛 속에서 파랗게 맑은 컴벌랜드의 산

---

순교자: 자기가 믿는 종교를 위하여 목숨을 바친 사람

"I 'low it might be lonesome," he said; "but when folks gits mad and wants a divo'ce, you can't make folks stay."

"There's others wanted a divo'ce," said Ariela, speaking to the wooden stool. "Besides, nobody don't want nobody to stay."

"Nobody never said they didn't."

"Nobody never said they did. I reckon I better start on now to brother Ed's."

"Nobody can't wind that old clock."

"Want me to go along 'ith you in the cart and wind it fur you, Ranse?"

The mountaineer's countenance was proof against emotion. But he reached out a big hand and enclosed Ariela's thin brown one. Her soul peeped out once through her impassive face, hallowing it.

"Them hounds sha'n't pester you no more," said Ransie. "I reckon I been mean and low down. You wind that clock, Ariela."

"My heart hit's in that cabin, Ranse," she whispered, "along 'ith you. I ain't a-goin' to git mad no more. Le's be startin', Ranse, so's we kin git home by sundown."

---

besides:게다가 moutaineer:산사람 peep out:드러나다 impassive:무표정한 냉정한 hollow:텅비게하다, 도려내다 Them hounds sha'n't···⇒They, hounds, shall not··· I reckon I been···⇒I reckon I have been···

봉우리들을 물끄러미 바라보았다. 그는 애릴러를 보지 않았다.

"쓸쓸할지도 모른다는 건 알아." 하고 그는 말했다. "하지만 화가 나서 자꾸만 헤어지자는 사람을 붙잡을 수도 없잖아."

"자꾸만 헤어지고 싶어한 건 그쪽이라고요." 하고 애릴러는 걸상을 바라보며 말했다. "게다가 서로가 머물기를 원하지 않는다고요."

"서로가 그렇게 생각한다고 아무도 말하지 않았어요. 그럼 슬슬 오빠네 집으로 가봐야겠어요."

"아무도 그 낡은 시계 태엽을 감아 주지 않을 거야."

"내가 당신하고 달구지를 타고 가서 감아 주면 좋겠군요, 랜시."

산 사나이의 표정은 감정과 싸우고 있음을 보여주었다. 그는 큼직한 손을 뻗어 애릴러의 가늘고 가무잡잡한 손을 덥석 잡았다. 그녀의 무표정한 얼굴에서 살짝 영혼이 내다보고 그 얼굴을 맑게 만들었다.

"다시는 그 불한당 놈들을 데리고 와서 당신을 괴롭히지 않을게." 하고 랜시는 말했다. "나는 아무 짝에도 쓸모 없는 못된 인간이 돼 버린 거야. 시계 태엽은 당신이 감아 줘, 애릴러."

"내 마음은 벌써 오두막에 가 있다고요. 랜시." 하고 그녀는 속삭였다. "당신과 함께 말예요. 이젠 화내지 않을게요. 자, 어

Justice-of-the-peace Benaja Widdup interposed as they started for the door, forgetting his presence.

"In the name of the State of Tennessee," he said, "I forbid you-all to be a-defyin' of its laws and statutes. This co't is mo' than willin' and full of joy to see the clouds of discord and misunderstandin' rollin' away from two lovin' hearts, but it air the duty of the co't to p'eserve the morals and integrity of the State. The co't reminds you that you air no longer man and wife, but air divo'ced by regular decree, and as such air not entitled to the benefits and 'purtenances of the matter-monal estate."

Ariela caught Ransie' s arm. Did those words mean that she must lose him now when they had just learned the lesson of life?

"But the co't air prepared," went on the Justice, "fur to remove the disabilities set up by the decree of divo'ce. The co't air on hand to perform the solemn ceremony of marri'ge, thus fixin' things up and enablin' the parties in the case to resume the honor'ble and elevatin' state of mattermony which they desires. The fee fur performin' said ceremony will be, in this case, to wit, five dollars."

---

interpose:간섭하다  a-defyin' ⇒defying:도전하다  p' eserve⇒preserve:보존하다  disability:(법률상의)무능력, 무자격  on hand:~을 가지고 있는  solemn:엄숙한  marri' ge⇒marriage  fixin⇒fixing  enablin' ⇒enabling  honor' ble⇒honorable:명예로운  elevatin' ⇒elevating:숭고한 고결한  to wit:즉

서 가요, 랜시, 그러면 날이 저물기 전에 집에 갈 수 있어요."

치안 판사 비나이저 위덥은 두 사람이 자기의 존재를 잊어버리고 나가려고 하자 그들의 앞을 막아섰다.

"나는 테네시 주(州)의 이름으로." 하고 그는 말했다. "그대들 두 사람이 주의 법령을 무시하는 것을 금한다. 이 법정은 애정에 찬 두 가슴에서 불화와 오해가 제거되는 것을 보고 진심으로 기쁘게 생각하고 축복하는 바이지만, 주의 도의와 질서를 유지하는 것이 이 법정에 주어진 의무이다. 그대들은 이제 부부가 아니다. 정식 소송 절차를 밟고 이혼이 성립되었다. 따라서 혼인 관계에 의한 이익 및 그에 부수되는 특전을 누릴 권리가 없다는 것을 나는 이 자리에서 경고한다."

애릴러는 랜시의 팔을 붙잡았다. 두 사람이 막 인생의 교훈을 배웠는데, 판사의 말은 그녀가 그를 잃어야 한다는 것을 의미하는 것일까?

"그러나 이 법정은," 하고 판사는 말을 이었다. "이혼의 판결로써 확정된 자격 상실을 취소할 용의가 있다. 법정은 엄숙한 결혼 의식을 거행할 권한이 있으며, 그렇게 함으로써 사태를 수습하고 소송 관계를 그대들이 바라는 명예롭고 고결한 부부 관계로 복귀시킬 수 있는 것이다. 즉, 의식 거행 요금은 이 경우에 5달러가 된다."

---

부수되다: 붙어 따르다
고결한:성품이 고상하고 깨끗한

Ariela caught the gleam of promise in his words. Swiftly her hand went to her bosom. Freely as an alighting dove the bill fluttered to the Justice' s table. Her sallow cheek colored as she stood hand in hand with Ransie and listened to the reuniting words.

Ransie helped her into the cart, and climbed in beside her. The little red bull turned once more, and they set out, hand-clasped, for the mountains.

Justice-of-the-peace Benaja Widdup sat in his door and took off his shoes. Once again he fingered the bill tucked down in his vest pocket. Once again he smoked his elderstem pipe. Once again the speckled hen swaggered down the main street of the 'settlement,' cackling foolishly.

---

gleam:희미한 빛 alight:(새…)내려앉다 sallow:창백한, 누르스름한 set out:출발하다 hand-clasped:손을 잡고 took off:(옷, 신, 모자)벗다 tuck:~을 쑤셔넣다

애릴러는 이 판사의 말 속에 희망의 빛을 포착했다. 그녀의 손은 재빨리 가슴으로 갔다. 지폐는 하늘에서 날아 내리는 비둘기처럼 사뿐히 판사의 책상 위에 떨어졌다. 애릴러는 랜시와 손을 잡고 다시 맺어지는 혼인의 말에 귀를 기울이고 서 있었고, 그녀의 누르스름한 두 볼을 빨갛게 물들였다.

랜시는 그녀를 부축하여 소달구지에 태우고 자기도 그 옆에 올라탔다. 조그만 붉은 황소는 다시 또 방향을 바꾸고 두 사람은 손을 꼭 잡은 채 산을 향해 떠나갔다.

치안 판사 비나이저 위덥은 사무소 문간에 앉아 구두를 벗었다. 다시 또 그는 지폐를 집어 조끼 주머니에 쑤셔 넣었다. 그리고 다시 또 그는 딱총나무 파이프를 피워 물었다. 다시 또 알록진 암탉이 바보 같은 울음소리를 내면서 '마을' 큰 길을 으스대며 걸어갔다.

# Two Thanksgiving Day Gentlemen

THERE is one day that is ours. There is one day when all we Americans who are not self-made go back to the old home to eat saleratus biscuits and marvel how much nearer to the porch the old pump looks than it used to. Bless the day. President Roosevelt gives it to us. We hear some talk of the Puritans, but don't just remember who they were. Bet we can lick 'em, anyhow, if they try to land again. Plymouth Rocks? Well, that sounds more familiar. Lots of us have had to come down to hens since the Turkey Trust got its work in. But somebody in Washington is leaking out advance information to 'em about these Thanksgiving proclamations.

---

saleratus:요리용 소다 marvel:놀라다, 경이로운 일 Puritan:청교도 lick:~을 핥다 proclaimation:선언서 Plymouth Rock:1620년 청교도들이 상륙했다는 메사추세스중 플리머드항에 있는 바위, (미국산의)플리머스 로크종의 닭 leak out:(비밀)누설되다

# 추수감사절의 두 신사

우 리의 날이 하루 있다. 자칭 미국인이 아닌 진짜 미국
사람들은 모두 옛집으로 돌아가 소다로 부풀린 비스킷
을 먹으면서 어쩌면 펌프 소리가 전과는 달리 현관에 저렇게
도 가까이 들리나 하고 놀라는 날이다. 이 날을 축복하라. 루
스벨트 대통령이 주는 날이다. 청교도들에 대한 이야기를 듣
지만 그들이 누군지 우리는 모른다. 아무튼 그들이 다시 상륙
해 온다면 격퇴해 버릴 수 있다. 플리머드록? 글쎄, 더 귀에
익은 말이다. 칠면조 조합이 생긴 이래 많은 사람들이 닭을
먹는 처지가 되었다. 워싱턴에 있는 누군가 추수감사절 선포
에 관한 정보를 그들에게 미리 누설하고 있나보다.

 뉴욕에서는 추수 감사절이 아주 제도화되어 있다. 11월 마지

---

추수감사절: 기독교 신자들이 1년에 한 번씩 추수한 뒤에 하느님께 감사하
   는 예배를 드리는 날

The big city east of the cranberry bogs has made Thanks-giving Day an institution. The last Thursday in November is the only day in the year on which it recognizes the part of America lying across the ferries. It is the one day that is purely American. Yes, a day of celebration, exclusively American.

And now for the story which is to prove to you that we have traditions on this side of the ocean that are becoming older at a much rapider rate than those of England are thanks to our git-up and enterprise.

Stuffy Pete took his seat on the third bench to the right as you enter Union Square from the east, at the walk opposite the fountain. Every Thanksgiving Day for nine years he had taken his seat there promptly at 1 o'clock. For every time he had done so things had happened to him—Charles Dickensy things that swelled his waistcoat above his heart, and equally on the other side.

But today Stuffy Pete's appearance at the annual trysting place seemed to have been rather the result of habit than of the yearly hunger which, as the philanthropists seem to think, afflicts the poor at such extended intervals.

Certainly Pete was not hungry. He had just come from a feast that had left him of his powers barely those of respi-

cranberry:넌출월귤 bog:습지, 늪 cranberry bog:뉴욕 도시 ferry:나룻터 exclusively:배타적으로 git-up:정력 promptly:즉시 trysting place:만나기로 약속한 장소(연인들이) philanthropist:자선가 afflict:(심신)을 괴롭히다 feast:축제, 성찬

막 목요일은 뉴욕이 나룻터 건너에 있는 본토를 알아보는 1년 중의 단 하루이다. 이 날은 순수한 미국적인 날이다. 그렇다, 오직 미국에만 있는 명절이다.

이제는 본론으로 들어가서, 대서양 이쪽에 있는 전통이 영국의 전통보다 훨씬 빠른 속도로 이루어진 것을 밝혀야겠다. 그것은 우리의 정력과 기업심 덕분이다.

스터피 피트는 유니언 스퀘어 공원을 동쪽으로 들어가 분수 맞은편 길 오른쪽에서 세 번째 벤치에 가서 앉았다. 지난 9년 동안 추수 감사절마다 오후 1시만 되면 그는 부랴부랴 여기에 와서 자리를 잡았다. 그 때마다 찰즈 디킨즈의 소설 같은 좋은 수가 생겨서 조끼 밑 가슴 아래위가 두둑하게 불러졌기 때문이다.

그러나 오늘 스터피 피트가 해마다 앉는 이 자리에 나타난 것은 오히려 그런 버릇 때문이지, 자선가들이 생각하듯 가난한 사람들이 이때가 되면 1년에 한번씩 몹시 배가 고파지는 그 허기 때문에 찾아온 것은 아니었다.

정말 피트는 배가 고프지 않았다. 진수성찬을 먹고 간신히 남은 힘으로 땀을 뻘뻘 흘리며 허덕허덕 걸어오는 길이었기 때문이다. 고깃국 냄새가 스민 피트의 가면 같은 푸석푸석한 얼굴에는 푸른 구즈베리 같은 두 눈이 쿡 박혀 있었다. 숨소리는

ration and locomotion. His eyes were like two pale gooseberries firmly imbedded in a swollen and gravy-smeared mask of putty. His breath came in short wheezes; a senatorial roll of adipose tissue denied a fashionable set to his upturned coat collar. Buttons that had been sewed upon his clothes by kind Salvation fingers a week before flew like pop-corn, strewing the earth around him. Ragged he was, with a split shirt front open to the wishbone; but the November breeze, carrying fine snowflakes, brought him only a grateful coolness. For Stuffy Pete was overcharged with the calorie produced by a super-bountiful dinner, beginning with oysters and ending with plum pudding, and including (it seemed to him) all the roast turkey and baked potatoes and chicken salad and squash pie and ice cream in the world. Wherefore he sat, gorged, and gazed upon the world with after-dinner contempt.

The meal had been an unexpected one. He was passing a red brick mansion near the beginning of Fifth Avenue, in which lived two old ladies of ancient family and a reverence for traditions. They even denied the existence of New York, and believed that Thanksgiving Day was declared solely for Washington Square. One of their traditional habits was to station a servant at the postern gate

---

respiration:호흡 locomtion:교통기관, 이동 gravy:육즙 소스 smear:(기름…)바르다 wheeze:색색거림 senatorial:상원의 adipose:지방질 salvation:구제, 구조 strew:뿌리다 super-bountiful:매우 풍부한 gorge:음식으로 배를 꽉 채우다 reverence:존중 station:~을 배치하다 postern:뒷문

짧게 가랑거리고, 상원 의원같이 굵은 목의 지방 조직은 곤두선 웃옷 칼라 속에서 가만히 있지 않았다. 고마운 파출부 아낙네가 일주일 전에 달아 준 의복 단추가 옥수수 튀기듯 날아가 땅바닥에 흩어졌다. 셔츠 앞이 찢어져 가슴까지 드러난 그의 모습은 남루했다. 그러나 부드러운 눈송이를 실은 11월의 찬바람도 그에겐 시원하고 고마울 뿐이었다. 왜냐하면 스터피 피트는 진수성찬을 먹고 지금 칼로리 과다증에 걸려 있었기 때문이다. 맨처음 굴에서 시작하여 건포도를 넣은 푸딩으로 끝난 식사에는 이 세상의(그는 그렇게 여겨졌다) 모든 구운 칠면조와 구운 감자와 치킨 샐러드와 호박 파이와 아이스크림이 다 나왔었다. 그래서 그는 목구멍까지 그득 차서 배부른 인간의 눈으로 경멸스럽게 세상을 바라보고 앉아 있었던 것이다.

그것은 생각지 않은 잔치였다. 그는 5번 가의 어귀에 있는 어느 벽돌 저택 앞을 지나고 있었다. 이 집에는 전통을 존중하는 오랜 집안의 두 할머니가 살고 있었다. 이 할머니들은 심지어 뉴요크의 존재마저 인정하지 않았으며 추수 감사절은 오직 워싱턴 스퀘어를 위해서만 선포된 것으로 믿고 있었다. 이 집의 오랜 풍속의 하나는 이 날 뒷문에 하인 하나를 세워 놓는 것이었다. 정오에 제일 먼저 지나가는 굶주린 사람을 불러들여서 아주 성찬을 대접하는 일이었다. 스터피 피트는 마침 공원

---

남루: 옷 따위가 때묻고 헤어져 너절함

with orders to admit the first hungry wayfarer that came along after the hour of noon had struck, and banquet him to a finish. Stuffy Pete happened to pass by on his way to the park, and the seneschals gathered him in and upheld the custom of the castle.

After Stuffy Pete had gazed straight before him for ten minutes he was conscious of a desire for a more varied field of vision. With a tremendous effort he moved his head slowly to the left. And then his eyes bulged out fearfully, and his breath ceased, and the rough-shod ends of his short legs wriggled and rustled on the gravel.

For the Old Gentleman was coming across Fourth Avenue toward his bench.

Every Thanksgiving Day for nine years the Old Gentleman had come there and found Stuffy Pete on his bench. That was a thing that the Old Gentleman was trying to make a tradition of. Every Thanksgiving Day for nine years he had found Stuffy there, and had led him to a restaurant and watched him eat a big dinner. They do those things in England unconsciously. But this is a young country, and nine years is not so bad. The Old Gentleman was a stanch American patriot, and considered himself a pioneer in American tradition. In order to become pic-

wayfarer:도보여행자 banquet:대접하다 seneschal:집사 bulge:돌출하다 wriggle:몸부림치다 shod:shoe의 과거, 과거분사, 신을 신은 rustle:재빨리 움직이다 gravel:자갈 stanch=staunch:지조 있는, 충실한

으로 가는 길에 이 앞을 지나가다 하인들이 끌어들이는 바람에 대궐의 관례를 치르게 되었던 것이다.

스터피 피트는 한 10분쯤 앞을 바라보고 왔다가 문득, 다른 곳에 주위를 돌렸다. 무진 애를 써서 간신히 고개를 왼쪽으로 돌렸다. 그러자 그의 눈이 겁에 질려서 튀어나올 뻔했다. 숨이 콱 막히고 해진 신발을 신은 짧은 다리가 오금을 못 펴고 자갈 위에서 허우적거렸다.

왜냐하면 그 늙은 신사가 4번 가를 지나서 그의 벤치를 향해서 걸어오고 있었기 때문이다.

지난 9년 동안 추수 감사절만 되면 노신사는 이 자리에 나타나 이 벤치에서 스터피 피트를 찾았다. 노신사는 이 일을 하나의 전통으로 삼고 있었다. 지난 9년 동안 추수 감사절 때마다 여기서 스터피를 찾아서는 식당으로 데리고 가서 한 상 잘 차려 주고 그가 먹는 것을 지켜보는 것이었다. 영국에서는 이런 일을 무의식적으로 한다. 그러나 미국은 신흥 국가요 이 나라의 9년이면 그리 짧은 기간도 아니다. 노신사는 성실한 미국의 애국자였으며, 미국의 전통을 정립하는 선구자로 자처하고 있었다. 무슨 일이든 아름답게 보이려면 그 일을 한번도 빠지지 않고 오랫동안 계속해야 한다. 산업 보험 회사에서 주마다 10센트씩 보험료를 거둬들이는 일이 그렇고 또는 거리를 청소하

---

관례: 관습이 된 선례
오금: 무릎의 구부러지는 쪽의 관절 부분

turesque we must keep on doing one thing for a long time without ever letting it get away from us. Something like collecting the weekly dimes in industrial insurance. Or cleaning the streets.

The Old Gentleman moved, straight and stately, toward the Institution that he was rearing. Truly, the annual feeding of Stuffy Pete was nothing national in its character, such as the Magna Charta or jam for breakfast was in England. But it was a step. It was almost feudal. It showed, at least, that a Custom was not impossible to New Y—ahem! —America.

The Old Gentleman was thin and tall and sixty. He was dressed all in black, and wore the old-fashioned kind of glasses that won't stay on your nose. His hair was whiter and thinner than it had been last year, and he seemed to make more use of his big, knobby cane with the crooked handle.

As his established benefactor came up Stuffy wheezed and shuddered like some woman's over-fat pug when a street dog bristles up at him. He would have flown, but all the skill of Santos-Dumont could not have separated him from his bench. Well had the myrmidons of the two old ladies done their work.

---

picturesque: 그림과 같은 stately: 위엄이 있는 institution: 관례, 관습, 제도 rear-raise: 기르다, 키우다 magna charta feudal: 봉건제도의 knobby: 울퉁불퉁한 cane: 지팡이 crook: 굽은 benefactor: 은인 wheeze:(숨)색색거리다. bristle (up):(털)을 곤두세우다. myrmidon: 뮈르미돈(그리스 신화)부하, 심복

는 일이 그렇다.

노신사는 곧장 점잖게 그가 육성하고 있는 관습을 향해 걸어 왔다. 사실상 해마다 스터피 피트를 부양하는 것은 영국의 마그나카르타 대헌장이나 또는 아침에 잼을 먹는 것 같은 그런 전국적인 성격을 띤 것이 아니었다. 그러나 그것은 첫걸음이었다. 이제는 거의 봉건제도처럼 굳어 있었다. 그것은 적어도 뉴요크, 아니, 에헴! 미국에 있어서도 하나의 관습이 불가능하지 않다는 것을 보여 준 것이었다.

노신사는 깡마르고 키가 큰 육십객이었다. 수수한 검정 옷차림에 코 위에 가만히 붙어 있지 않는 구식 안경을 쓰고 있었다. 머리는 지난해보다 더 희고 더 듬성했으며, 손잡이가 구부러진 울퉁불퉁한 단장에 더 의지하게 된 것 같았다.

이 고정된 보호자가 앞에 다가오자마자 스터피는 숨을 가랑거리면서, 마치 안주인을 따라가던 살찐 강아지가 거리에서 으르렁대는 큰 개를 만난 듯이 몸을 떨었다. 날아가 버리고 싶었지만, 산토스 두몬트의 재주로도 그를 벤치에서 떠나게 하지는 못했을 것이다. 두 할머니의 하인들은 맡은 직무를 잘도 해낸 것이다.

"안녕하시오." 하고 노신사가 말을 건넸다. "또 한 해의 변천을 무사히 넘기시고, 아름다운 이 세상에서 건강하게 움직이고

---

단장: 짧은 지팡이

"Good morning," said the Old Gentleman. "I am glad to perceive that the vicissitudes of another year have spared you to move in health about the beautiful world. For that blessing alone this day of thanksgiving is well proclaimed to each of us. If you will come with me, my man, I will provide you a dinner that should make your physical being accord with the mental."

That is what the Old Gentleman said every time. Every Thanksgiving Day for nine years. The words themselves almost formed an Institution. Nothing could be compared with them except the Declaration of Independence. Always before they had been music in Stuffy's ears. But now he looked up at the Old Gentleman's face with tearful agony in his own. The fine snow almost sizzled when it fell upon his perspiring brow. But the Old Gentleman shivered a little and turned his back to the wind.

Stuffy had always wondered why the Old Gentleman spoke his speech rather sadly. He did not know that it was because he was wishing every time that he had a son to succeed him. A son who would come there after he was gone—a son who would stand proud and strong before some subsequent Stuffy, and say: "In memory of my father." Then it would be an Institution.

---

vicissitude:변천 spare:해를 입히지 않고 두다 agony:고뇌(anguish), 고통(pain) sizzle:(끓어서)지글거리다 perspire:땀흘리다 shiver:떨다 subsequent:뒤의, 다음의

계시는 것을 보기 반갑구려. 그것을 축복하기 위해서만이라도 이 추수 감사절의 선포는 우리를 위해 참으로 잘 된 일이라 하겠소. 자, 가십시다. 당신의 몸과 마음이 건강해지도록 식사를 대접해 드리리다."

이것은 그 때마다 노신사가 하는 말이다. 9년 동안 추수 감사절마다 해 온 말이다. 이 말 자체가 거의 하나의 관습이 되었다. 독립 선언서 이외는 이에 비견할 만한 것이 없다.

전에는 이 말이 스터피의 귀에 늘 음악처럼 들렸다. 그러나 지금 그는 눈물겹도록 괴로운 표정으로 노신사의 얼굴을 쳐다보았다. 부드러운 눈송이가 그 땀에 젖은 얼굴에 내리면 거의 순식간에 녹을 지경이었다. 그러나 노신사는 약간 몸을 떨면서 바람에 등을 돌리고 돌아섰다.

스터피는 노신사가 왜 언제나 좀 슬픈 듯이 말하는지 궁금했었다. 노신사가 대를 이을 아들이 없는 것이 언제나 한이 되어 그런다는 것을 그는 몰랐다. 자기가 세상을 떠난 뒤 이 자리에 찾아올 아들, 후세의 스터피 앞에 자랑스레 늠름하게 서서 '선친을 기념해서' 라고 말할 아들이 갖고 싶었던 것이다. 그러면 이것은 아주 관례로 굳어 버릴 것이다.

그러나 노신사는 친척이 없었다. 공원 동쪽의 조용한 거리에 있는 갈색 암사(岩砂)로 지은 쇠잔한 옛 부잣집에서 셋방살이

---

비견: 낮고 못함이 없이 서로 비슷함
갈색암사: 적갈색 사암. 고급건축 자재로서 널리 사용

But the Old Gentleman had no relatives. He lived in rented rooms in one of the decayed old family brownstone mansions in one of the quiet streets east of the park. In the winter he raised fuchsias in a little conservatory the size of a steamer trunk. In the spring he walked in the Easter parade. In the summer he lived at a farmhouse in the New Jersey hills, and sat in a wicker armchair, speaking of a butterfly, the ornithoptera amphrisius, that he hoped to find some day. In the autumn he fed Stuffy a dinner. These were the Old Gentleman's occupations.

Stuffy Pete looked up at him for a half minute, stewing and helpless in his own self-pity. The Old Gentleman's eyes were bright with the giving-pleasure. His face was getting more lined each year, but his little black necktie was in as jaunty a bow as ever, and his linen was beautiful and white, and his gray mustache was curled gracefully at the ends. And then Stuffy made a noise that sounded like peas bubbling in a pot. Speech was intended; and as the Old Gentleman had heard the sounds nine times before, he rightly construed them into Stuffy's old formula of acceptance.

"Thankee, sir. I'll go with ye, and much obliged. I'm very hungry, sir."

---

brownstone:적갈색 사암  fuchsia:퓨셔(바늘꽃과의 식물)  conservatory:온실 steaner trunk:두께가 얇고 폭이 넓은 여행용 트렁크  wicker:잔가지 세공의 jaunty:명랑한, 멋진  mustache:콧수염  construed:~을 해석하다  formula:상투어 oblige:은혜를 베풀다 much obliged=thank you very much

를 하고 있었다. 겨울에는 대형 트렁크만한 온실에서 푸셔 꽃을 길렀다. 봄이면 부활제 행렬에 끼여 돌아다녔다. 여름에는 뉴저지 주의 산 속 농가에 들어박혀 살면서 등의자에 앉아 언젠가는 꼭 찾아내고 싶은 오르니토프테라 암프리시우스 과(科)의 나비 이야기를 했다. 그리고 가을에는 스터피에게 저녁을 사 먹였다. 이런 것이 노신사의 일이었던 것이다.

스터피 피트는 몸이 달아오르고 가엾은 절망감으로 30초 가량 노신사를 쳐다보았다. 노신사의 눈은 적선하는 기쁨으로 빛나고 있었다. 그의 얼굴에는 주름이 해마다 늘어나도, 조그마한 검정 나비 넥타이는 언제나 다름없이 멋있게 메어 있었으며, 와이셔츠는 희고 깨끗하였으며, 흰 콧수염 끝이 우아하게 말려 올라가 있었다. 이윽고 스터피는 냄비에서 콩이 끓는 소리를 냈다. 무슨 말을 할 참이었다. 노신사는 과거에 아홉 번이나 이 소리를 들었으므로 초대를 수락하는 스터피의 다음과 같은 해묵은 표현으로 정당하게 해석했다.

"고맙습니다, 영감님. 따라가겠습니다. 대단히 감사합니다. 전 무척 배가 고픕니다요, 영감님."

너무 포식하여 정신은 혼미했지만, 스터피는 자기가 어떤 관습의 기반이 되어 있다는 확신을 뿌리칠 수는 없었다. 자기의 추수 감사절의 식욕은 자기 것이 아니었다. 그것은 현행의 출

---

적선: 착한 일을 많이 함
포식: 배부르게 먹음

The coma of repletion had not prevented from entering Stuffy's mind the conviction that he was the basis of an Institution. His Thanksgiving appetite was not his own; it belonged by all the sacred rights of established custom, if not by the actual Statute of Limitations, to this kind old gentleman who had pre-empted it. True, America is free; but in order to establish tradition some one must be a repetend—a repeating decimal. The heroes are not all heroes of steel and gold. See one here that wielded only weapons of iron, badly silvered, and tin.

The Old Gentleman led his annual protege southward to the restaurant, and to the table where the feast had always occurred. They were recognized.

"Here comes de old guy," said a waiter, "dat blows dat same bum to a meal every Thanksgiving."

The Old Gentleman sat across the table glowing like a smoked pearl at his corner-stone of future ancient Tradition. The waiters heaped the table with holiday food—and Stuffy, with a sigh that was mistaken for hunger's expression, raised knife and fork and carved for himself a crown of imperishable bay.

No more valiant hero ever fought his way through the ranks of an enemy. Turkey, chops, soups, vegetables, pies,

---

coma:혼수상태  pre-empt:~을 미리 획득하다  repletion:포식  repetend:순환소수 중의 순환절  decimal:소수  wielded:(무기, 권력)휘두르다  protege:피보호자  de⇒the  blow:(속어)~에 돈을 쓰다  dat⇒that  bum:부랑자  corner-stone:주춧돌  imperishable:불멸의  bay:월계관  valiant:용감한  ranks=army(군대)

소 기한법(出訴期限法)에 의한 것은 아닐지라도, 확립된 관습의 모든 신성한 권리에 의해서 선취권을 가진 이 노신사의 것이었다. 물론 미국은 자유의 나라다. 그러나 하나의 전통을 세우려면 누군가가 순환부(循環部), 즉 하나의 순환소수(循環小數)가 되어야 한다. 영웅은 반드시 강철과 금이 있어야만 되는 것이 아니다. 보라, 여기에 다만 서툴게 은을 도금한 쇠와 양철 무기를 휘두르는 영웅이 있지 않은가.

노신사는 1년에 한 번씩 자기 뒤를 따라오는 피보호자를 데리고 남쪽으로 가서 그 식당으로 들어가, 언제나 저녁을 대접하는 그 식탁에 앉았다. 식당 종업원들도 그들을 알아보았다.

"그 영감이 온다." 하고 웨이터가 말했다. "감사절마다 같은 거지에게 밥을 사 먹이는 그 영감이야."

노신사는 식탁 맞은편에 앉아 앞으로 유구한 전통의 주춧돌이 되어 우유빛 진주알처럼 빛나고 있었다. 웨이터들은 명절 음식을 식탁에 늘어놓고—스터피는 허기진 사람의 한탄으로 오인된 한숨을 쉬며, 칼과 포크를 집어들고 불멸의 월계관을 위해 고기를 잘라먹기 시작했다.

이보다 더 용감하게 적진에 쳐들어간 영웅은 일찍이 없다. 칠면조, 고깃덩어리, 수프, 채소, 파이 등이 앞에 나오기가 무섭게 사라져 갔다. 식당으로 들어올 때 이미 최대한도까지 배가

출소 기한법: 소송 제기 기한 법
순환부: 순환마디. 순환소수에서 같은 차례로 되풀이되는 몇개의 숫자 마디

disappeared before him as fast as they could be served. Gorged nearly to the uttermost when he entered the restaurant, the smell of food had almost caused him to lose his honor as a gentleman, but he rallied like a true knight. He saw the look of beneficent happiness on the Old Gentleman's face–a happier look than even the fuchsias and the ornithoptera amphrisius had ever brought to it–and he had not the heart to see it wane.

In an hour Stuffy leaned back with a battle won.

"Thankee kindly, sir," he puffed like a leaky steam pipe; "thankee kindly for a hearty meal."

Then he arose heavily with glazed eyes and started toward the kitchen. A waiter turned him about like a top, and pointed him toward the door. The Old Gentleman carefully counted out $1.30 in silver change, leaving three nickels for the waiter.

They parted as they did each year at the door, the Old Gentleman going south, Stuffy north.

Around the first corner Stuffy turned, and stood for one minute. Then he seemed to puff out his rags as an owl puffs out his feathers, and fell to the sidewalk like a sunstricken horse.

When the ambulance came the young surgeon and the

---

beneficent:인정많은, 친절한  wane:시들다, 감퇴하다  thankee⇒thank you, hearty:음식이 많은, 풍부한 nickel:5센트짜리 동전 sunstricken:더위 먹은

차 있어 음식 냄새가 벌써 그의 신사 체면을 위협했지만 그는 참된 기사처럼 있는 힘을 다하여 버티었다. 그는 노신사의 얼굴에 인자한 행복의 빛을—푸셔 꽃이나 오르니토프테라 암프리시우스 과(科)의 진기한 나비에서 얻는 것보다 더 행복스러운 빛을 보았으며—스터피는 차마 이 빛이 사라지는 것을 볼 수가 없었다.

한 시간이 지나자, 스터피는 전투에 이기고 의자에 기대앉았다.

"고맙습니다, 영감님." 하고 그는 마치 구멍 난 증기 파이프 같은 소리를 냈다. "맛있는 음식을, 정말 잘 먹었습니다."

그러고는 무거운 몸을 간신히 일으키더니 흐릿한 눈으로 주방을 향해 가기 시작했다. 웨이터 한 사람이 팽이처럼 그를 돌려 문간을 가리켰다. 노신사는 은화로 1달러 30센트를 차근차근히 세고, 웨이터에게도 5센트 짜리 세 닢을 팁으로 놓았다.

두 사람은 해마다 그렇게 하듯이 문 앞에서 헤어져, 노신사는 남쪽으로 가고 스터피는 북쪽을 향했다.

첫 모퉁이를 돈 스터피는 잠깐 그대로 서 있었다. 그러더니 올빼미가 날개를 퍼덕거리듯 누더기를 털고는 더위 먹은 말처럼 길바닥에 쓰러졌다.

구급차로 달려온 젊은 의사와 운전사는 환자가 너무 무거웠

driver cursed softly at his weight. There was no smell of whiskey to justify a transfer to the patrol wagon, so Stuffy and his two dinners went to the hospital. There they stretched him on a bed and began to test him for strange diseases, with the hope of getting a chance at some problem with the bare steel.

And lo! an hour later another ambulance brought the Old Gentleman. And they laid him on another bed and spoke of appendicitis, for he looked good for the bill.

But pretty soon one of the young doctors met one of the young nurses whose eyes he liked, and stopped to chat with her about the cases.

"That nice old gentleman over there, now," he said, "you wouldn't think that was a case of almost starvation. Proud old family, I guess. He told me he hadn't eaten a thing for three days."

---

surgeon: 외과의사 bare: 닳아빠진, 낡은 appendicitis: 맹장염 good: 지불할 능력이 있는 starvation: 굶어 죽음

으므로 나직이 투덜거렸다. 술 냄새가 없으니 경찰의 범인 호송차에 인계할 구실도 없어서 스터피와 그가 먹은 두 차례의 성찬은 병원으로 옮겨졌다. 그리고 그들은 그를 침대에 뉘어 놓고 메스를 들고는 어떤 문제를 풀 실마리라도 얻을 수 있을까 하는 희망으로 이상한 병을 찾기 위해 그를 조사하기 시작했다.

그런데 보라! 한 시간 뒤 다른 구급차가 노신사를 싣고 왔다. 그래서 또 하나의 침대에 그를 뉘어 놓고 맹장염이라고 떠들어댔다. 노신사는 치료비를 감당할 수 있을 듯이 보였기 때문이다.

그러나 잠시 뒤 젊은 의사 한 사람이 그녀의 예쁜 눈을 좋아하는 젊은 간호사를 만나 걸음을 멈추고 두 환자 이야기를 꺼냈다.

"저기 있는 저 훌륭한 노신사 말이야" 하고 그는 말했다. "굶어 죽을 뻔했다고는 아마 생각지 못할걸. 긍지 높은 오랜 집안인가 봐. 나한테 그러는데 사흘 동안 아무것도 안 먹었다니까."

---

성찬: 풍성하게 차린 음식

# A Madison Square Arabian Night

TO Carson Chalmers, in his apartment near the square, Phillips brought the evening mail. Besides the routine correspondence there were two items bearing the same foreign postmark.

One of the incoming parcels contained a photograph of a woman. The other contained an interminable letter, over which Chalmers hung, absorbed, for a long time. The letter was from another woman; and it contained poisoned barbs, sweetly dipped in honey, and feathered with innuendoes concerning the photographed woman.

Chalmers tore this letter into a thousand bits and began to wear out his expensive rug by striding back and forth

---

routine: 일상적인  interminable: 긴, 무한의  absorb: 몰두하다  poisoned: 독이 있는  barb: 가시  innuendoes: 빈정거림, 암시  stride: 성큼성큼 걷다

# 매디슨 광장의
# 아라비안 나이트

카아슨 챌머즈는 매디슨 광장에 가까운 그의 아파트에서 하인 필립스가 갖다 준 오후의 우편물을 받았다. 일상적인 서신 이외에 동일한 외국 소인이 있는 편지가 두 통이었다.

한 통에는 여성의 사진이 들어 있었다. 다른 통에는 긴 편지가 들어 있었는데 챌머즈는 꽤 긴 시간 동안 그것을 읽었다. 편지는 다른 여성에게서 온 것으로, 거기에는 달콤한 꿀을 바른 독가시가 감추어져 있었으며, 사진의 여성에 관한 빈정거림으로 가득 차 있었다.

챌머즈는 이 편지를 짝짝 찢어 버리고는 이어 성큼성큼 방안을 왔다갔다하면서 값비싼 양탄자를 문질러대기 시작했다. 밀림의 야수가 우리에 갇혔을 때도 그렇지만, 사람이 의혹의 밀림에 갇혀도 이렇게 쉬지 않고 움직이는 법이다.

upon it. Thus an animal from the jungle acts when it is caged, and thus a caged man acts when he is housed in a jungle of doubt.

By and by the restless mood was overcome. The rug was not an enchanted one. For sixteen feet he could travel along it; three thousand miles was beyond its power to aid.

Phillips appeared. He never entered; he invariably appeared, like a well-oiled genie.

"Will you dine here, sir, or out?" he asked.

"Here," said Chalmers, "and in half an hour." He listened glumly to the January blasts making an Aeolian trombone of the empty street.

"Wait," he said to the disappearing genie. "As I came home across the end of the square I saw many men standing there in rows. There was one mounted upon something, talking. Why do those men stand in rows, and why are they there?"

"They are homeless men, sir," said Phillips. "The man standing on the box tries to get lodging for them for the night. People come around to listen and give him money. Then he sends as many as the money will pay for to some lodging-house. That is why they stand in rows; they get

---

by and by:잠시 뒤에  enchanted:마법의  invariably:변함없이  well-oiled:취해 있는(drunk), 능률적인  genie:요정  glumly:울적하게(gloomly)  Aeolian:바람의  in rows:줄지어

잠시 후에 짜증스러운 기분이 진정되었다. 그의 양탄자는 마법의 융단이 아니었다. 16피트쯤이라면 타고 날을 수도 있었지만, 3천 마일이나 멀리 날아갈 힘은 없었다.

필립스가 나타났다. 그는 결코 들어오지 않았다. 언제나 익숙한 요정처럼 모습을 나타내는 것이었다.

"식사는 여기서 드시겠읍니까? 아니면 밖에서?" 하고 그가 물었다.

"여기서 먹겠다. 30분 뒤에." 하고 챌머즈는 대답했다. 그리고 그는 인기척 없는 거리에서 북풍이 아이올리스 트롬본을 울리는 1월의 바람에 음울하게 귀를 기울였다.

"잠깐 기다려." 하고 그는 막 나가려는 그를 불러 세웠다. "아까 돌아오면서 광장 끝을 지나오다 보니 많은 사람들이 줄을 지어 서 있더구나. 그리고 누군가가 무슨 물건 위에 올라서서 지껄이고 있더라. 그 사람들은 왜 거기 모여서 줄지어 서 있을까?"

"그들은 집이 없는 사람들입니다." 하고 필립스가 말했다. "그 상자 위에 서 있는 사람은 그 사람들에게 하룻밤의 잠자리를 마련해 주려고 그러는 것입니다. 지나가는 사람들이 주위에 몰려서 그 사람의 말을 듣고 돈을 내 줍니다. 그러면 그는 어디 싸구려 여관에 묵을 만큼의 돈을 줍니다. 그래서 그렇게 줄을 지어 기다리고 서 있는 것입니다. 오는 순서대로 잘 자리를 얻어 가는 셈입니다."

"그렇다면, 저녁 식사 준비가 다 되거든," 하고 챌머즈는 말

---

피트: 길이 단위. 1피트는 12인치, 30.48cm임.
마일: 야드 파운드법의 길이의 단위. 1마일은 약 1,690m.

sent to bed in order as they come."

"By the time dinner is served," said Chalmers, "have one of those men here. He will dine with me."

"W-w-which-" began Phillips, stammering for the first time during his service.

"Choose one at random," said Chalmers. "You might see that he is reasonably sober-and a certain amount of cleanliness will not be held against him. That is all."

It was an unusual thing for Carson Chalmers to play the Caliph. But on that night he felt the inefficacy of conventional antidotes to melancholy. Something wanton and egregious, something high-flavored and Arabian, he must have to lighten his mood.

On the half hour Phillips had finished his duties as slave of the lamp. The waiters from the restaurant below had whisked aloft the delectable dinner. The dining table, laid for two, glowed cheerily in the glow of the pink-shaded candles.

And now Phillips, as though he ushered a cardinal-or held in charge a burglar-wafted in the shivering guest who had been haled from the line of mendicant lodgers.

It is a common thing to call such men wrecks; if the comparison be used here it is the specific one of a derelict

---

stammer:더듬거리며 말하다  at random:마구잡이로.  sober:술취한  inefficacy: 비능률  antidote:해독제  melancholy:우울함  wanton:까닭없는, 무자비한 egregious:지독한, 터무니없는  aloft=high up(위로높이)  delectable:유해한 usher:안내하다  cadinal:추기경  hale:세게 잡아당기다  mendicant:구걸하는

했다. "그 가운데서 한 사람을 이리로 데리고 오게. 그와 함께 식사를 하겠네."

"누, 누, 누구를요?" 필립스가 떠듬거린 것은 이 집에 근무하기 시작한 이래로 처음 있는 일이었다.

"누구라도 좋다." 하고 챌머즈는 말했다. "주정뱅이나 불결한 사람은 곤란하지만, 그렇지 않다면 누구라도 상관없어."

카아슨 챌머즈가 아라비아의 임금님 노릇을 하는 것은 드문 일이었다. 하지만, 그날 밤은 울적함을 달래는데 평범한 해독제로는 효과가 없을 것 같았다. 무언가 까닭 없고 터무니 없는 것이나, 굉장히 향기 높은 아라비아식 제품이 아니면 직성이 풀릴 것 같지 않았다.

그로부터 30분 뒤, 필립스는 마법의 램프의 노예처럼 임무를 완수했다. 아래층 식당에서 웨이터들이 맛있는 요리를 날랐다. 두 사람의 자리가 마련된 식탁은 분홍빛 갓을 씌운 촛불 빛으로 훤하게 빛나고 있었다.

이윽고 필립스가 추기경이라도 안내하듯, 혹은 도둑이라도 연행하듯 무료 숙박소로 가다가 끌려와 와들와들 떠는 초청객을 데리고 나타났다.

일반적으로 이런 사람을 난파선이라고 부르는 습관이 있다. 그 비유를 쓴다면 지금 이 자리에 끌려나온 것은 불이 나서 불운을 겪은 특별한 난파선이라고 할 수 있을 것이다. 더욱이 아직도 깜박거리며 타고 있는 불꽃이 폐선을 비추고 있었다. 얼굴과 손은 갓 씻어서 깨끗했다. 이것은 필립스가 무참히도 깨

---

직성: 사람의 나이에 따라 그의 운명을 맡아본다는 아홉별. 예)직성이 풀리다:소원이나 욕망 따위가 뜻대로 이루어져 마음이 흐뭇해지다.

come to grief through fire. Even yet some flickering combustion illuminated the drifting hulk. His face and hands had been recently washed-a rite insisted upon by Phillips as a memorial to the slaughtered conventions. In the candle-light he stood, a flaw in the decorous fittings of the apartment. His face was a sickly white, covered almost to the eyes with a stubble the shade of a red Irish setter's coat. Phillips's comb had failed to control the pale brown hair, long matted and conformed to the contour of a constantly worn hat. His eyes were full of hopeless, tricky defiance like that seen in a cur's that is cornered by his tormentors. His shabby coat was buttoned high, but a quarter inch of redeeming collar showed above it. His manner was singularly free from embarrassment when Chalmers rose from his chair across the round dining table.

"If you will oblige me," said the host, "I will be glad to have your company at dinner."

"My name is Plumer," said the highway guest, in harsh and aggressive tones. "If you're like me, you like to know the name of the party you're dining with."

"I was going on to say," continued Chalmers somewhat hastily, "that mine is Chalmers. Will you sit opposite?"

---

flickering:깜빡거리는 combustion:연소 hulk:폐선 rite:관습, 의식 slaughter: 도살하다 decorous:품위있는 stubble:짧게 깎은 수염(머리) Irish setter:아일 랜드종의 세터개 contour:윤곽 defiance:반항 cur:들개 tormentor:고통을 주 는 것(사람) shabby:초라한 redeeming:(결점을)보완하는

진 관습에 대한 선물로써 억지로 강요한 의식이었다. 촛불빛 속에 서 있는 그의 모습은 품위 있는 이 실내에서는 하나의 커다란 오점이었다. 얼굴은 병적으로 창백했으며 아일랜드 종 세터개의 붉은 털 빛깔처럼 짧게 깎은 머리가 거의 눈을 다 뒤덮고 있었다. 길게 엉긴 연한 갈색의 머리털은 늘 쓰고 있는 모자 때문에 완고하게 머리에 달라붙어서 필립스의 빗도 도무지 제구실을 하지 못했다. 그 눈은 잔인한 학대자에게 몰린 들개의 눈처럼 절망적이고 교활한 반항을 나타내고 있었다. 초라한 웃옷에는 단추가 위쪽에 달려 있고 칼라가 4분의 1인치쯤 그 위에 솟아 있었다. 챌머즈가 둥그런 만찬용 식탁 저편의 의자에서 일어나도 이 사나이의 태도에는 기묘하게도 얼떨떨해 하는 기미가 보이지 않았다.

"상관없다면," 하고 주인이 말했다. "나와 함께 저녁 식사를 해 주시면 좋겠소."

"저는 플루머라고 합니다." 한길의 손님은 도전적인 어조로 대답했다. "만일 주인 어른이 제 입장에 계신다면, 함께 식사하는 사람의 이름쯤은 알고 싶어하지 않을까요?"

"그건 막 말하려던 참이었소." 하고 챌머즈는 약간 당황하는 투로 말했다. "나는 챌머즈요. 자, 앉으시오."

플루머는 두 날개를 접어 무릎을 가볍게 굽혀 필립스가 엉덩이 밑으로 의자를 밀어 넣어 주기를 기다렸다. 그것은 전에 시중을 들어주는 식사의 자리에 앉은 경험이 있는 태도였다. 필립스는 앤초비와 저민 쇠고기 찜을 식탁 위에 늘어놓았다.

---

앤초비: 지중해산 멸치류의 작은 물고기, 멸치젓.

Plumer, of the ruffled plumes, bent his knee for Phillips to slide the chair beneath him. He had an air of having sat at attended boards before. Phillips set out the anchovies and olives.

"Good!" barked Plumer; "going to be in courses, is it? All right, my jovial ruler of Bagdad. I'm your Scheherazade all the way to the toothpicks. You're the first Caliph with a genuine Oriental flavor I've struck since frost. What luck! And I was forty-third in line. I finished counting, just as your welcome emissary arrived to bid me to the feast. I had about as much chance of getting a bed to-night as I have of being the next President. How will you have the sad story of my life, Mr. Al Raschid-a chapter with each course or the whole edition with the cigars and coffee?"

"The situation does not seem a novel one to you," said Chalmers with a smile.

"By the chin whiskers of the prophet-no!" answered the guest. "New York's as full of cheap Haroun al Raschids as Bagdad is of fleas. I've been held up for my story with a loaded meal pointed at my head twenty times. Catch anybody in New York giving you something for nothing! They spell curiosity and charity with the same set of

ruffle:(천)주름잡다  board:식탁  set out:(음식)늘어놓다  anchovy:엔초비(멸치류의 작은 물고기)  olive:(~s)저민 쇠고기를 야채로 싸서 찐 요리  jovual:유쾌한  frost=failure  emissary:사절, 특사  bid=invite 신기한  whisker:구렛나루 수염  mustache:콧수염  spell:~의 결과를 초래하다  charity:자선

"야, 근사하군!" 하고 플루머는 큰소리로 말했다. "본격적인 만찬을 대접해 주실 참이시군요, 인자하신 바그다드의 임금님? 좋습니다. 그럼 저도 이쑤시개가 나오는 단계까지 주인 어른의 세라자드가 되지요. 주인 어른은 제가 영락한 이래 처음으로 뵙는 참으로 동양적인 풍류를 아시는 임금님이십니다. 아, 참으로 운이 좋았군! 저는 그 행렬의 43번째에 있었습니다만, 막 순번을 세고 있을 때 주인 어른의 심부름꾼이 와서 이 향연에 불러 주셨습니다. 오늘밤에 제가 잠자리를 얻는 것은 차기 대통령에 선출되는 것만큼이나 확률이 적었습니다. 그러면 알라시드님, 제 슬픈 신세 타령을 어떻게 얘기하면 좋겠습니까? 요리가 한차례 끝날 때마다 한 장(章)씩 할까요, 아니면 여송연과 커피를 마시면서 한 권을 내리닫이로 얘기해 버리기로 할까요?"

"보아하니 당신은 이런 일을 처음 겪는 게 아닌 모양이로군." 하고 챌머즈는 미소를 띠우면서 말했다.

"예언자의 턱수염을 두고 말씀드리지만, 바로 맞혔습니다! 바그다드에 벼룩이 우글거리듯이 이 뉴욕에는 싸구려 하룬 알라시드가 우글우글하지요. 저는 벌써 스무 번이나 맛있는 음식과 교환으로 제 신세 타령을 제공해 왔습니다. 이 뉴욕에는 공짜로 무엇을 줄 사람은 아무도 없으니까요! 호기심과 자선은 그들로 봐서 똑같은 건축 재료지요. 대부분의 사람은 10센트 은화와 찹수이 한 그릇을 베풀어주지요. 때로는 좋은 등심 고기 맛에 맞추어서 바그다드의 임금 노릇을 하는 사람도 있습니

---

세라자드: 인도의 왕비로 '천일야화'를 이야기 해준 사람
영락: 권세나 살림이 줄어서 보잘것 없이 됨

building blocks. Lots of 'em will stake you to a dime and chop-suey; and a few of 'em will play Caliph to the tune of a top sirloin; but every one of 'em will stand over you till they screw your autobiography out of you with foot notes, appendix and unpublished fragments. Oh, I know what to do when I see victuals coming toward me in little old Bagdad-on-the-Subway. I strike the asphalt three times with my forehead and get ready to spiel yarns for my supper. I claim descent from the late Tommy Tucker, who was forced to hand out vocal harmony for his pre-digested wheaterina and Spoopju."

"I do not ask your story," said Chalmers. "I tell you frankly that it was a sudden whim that prompted me to send for some stranger to dine with me. I assure you you will not suffer through any curiosity of mine."

"Oh, fudge!" exclaimed the guest, enthusiastically tackling his soup; "I don't mind it a bit. I'am a regular Oriental magazine with a red cover and the leaves cut when the Caliph walks abroad. In fact, we fellows in the bed line have a sort of union rate for things of this sort. Somebody's always stopping and wanting to know what brought us down so low in the world. For a sandwich and a glass of beer I tell 'em that drink did it. For corned beef

---

stake:원조하다  to the tune of:~에 맞추어서  sirloin:소의 고기  screw:짜내다 autobiography:자서전  foot note:각주  appendix:부록  fragment:단편  victual:음식  spiel:이야기  yarn:지어낸 이야기  whim:변덕  fudge=nonsense enthusiastically:열정적으로  tackle:(일따위에)달려들다

다. 아무튼 어떤 경우에나 그들은 판에 박은 듯이 우리의 자서전을 각주(脚註)와 부록에서부터 미발표된 단편에 이르기까지 미주알고주알 속속들이 캐낼 때까지 석방해 주지 않습니다. 그런데 단골 지하철인 바그다드 역에서 먹이가 손에 들어온다고 볼 때는 어떻게 하면 되는지 우리도 잘 알고 있어서요. 아스팔트에 이마를 세 번 부딪힌 다음, 저녁밥을 얻어먹을 애기를 짜낼 준비를 갖추는 것입니다. 말하자면 저는 미리 잘 알아 듣게 각색한 곡목을 사람들 앞에서 노래하지 않으면 안 되었던 고(故) 토미 터커의 후예라고 이야기를 하는 겁니다."

"나는 당신의 신상 얘기를 듣기 위해 이러는 게 아니오." 하고 챌머즈는 말했다. "솔직히 말해서 누군가 낯선 사람을 불러다가 함께 저녁 식사를 하려는 것은, 갑자기 마음에 변덕이 생겼기 때문이오. 그러니까 내 호기심을 만족시키려고할 필요는 없어요."

"천만에 말씀입니다!" 하고 손님은 열심히 스프를 뜨면서 소리쳤다. "누가 고생을 한답니까? 저는 임금님이 납시기만 하면 당장 페이지를 자르게 되어 있는, 표지가 빨간 동양의 잡지 같은 것이지요. 사실을 말씀드리면 잠자리를 구해서 줄지어 있는 인간들 사이에는, 애기의 재료를 마련하기 위한 일종의 조합 같은 것이 생겨 있습니다. 발걸음을 멈추고 우리가 어째서 이렇게 영락했는가 알고 싶어 하는 사람들이 참으로 많거든요. 샌드위치와 맥주를 사 주는 사람에게는, 술 탓으로 이렇게 됐다고 얘기해 주지요. 콘비이프와 양배추와 커피를 사주는 사람

---

미주알 고주알:아주 사소한 일까지 속속들이.

and cabbage and a cup of coffee I give 'em the hard-heart-ed-landlord-six-months-in-the-hospital-lost-job story. A sirloin steak and a quarter for a bed gets the Wall Street tragedy of the swept-away fortune and the gradual descent. This is the first spread of this kind I've stumbled against. I haven't got a story to fit it. I'll tell you what, Mr. Chalmers, I'm going to tell you the truth for this, if you'll listen to it. It'll be harder for you to believe than the made-up ones."

An hour later the Arabian guest lay back: with a sigh of satisfaction while Phillips brought the coffee and cigars and cleared the table.

"Did you ever hear of Sherrard Plumer?" he asked, with a strange smile.

"I remember the name," said Chalmers. "He was a painter, I think, of a good deal of prominence a few years ago."

"Five years," said the guest. "Then I went down like a chunk of lead. I'm Sherrard Plumer! I sold the last portrait I painted for $2,000. After that I couldn't have found a sitter for a gratis picture."

"What was the trouble?" Chalmers could not resist asking.

---

stread:맛있는 음식  stumble:넘어지다, 우연히 만나다  prominence:뛰어남
chunk:큰덩어리, 두꺼운 조각  gratis:무료의, 공짜의

에게는 무자비한 지주와 여섯 달의 입원 생활과 실업 얘기를 들려줍니다. 고급 비프스테이크와 숙박비 25센트를 내주는 사람한테는, 단번에 재산을 털어 버리고 차츰 몰락해 간 월 스트리트의 비극을 얘기해 주지요. 대체로 이런 식입니다. 그러나 오늘밤엔 좀 곤란해졌습니다. 이런 진수성찬을 받아 보긴 처음이라서, 이에 알맞은 얘기를 할 만한 것이 없거든요. 그래서 챌머즈 선생님, 만일 들어 주시겠다면, 틀림없는 실화를 얘기해 드리기로 하지요. 이건 지어낸 얘기보다 더 믿기 어려우실 겁니다."

한 시간 뒤 아라비아의 손님은 흡족한 듯이 한숨을 쉬고 의자 등받이에 기댔다. 필립스가 커피와 담배를 들고 와서 식탁을 치웠다.

"주인장은 혹시 셰러드 플루머라는 이름을 들으신 적이 있습니까?" 그는 수수께끼 같은 미소를 띠우고 물었다.

"그 이름은 기억이 있는데요." 하고 챌머즈는 대답했다. "몇 해 전에는 꽤 뛰어난 화가였던 줄로 압니다."

"5년 전이지요." 하고 손님을 말했다. "그 5년 전부터 그 사람은 납덩이처럼 가라앉아 갔습니다. 그 셰러드 플루머가 바로 접니다! 제가 그린 마지막 초상화는 2천 달러에 팔렸지요. 그런데 그 뒤에는 공짜로 그려 준대도 초상화를 부탁하는 사람이 하나도 없어져 버렸습니다."

"뭐가 문제였죠?" 하고 챌머즈는 저도 모르게 물어 보지 않을 수 없었다.

"Funny thing," answered Plumer, grimly. "Never quite understood it myself. For a while I swam like a cork. I broke into the swell crowd and got commissions right and left. The newspapers called me a fashionable painter. Then the funny things began to happen. Whenever I finished a picture people would come to see it, and whisper and look queerly at one another.

I soon found out what the trouble was. I had a knack of bringing out in the face of a portrait the hidden character of the original. I don't know how I did it—I painted what I saw—but I know it did me. Some of my sitters were fearfully enraged and refused their pictures. I painted the portrait of a very beautiful and popular society dame. When it was finished her husband looked at it with a peculiar expression on his face, and the next week he sued for divorce.

I remember one case of a prominent banker who sat for me. While I had his portrait on exhibition in my studio an acquaintance of his came in to look at it. 'Bless me,' says he, 'does he really look like that?' I told him it was considered a faithful likeness. 'I never noticed that expression about his eyes before,' said he; 'I think I'll drop downtown and change my bank account.' He did drop down,

---

swell:상류계급의 commission:의뢰한 일 knack:익숙한 솜씨, 요령 portrait:초상화 enrage:화나게 하다 sue for:소송을 제기하다 prominent:저명한 exhibition:전시 acquaintance:친구, 지인(知人) account:예금(액), 구좌

"우스운 일이죠." 하고 플루머는 침울하게 대답했다. "나도 도무지 그 까닭을 알지 못하고 있습니다. 그때까지는 참으로 호조였거든요. 상류계급에 파고 들어가서, 의뢰가 여기저기서 쇄도해 왔습니다. 신문은 나를 유행 화가라고 불렀지요. 그런데, 곧 이상한 일이 일어나기 시작했습니다. 제가 그림을 다 그리고 나면 그것을 보러 온 사람들이 기분 나쁜 듯이 얼굴들을 쳐다보고 무어라고 소곤거렸습니다.

곧 나도 그 이유를 알았지요. 내가 그린 초상화의 얼굴에는 그 주인공의 숨은 성격이 뚜렷이 드러나 있었던 것입니다. 보는 대로 그렸을 뿐인데, 어째서 그게 그림에 나타나는지 나도 모르겠습니다. 하지만 모두 그렇게 되었습니다. 부탁한 사람 중의 몇 사람은 몹시 화가 나서 그림을 인수해 가지도 않더군요. 사교계의 스타로 매우 아름다운 부인 초상화를 그린 적이 있었습니다. 그런데 완성된 그림을 보러 온 그 부인의 남편이 기묘한 표정을 짓고 바라보더니 다음 주에는 그 부인을 상대로 이혼 소송을 하더군요.

나를 단골로 도와주던 한 고명한 은행가의 일도 잊지 못합니다. 그 양반의 초상화가 내 아틀리에에 걸려 있을 때, 그 양반의 친구가 찾아와서 그림을 보고는 말했던 겁니다. '이거 놀랍군. 정말 그 사람이 이런 얼굴을 하고 있나요?' 나는 그런 줄 안다고 대답했지요. 그랬더니 그 사람은 '그 친구의 눈빛에 이런 표정이 있는 줄은 여태껏 몰랐구나. 곧바로 시내로 가서 예금을 다른 은행으로 옮겨야겠어.' 하고 말했습니다. 그리고 사

---

호조: 상태가 좋음, 또는 좋은 상태
쇄도: 세차게 몰려듦

but the bank account was gone and so was Mr. Banker.

It wasn't long till they put me out of business. People don't want their secret meannesses shown up in a picture. They can smile and twist their own faces and deceive you, but the picture can't. I couldn't get an order for another picture, and I had to give up. I worked as a newspaper artist for a while, and then for a lithographer, but my work with them got me into the same trouble. If I drew from a photograph my drawing showed up characteristics and expressions that you couldn't find in the photo, but I guess they were in the original, all right. The customers raised lively rows, especially the women, and I never could hold a job long. So I began to rest my weary head upon the breast of Old Booze for comfort. And pretty soon I was in the free-bed line and doing oral fiction for hand-outs among the food bazaars. Does the truthful statement weary thee, O Caliph? I can turn on the Wall Street disaster stop if you prefer, but that requires a tear, and I'm afraid I can't hustle one up after that good dinner."

"No, no," said Chalmers, earnestly, "you interest me very much. Did all of your portraits reveal some unpleasant trait, or were there some that did not suffer from the ordeal of your peculiar brush?"

---

lithographer:석판공  row:소란, 소동  booze:술(liquor)  hand-out:(속어)거지에게 주는 음식 bazaar:바자 hustle (up):일을 척척 해나가다 ordeal:호된 시련

실 그 사람은 부랴부랴 시내로 들어갔습니다만, 그때는 벌써 그의 은행 예금은 다 날아가고 없었습니다.

그 고명한 은행가는 파산해서 자취를 감추어 버렸고요. 그 뒤 곧 저는 실업자가 되었습니다. 아무도 자기가 숨기고 있는 야비함이 초상화에 나타나는 것을 좋아하지 않아요. 인간은 미소를 짓거나 얼굴을 찌푸려서 남을 속일 수 있지만, 그림엔 다 나타납니다.

그림 주문이 딱 끊어져서 초상화를 그리는 일을 그만둘 수밖에 없었지요. 한동안 신문사에서 인물을 그리기도 하고 석판용 초상화를 그리기도 했는데, 거기서도 역시 같은 문제에 부딪쳤습니다. 사진을 보고 초상화를 그리면 사진에는 나타나지 않은 특징이나 표정이 나타나는 것입니다. 그런 특징이나 표정은 사진에는 나타나 있지 않았지만 본래 그 사람이 갖고 있었던 것임에는 틀림없었습니다. 손님들, 특히 여자 손님들한테서 잇달아 불평이 터져나와 그 일을 오래 하지 못했습니다. 결국 지쳐 버린 마음을 술로 달래게 되었지요. 그러다가 곧 잘 곳 없는 인간의 행렬에 끼여서 엉터리 신세 타령으로 먹을 것을 얻어먹는 신세가 되고 만 것입니다. 어떻습니까, 임금님, 이 신세 타령이 혹시 따분하시지 않았습니까? 희망하신다면 월 스트리트의 비극 쪽으로 화제를 돌릴 수도 있지만, 그 이야기엔 눈물이 필요해서 이런 맛있는 진수성찬에는 좀 어떨까 하고 생각합니다만."

"아니 천만에," 하고 챌머즈는 진지하게 대답했다. "참으로

"Some? Yes," said Plumer. "Children generally, a good many women and a sufficient number of men. All people aren't bad, you know. When they were all right the pictures were all right. As I said, I don't explain it, but I'm telling you facts."

On Chalmer's writing-table lay the photograph that he had received that day in the foreign mail. Ten minutes later he had Plumer at work making a sketch from it in pastels. At the end of an hour the artist rose and stretched wearily. "It's done," he yawned. "You'll excuse me for being so long. I got interested in the job. Lordy! but I'm tired. No bed last night, you know. Guess it'll have to be good-night now, O Commander of the Faithfull"

Chalmers went as far as the door with him and slipped some bills into his hand.

"Oh! I'll take 'em," said Plumer. "All that's included in the fall. Thanks. And for the very good dinner. I shall sleep on feathers tonight and dream of Bagdad. I hope it won't turn out to be a dream in the morning. Farewell, most excellent Caliph!"

Again Chalmers paced restlessly upon his rug. But his beat lay as far from the table whereon lay the pastel sketch as the room would permit. Twice, thrice, he tried to

---

stretch:(몸을)쭉 펴다  take'em:⇒ take them.  turn out:판명되다(prove)
restlessly:불안하게  thrice:세번  beat:노상 다니는 길

흥미 깊게 들었소. 그런데 당신이 그린 초상화에는 모두 불쾌한 특징만 나타났다는 거요? 아니면 당신의 그 특수한 화필의 시련을 받고도 추함이 나타나지 않는 사람이 더러는 있었던가요?"

"몇 사람 있었습니다." 하고 플루머는 대답했다. "어린아이들이 대개 그랬었고, 여러 여자분들, 몇 명의 남자분들도 역시 그랬습니다. 모두가 다 나쁜 인간만은 아니니까요. 그려지는 사람에 문제가 없다면 그림에도 문제가 없는 것입니다. 어째서 그렇게 되는지는 설명하기 어렵지만, 사실입니다."

챌머즈의 책상 위에는 그날 저녁 때 외국 우편으로 도착한 그 사진이 놓여 있었다. 10분 뒤, 그는 플루머에게 부탁하여 파스텔로 그 사진의 스케치를 해 달라고 부탁했다. 한 시간이 지나자, 화가는 일어서서 자못 피로한 듯이 허리를 쭉 폈다. "다 됐습니다." 하고 그는 하품을 하면서 말했다. "이렇게 시간이 많이 걸려서 죄송합니다. 매우 흥미 있게 그릴 수 있었습니다. 하지만 지쳤는걸요! 간밤에는 잘 곳도 없었으니까요. 그럼 인자하신 임금님, 이제 그만 물러갑니다."

챌머즈는 문간까지 배웅하면서 그의 손에 지폐 몇 장을 쥐어 주었다.

"오! 고맙게 받겠습니다." 하고 플루머는 말했다. "이만하면 추워질 때 까진 견디겠지요. 감사합니다. 훌륭한 만찬에 대해서도 감사드립니다. 오늘밤에는 새털 이불을 덮고 바그다드의 꿈이라도 꾸겠지요. 아침에 그것이 꿈이 아니기를 바랄 뿐입니다.

approach it, but failed. He could see the dun and gold and brown of the colors, but there was a wall about it built by his fears that kept him at a distance. He sat down and tried to calm himself. He sprang up and rang for Phillips.

"There is a young artist in this building," he said —"a Mr. Reineman—do you know which is his apartment?"

"Top floor, front, sir," said Phillips.

"Go up and ask him to favor me with his presence here for a few minutes."

Reineman came at once. Chalmers introduced himself.

"Mr. Reineman," said he, "there is a little pastel sketch on yonder table. I would be glad if you will give me your opinion of it as to its artistic merits and as a picture."

The young artist advanced to the table and took up the sketch. Chalmers half turned away, leaning upon the back of a chair.

"How-do-you find it?" he asked, slowly.

"As a drawing," said the artist, "I can't praise it enough. It's the work of a master-bold and fine and true. It puzzles me a little; I haven't seen any pastel work near as good in years."

"The face, man–the subject–the original-what would you say of that?"

---

dun:짙은 회색. at a distance:(거리)떨어져서 favor ~with:~에게 주다(ex)Will you favor me with a song?(나에게 노래하나 들려 주겠소?) merit:장점, 가치

그럼, 인자하신 임금님, 안녕히 계십시오!"

챌머즈는 다시 불안한 듯이 양탄자 위를 걸어다니기 시작했다. 그러나 이번에는 파스텔의 스케치가 놓여 있는 책상에서 가능한 한 멀리 떨어져서 걸었다. 두 번, 세 번 그 앞에 다가가려고 하다가 그러지 못했다. 짙은 갈색과 금빛과 고동색의 색채는 볼 수 있었지만, 공포가 그림 주위에 장벽을 둘러쳐서 접근을 허용하지 않았다. 그는 의자에 앉아 기분을 가라앉히려고 했다. 그리고 갑자기 일어서더니 벨을 울려 필립스를 불렀다.

"이 건물에 젊은 화가 한 사람이 살고 있을 게다." 하고 말했다. "라이먼이라든가, 어느 방인지 아느냐?"

"제일 위층 앞쪽입니다." 하고 필립스는 대답했다.

"가서, 잠시라도 좋으니 이리로 좀 와 주시라고 그래 봐라."

라이먼은 금방 내려왔다. 챌머즈는 자기 소개를 했다.

"라이먼 씨," 하고 그는 입을 열었다. "그 책상 위에 조그만 파스텔화가 있습니다. 그 예술적인 가치와 회화로서의 가치에 대해서 선생의 의견을 들려주시면 대단히 고맙겠습니다만…"

젊은 화가는 책상 앞으로 다가서서 스케치를 집어들었다. 챌머즈는 반쯤 등을 돌리고 의자에 기대어 앉았다.

"어떻게, 생각하십니까, 그 그림을?" 하고 그는 주저주저 물었다.

"그림으로서는" 하고 화가는 말했다. "아무리 칭찬해도 모자랄 정도입니다. 일류 작품입니다. 대담하고, 섬세하고 진실합니다. 저도 좀 어리둥절합니다만, 이렇게 훌륭한 파스텔화는 몇

"The face," said Reineman, "is the face of one of God's own angels. May I ask who – "

"My wife!" shouted Chalmers, wheeling and pouncing upon the astonished artist, gripping his hand and pounding his back. "She is traveling in Europe. Take that sketch, boy, and paint the picture of your life from it and leave the price to me."

---

wheel:방향을 바꾸다 pounce:갑자기 달려들다 grip쥐다 pound:~을 두드리다

해 동안 본 적이 없습니다."

"그 그림의 주인공, 다시 말해서 그 모델은 어떻게 생각하십니까?"

"이 얼굴은" 하고 말했다. "바로 천사의 얼굴입니다. 대체, 이분이 누구신지?"

"제 아내입니다!" 챌머즈는 휙 방향을 바꾸어 이렇게 소리치면서, 깜짝 놀란 화가에게 달려가 손을 잡고 등을 두들겼다. "아내는 지금 유럽을 여행 중입니다. 이 그림을 갖고 가셔서 선생의 생애를 건 걸작을 하나 그려 주십시오. 화료는 걱정마시고."

---

화료: 그림을 그린 대가로 주는 돈

# One Thousand Dollars

"ONE thousand dollars", repeated Lawyer Tolman, solemnly and severely, "and here is the money."

Young Gillian gave a decidedly amused laugh as he fingered the thin package of new fifty-dollar notes.

"It's such a confoundedly awkward amount," he explained, genially, to the lawyer. "If it had been ten thousand a fellow might wind up with a lot of fireworks and do himself credit. Even fifty dollars would have been less trouble."

"You heard the reading of your uncle's will," continued Lawyer Tolman, professionally dry in his tones. "I do not know if you paid much attention to its details. I must

---

decidedly:분명하게  confoundedly:혼란스럽게, 지독하게(extremely)
genially:친절하게, 상냥하게  firework:불꽃, (~s)기지의 번뜩임  do a
person credit:남의 명예가 되다  detail:세부항목

# 1천 달러

"**1**천 달러입니다." 하고 변호사 톨먼은 엄숙하고 진지하게 되풀이했다. "돈 여기 있습니다."

질리언 청년은 50달러짜리 새 지폐의 얇은 뭉치를 만지작거리면서, 몹시 재미있다는 듯이 소리내어 웃었다.

"이건 정말 처치 곤란한 액수군요." 하고 그는 변호사에게 친절히 설명했다. "이게 1만 달러라면 남자가 한번 호기롭게 뿌려서 이름이라도 떨칠 수 있었을 텐데, 차라리 50달러라면 덜 성가실 거구요."

"선생은 낭독된 숙부님의 유언을 들으셨는데." 하고 톨먼 변호사는 직업적인 메마른 어조로 계속했다. "그 세부에 대해서 세심한 주의를 기울이셨는지 모르겠습니다. 한 가지만 주의를 촉구해 드려야겠습니다. 선생은 이 1천 달러를 처분하시면 즉시 그 용도

---

호기롭다: 꺼드럭거리며 뽐내는 기운이 있다
촉구:재촉하여 구함.

remind you of one. You are required to render to us an account of the manner of expenditure of this $1,000 as soon as you have disposed of it. The will stipulates that. I trust that you will so far comply with the late Mr. Gillian's wishes."

"You may depend upon it," said the young man, politely, "in spite of the extra expense it will entail. I may have to engage a secretary. I was never good at accounts."

Gillian went to his club. There he hunted out one whom he called Old Bryson.

Old Bryson was calm and forty and sequestered. He was in a corner reading a book, and when he saw Gillian approaching he sighed, laid down his book and took off his glasses.

"Old Bryson, wake up," said Gillian. "I've a funny story to tell you."

"I wish you would tell it to someone in the billiard room," said Old Bryson. "You know how I hate your stories."

"This is a better one than usual," said Gillian, rolling a cigarette; "and I'm glad to tell it to you. It's too sad and funny to go with the rattling of billiard balls. I've just come from my late uncle's firm of legal corsairs. He

---

render:제출하다, 넘겨주다 expenditure:지출, 소비 dispose:처분하다 will:유언(서) stipulate:(계약, 약정서, 조항에)명기하다 comply:승낙하다, 동의하다 entail:수반하다(involve), 부과하다(impose) sequestered:은퇴한 rattling:달가닥거리는 corsair:해적(선)

에 대해서 우리에게 보고하시게 되어 있습니다. 유언에는 그 조건이 명시되어 있습니다. 나는 선생이 거기까지 돌아가신 질리언 씨의 희망을 들어주실 것으로 믿고 있습니다."

"믿으셔도 좋습니다." 하고 청년은 정중하게 말했다. "설령 그 때문에 여분의 비용이 들더라도 말입니다. 차라리 비서를 채용하는 편이 좋을는지 모르겠군요, 나는 통 계산이 서툴러서요."

질리언은 클럽으로 나갔다. 거기서 그는 브라이슨 영감이라고 부르는 인물을 찾아냈다.

브라이슨 영감은 나이 40에 은퇴한 조용한 인물이었다. 그는 한 구석에서 책을 읽고 있다가 질리언 총각이 다가오는 것을 보더니 한숨을 쉬면서 책을 내려놓고는 안경을 벗었다.

"브라이슨 영감님, 일어나세요." 하고 질리언 총각이 말을 건넸다. "재미있는 얘기를 해 드릴게요."

"당구장에 있는 다른 사람에게나 얘기해 주지?" 하고 브라이슨 영감은 말했다. "내가 얼마나 자네 얘기를 싫어하는지, 자네도 알잖아?"

"이건 보통 때 것보다 훨씬 근사한 얘깁니다." 질리언 청년은 종이로 담배를 말면서 말했다. "이 얘기를 영감님에게 해 드리게 되어 기쁜 걸요. 딸가닥거리는 당구공 소리와 함께 얘기하기에는 너무 슬프고 기묘한 것입니다. 전 지금 돌아가신 아저씨의 합법적인 해적 사무소에 다녀오는 길입니다. 아저씨는 저한테 꼭 1천 달러를 남겨 주셨습니다. 그런데 1천 달러로 대체 무엇을 할 수 있을까

leaves me an even thousand dollars. Now, what can a man possibly do with a thousand dollars?"

"I thought," said Old Bryson, showing as much interest as a bee shows in a vinegar cruet, "that the late Septimus Gillian was worth something like half a million."

"He was," assented Gillian, joyously, "and that's where the joke comes in. He's left his whole cargo of doubloons to a microbe. That is, part of it goes to the man who invents a new bacillus and the rest to establish a hospital for doing away with it again. There are one or two trifling bequests on the side. The butler and the housekeeper get a seal ring and $10 each. His nephew gets $1,000."

"You've always had plenty of money to spend," observed Old Bryson.

"Tons," said Gillian. "Uncle was the fairy godmother as far as an allowance was concerned."

"Any other heirs?" asked Old Bryson.

"None." Gillian frowned at his cigarette and kicked the upholstered leather of a divan uneasily. "There is a Miss Hayden, a ward of my uncle, who lived in his house. She's a quiet thing—musical—the daughter of somebody who was unlucky enough to be his friend. I forgot to say that she was in on the seal ring and $10 joke, too. I wish I

---

vinegar:식초  cruet:양념병  something like=about  assent:동의하다  joyously:명랑하게  microbe:세균(germ).  bacillus:세균(bacterium)  do away with:제거하다  bequest:(유언에 의한)유증, 유산(legacy)  butler:집사  ton(~s):다량, 다수  upholster:덮개를 댄  divan:긴의자  be in on=participate in:참가하다

요?"

"내 생각으론," 하고 브라이슨 영감은 식초병 속의 꿀벌만큼도 흥미를 나타내지 않고 말했다. "세상을 떠난 셉티머스 질리언이 50만 달러 정도의 값어치는 있는 분인 줄 알고 있었지."

"있습니다." 하고 질리언은 명랑하게 동의를 표했다. "그리고 바로 그 점에서 해학이 나오는데요. 숙부는 금화의 짐을 고스란히 세균한테 남겨 주고 가셨습니다. 다시 말해서, 일부는 발견하는 사람한테 가고, 나머지는 그것을 퇴치하는 병원의 건설비에 충당됩니다. 그 밖에도 한두 가지 사소한 유언이 있습니다. 집사와 가정부는 각각 인장 반지와 10달러씩을 받았고, 이 조카는 1천 달러를 받은 셈입니다."

"자네는 언제나 맘대로 쓸 수 있는 돈을 많이 갖고 있었잖아." 하고 브라이슨 영감은 말했다.

"많이 갖고 있습니다." 하고 질리언은 말했다. "숙부님이 돈에 관한 한, 동화에 나오는 대모(代母)나 다름없었으니까요."

"그 밖에 상속자는?" 하고 브라이슨 영감이 물었다.

"전혀요." 질리언은 자기 담배를 들여다보고 이맛살을 찌푸리며 가죽 덮개를 댄 긴 의자를 공연히 툭 찼다. "숙부님이 돌봐 주던 헤이든 양이 있는데, 숙부님 댁에 살았지요. 그녀는 얌전한 처녀였습니다, 음악을 좋아했지요. 그러나 그녀는 불행하게도 숙부님 친구분의 딸입니다. 그 처녀도 인장 반지와 10달러라는 우스갯거리를 받았다는 말을 잊었군요. 차라리 나도 그 속에 끼여 있었으면

---

대모:카톨릭에서 성세 성사나 견진 성사를 받는 여자의 신앙 생활을 돕
　　는 여자 후견인.

had been. Then I could have had two bottles of brut, tipped the waiter with the ring, and had the whole business off my hands. Don't be superior and insulting, Old Bryson—tell me what a fellow can do with a thousand dollars."

Old Bryson rubbed his glasses and smiled. And when Old Bryson smiled, Gillian knew that he intended to be more offensive than ever.

"A thousand dollars," he said, "means much or little. One man may buy a happy home with it and laugh at Rockefeller. Another could send his wife South with it and save her life. A thousand dollars would buy pure milk for one hundred babies during June, July, and August and save fifty of their lives. You could count upon a half hour's diversion with it at faro in one of the fortified art galleries. It would furnish an education to an ambitious boy. I am told that a genuine Corot was secured for that amount in an auction room yesterday. You could move to a New Hampshire town and live respectably two years on it. You could rent Madison Square Garden for one evening with it, and lecture your audience, if you should have one, on the precariousness of the profession of heir presumptive."

---

brut:(맛없는)삼페인  off one's hands:책임이 끝나서  diversion:기분전환, (자금)유용  faro:물주가 은행이 되는 카드놀이  fortified:경비가 강화된 corot:Jean Baptiste Camille Corot(1796~1875)프랑스의 풍경화가  auction:경매 precariousness:불안정함  presumptive:추정의

좋았을 텐데. 그러면 싸구려 샴페인이나 댓 병 마시고, 그 반지를 팁 대신 웨이터에게 주어 버리면 깨끗이 다 끝났을 텐데 말입니다. 선배랍시고 너무 창피를 주지 마십시오, 브라이슨 영감. 대체 남자가 1천 달러로 뭘 할 수 있는지 좀 가르쳐 달란 말입니다."

브라이슨 씨는 안경을 닦고 빙그레 웃었다. 브라이슨 영감이 빙그레 웃을 때는 더 치열한 공격을 가할 생각을 하고 있다는 것을 질리언은 알고 있었다.

"1천 달러라면," 하고 그는 말했다. "많기도 하고 적기도 한 액수야. 어떤 사람은 그것으로 즐거운 내 집을 사서 록펠러를 비웃어 줄 수도 있고, 다른 어떤 사람은 마누라를 따뜻한 남부로 요양을 보내서 목숨을 건져 줄 수도 있겠지. 1천 달러가 있으면, 6, 7, 8월 석 달 동안 백 명의 젖먹이에게 우유를 사 주고, 그 중 50명의 목숨을 구할 수도 있을 거고. 그것을 밑천으로 경비가 튼튼한 어느 비밀 화랑에서 트럼프 도박으로 30분쯤 기분 전환을 할 수도 있겠고, 야망을 가진 소년을 교육시켜 줄 수도 있을 거야. 들으니까 어제 어느 경매에서 진짜 코로의 그림이 그 액수로 낙찰되었다더군. 뉴햄프셔 주의 어느 도시로 옮겨가서 그 돈으로 2년쯤은 남부럽지 않은 생활을 할 수도 있을걸. 매디슨 스퀘어 가든을 하룻밤 전세 내어 청중들에게, 청중이 있다면 말이지만, 추정 상속인이라는 지위의 불확실성에 대해서 한바탕 강연을 할 수도 있을 거고."

"사람들은 영감님을 좋아할 겁니다." 하고 침착하게 질리언이

---

추정 상속인: 법률에서, 상속권을 가지고 있다고 추정되는 사람.

"People might like you, Old Bryson," said Gillian, almost unruffled, "if you wouldn't moralize. I asked you to tell me what I could do with a thousand dollars."

"You?" said Bryson, with a gentle laugh. "Why, Bobby Gillian, there's only one logical thing you could do. You can go buy Miss Lotta Lauriere a diamond pendant with the money, and then take yourself off to Idaho and inflict your presence upon a ranch. I advise a sheep ranch, as I have a particular dislike for sheep."

"Thanks," said Gillian, rising. "I thought I could depend upon you, Old Bryson. You've hit on the very scheme. I wanted to chuck the money in a lump, for I've got to turn in an account for it, and I hate itemizing."

Gillian phoned for a cab and said to the driver:

"The stage entrance of the Columbine Theatre."

Miss Lotta Lauriere was assisting nature with a powder puff, almost ready for her call at a crowded matinee, when her dresser mentioned the name of Mr. Gillian.

"Let it in," said Miss Lauriere. "Now, what is it, Bobby? I'm going on in two minutes."

"Rabbit-foot your right ear a little," suggested Gillian, critically. "That's better. It won't take two minutes for me. What do you say to a little thing in the pendant line? I can

---

unruffled:침착한  inflict oneself on(upon):~에게 폐를 끼치다  scheme:계획 (plan), 음모.  in a lump:한 묶음으로, 한번에  itemize:조목조목 쓰다 matinee:(연극, 음악회등의)주간, 흥행

말했다. "설교만 안 하신다면 말입니다. 1천 달러로 제가 무엇을 할 수 있는지 그걸 가르쳐 달라고 부탁하고 있는 겁니다."

"자네가?" 브라이슨 영감은 상냥하게 웃으며 말했다. "이봐 바비 질리언, 자네가 할 수 있는 적당한 일이 꼭 하나 있네. 그 돈으로 미스 로터 로리어에게 다이아몬드 목걸이나 하나 사주고, 자네 자신은 아이다호로 가서 목장 신세나 지는 거야. 양치는 목장으로 갈 것을 권하네, 나는 특히 양을 싫어 하니까."

"고맙습니다." 하고 질리언은 일어서면서 말했다. "브라이슨 영감님에겐 뭔가 기대해도 될 거라고 생각했죠. 그거 묘안입니다. 전 이 돈을 한꺼번에 내던지고 싶습니다. 사용 보고서를 내놔야 하는데, 난 조목조목 명세서를 만드는 일이 딱 질색이거든요."

질리언은 전화로 마차를 불러 마부에게 말했다.

"콜럼바인 극장의 무대 출입구로 가 주오."

미스 로터 로리어가 분첩으로 얼굴의 생기를 돋우면서 만원을 이룬 주간 공연에 나갈 준비가 거의 다 되었을 때, 그녀의 의상 담당이 질리언 씨의 이름을 전했다.

"들어오시라고 해요." 하고 미스 로리어는 말했다. "그런데 웬일 세요, 바비? 난 이제 2분만 있으면 무대에 나가야 해요."

"당신 오른쪽 귀는 토끼 발을 조금 닮았군." 하고 질리언은 비판적으로 평했다.

"하지만, 그 편이 더 나아. 그런데 2분도 안 걸릴 일이야. 조그만 목걸이 종류 중에서 좋아하는 것 없을까? 공 세 개 앞에 숫자 1이

---

묘안:아주 뛰어난 생각, 절묘한 꾀.

stand three ciphers with a figure one in front of ' em."

"Oh, just as you say," carolled Miss Lauriere.

"My right glove, Adams. Say, Bobby, did you see that necklace Della Stacey had on the other night? Twenty-two hundred dollars it cost at Tiffany's. But, of course—pull my sash a little to the left, Adams."

"Miss Lauriere for the opening chorus!" cried the call boy without.

Gillian strolled out to where his cab was waiting.

"What would you do with a thousand dollars if you had it?" he asked the driver.

"Open a s'loon," said the cabby promptly and huskily. "I know a place I could take money in with both hands. It's a four-story brick on a corner. I've got it figured out. Second story—Chinks and chop suey; third floor—manicures and foreign missions; fourth floor-poolroom. If you was thinking of putting up the cap—"

"Oh, no," said Gillian, "I merely asked from curiosity. I take you by the hour. Drive till I tell you to stop."

Eight blocks down Broadway Gillian poked up the trap with his cane and got out. A blind man sat upon a stool on the sidewalk selling pencils. Gillian went out and stood before him.

---

stand:~의 비용을 부담하다 cipher:숫자의 영(0) (zero) sash:장식띠 s'loon ⇔ saloon:술집 cabby = cabbie:마부(cabdriver) chop suey:참수이(고기와 야채를 섞은 미국식 중국요리) poke (up):찌르다

붙을 정도의 액수라면 사줄 수 있는데."

"어머, 바비가 골라 주시는 거라면 뭐든지 좋아요!" 하고 미스 로리어는 노래하듯 말했다.

"내 오른쪽 장갑, 애덤즈. 이봐요 바비, 전번 날 밤 델러스태시가 하고 있던 목걸이 보셨어요? 티파니 상점에서 2천 2백 달러 줬대요. 하지만 물론, 이 장식 띠를 왼쪽으로 좀 당겨, 애덤즈."

"미스 로리어, 개막 합창이 시작됩니다!" 밖에서 호출 소년이 외쳤다.

질리언 청년은 기다리고 있는 마차로 어슬렁어슬렁 걸어나갔다.

"만일 1천 달러가 있다면 당신은 어디다 쓰겠소?" 하고 그는 마부에게 물었다.

"술집을 차리죠." 하고 마부는 쉰 목소리로 금방 대답했다. "두 손으로 돈을 긁어 담을 수 있는 자리를 알고 있읍죠. 길모퉁이에 있는 4층 건물입죠. 이건 제가 궁리한 건데요. 2층은 중국 음식과 찹수이, 3층이 매니큐어와 외국 공관, 그리고 4층에는 공개 도박장을 차리는 겁니다. 만일 선생님이 정말 하실 생각이 계시다면…."

"아니, 아니" 하고 질리언은 말했다. "나는 그저 호기심으로 물어 봤을 뿐이오. 당신 마차를 시간당으로 빌기로 합시다. 멈추라고 말할 때까지 달려 주시오."

질리언은 이륜마차의 말을 쿡 찔러 브로드웨이를 8블록쯤 달리게 하여 거리를 벗어났다. 보도에서 한 장님이 걸상에 앉아 연필을 팔고 있었다. 질리언은 마차에서 내려 장님 앞으로 가서 섰다.

"Excuse me," he said, "but would you mind telling me what you would do if you had a thousand dollars?"

"You got out of that cab that just drove up, didn't you?" asked the blind man.

"I did," said Gillian.

"I guess you are all right," said the pencil dealer, "to ride in a cab by daylight. Take a look at that, if you like."

He drew a small book from his coat pocket and held it out. Gillian opened it and saw that it was a bank deposit book. It showed a balance of $1,785 to the blind man's credit.

Gillian returned the book and got into the cab.

"I forgot something," he said. "You may drive to the law offices of Tolman & Sharp, at-Broadway."

Lawyer Tolman looked at him hostilely and inquiringly through his gold-rimmed glasses.

"I beg your pardon," said Gillian, cheerfully, "but may I ask you a question? It is not an impertinent one, I hope. Was Miss Hayden left anything by my uncle's will besides the ring and the $10?"

"Nothing," said Mr. Tolman.

"I thank you very much, sir," said Gillian, and out he went to his cab. He gave the driver the address of his late

balance:예금, 잔고  credit:예금  hostilely:적대적으로  inquiringly:미심쩍게
gold-rimmed:금테를 두른  impertinent:주제넘은

"실례합니다." 하고 그는 말했다. "만일 선생에게 1천 달러가 있다면 뭘 하시겠는지, 한번 말씀해 보시지 않겠습니까?"

"손님은 방금 거기에 선 마차에서 내리셨죠?" 하고 장님이 물었다.

"맞습니다." 질리언은 말했다.

"그것도 좋지요." 하고 연필 장수는 말했다. "낮에 마차를 타고 돌아다니는 것 말입니다. 괜찮다면 이것 좀 보십시오."

그는 웃옷 주머니에서 조그만 수첩을 꺼내어 내밀었다. 질리언이 펴 보니 은행 예금통장이었다. 1천 7백 85달러의 잔고가 장님의 예금으로 남아 있었다.

질리언은 통장을 돌려주고 마차에 올랐다.

"잊어버린 게 있었군." 하고 그는 중얼거렸다. "브로드웨이에 있는 톨먼 앤 샤프 법률 사무소로 가 주시오."

톨먼 변호사는 금테 안경 너머로, 적의에 차고 미심쩍은 눈빛으로 그를 보았다.

"실례합니다만," 하고 질리언은 명랑하게 말했다. "한 가지 물어봐도 될까요? 그리고 주제 넘은 질문이 아닐 줄 압니다. 헤이든 양은 숙부님의 유언으로 반지와 10달러 이외에 뭘 또 받았습니까?"

"아무것도 없습니다." 톨먼 씨는 대답했다.

"대단히 감사합니다." 이렇게 말하고 질리언은 마차로 돌아갔다. 그리고 그는 세상을 떠난 숙부댁의 번지를 마부에게 일렀다.

헤이든 양은 서재에서 편지를 쓰고 있었다. 그녀는 몸집이 자그

---

적의: 적대시하는 마음

uncle's home.

Miss Hayden was writing letters in the library. She was small and slender and clothed in black. But you would have noticed her eyes. Gillian drifted in with his air of regarding the world as inconsequent.

"I've just come from old Tolman's," he explained. "They've been going over the papers down there. They found a" —Gillian searched his memory for a legal term- "they found an amendment or a postscript or something to the will. It seemed that the old boy loosened up a little on second thought and willed you a thousand dollars. I was driving up this way and Tolman asked me to bring you the money. Here it is. You'd better count it to see if it's right." Gillian laid the money beside her hand on the desk.

Miss Hayden turned white. "Oh!" she said, and again "Oh!"

Gillian half turned and looked out of the window.

"I suppose, of course," he said, in a low voice, "that you know I love you."

"I am sorry," said Miss Hayden, taking up her money.

"There is no use?" asked Gillian, almost light-heartedly.

"I am sorry," she said again.

"May I write a note?" asked Gillian, with a smile. He

---

regard A as B :A를 B로 간주하다  inconsequent:보잘것 없는, 불합리한
amendment:수정  postscript:추신(PS 또는 P.S)  light-heartedly:속편하게

마하고 날씬했으며, 검정 옷을 입고 있었다. 그런데 그녀의 눈이 사람의 주의를 끌었다. 질리언은 마치 이 세상을 아주 하찮게 보는 태도로 어슬렁어슬렁 다가갔다.

"방금 톨먼 영감 사무소에 갔다 오는 길입니다." 하고 그는 설명했다. "거기선 열심히 서류를 검토하고 있더군요. 그 사람들은—질리언은 기억에 있는 법률 용어를 찾았다—유언장에 대한 수정인지 추신인지 뭔지를 발견했습니다. 말하자면 아저씨는 생각을 바꾸어 좀 관대해지셔서, 당신에게 1천 달러를 유증하신 것 같습니다. 마침 내가 이리 오는 길이라서 톨먼 씨가 그 돈을 전해 달라고 부탁하더군요. 여기 있습니다. 맞나 세어 보십시오." 질리언은 책상 위에 있는 그녀 손 곁에 돈을 놓았다.

헤이든 양은 얼굴이 창백해졌다. "어머나!" 하더니 다시 소리쳤다. "어머나!"

질리언 청년은 비스듬히 등을 돌려 창 밖을 내다보았다.

"물론," 하고 그는 나직한 목소리로 말했다. "내가 헤이든 양을 사랑하고 있다는 건 알고 계실 줄 압니다."

"미안해요." 하고 헤이든 양은 돈을 집어들며 말했다.

"그래야 소용있습니까?" 질리언은 속편한 마음으로 말했다.

"미안해요." 하고 그녀는 다시 말했다.

"잠깐 편지를 쓰고 싶은데 상관없겠습니까?" 질리언은 미소를 지으면서 물었다. 그리고 큼직한 책상 앞에 가서 앉았다. 그녀는 종이와 펜을 갖다 주고 자기 책상으로 돌아갔다. 질리언은 1천 달

---

유증: 유언에 따라 재산을 무상으로 물려줌, 또는 그 일.

seated himself at the big library table. She supplied him with paper and pen, and then went back to her secretaire.

Gillian made out his account of his expenditure of the thousand dollars in these words:

"Paid by the black sheep, Robert Gillian, $1,000 on account of the eternal happiness, owed by Heaven to the best and dearest woman on earth."

Gillian slipped his writing into an envelope, bowed and went his way.

His cab stopped again at the offices of Tolman & Sharp.

"I have expended the thousand dollars," he said, cheerily, to Tolman of the gold glasses, "and I have come to render account of it, as I agreed. There is quite a feeling of summer in the air—do you not think so, Mr. Tolman?" He tossed a white envelope on the lawyer's table. "You will find there a memorandum, sir, of the modus operandi of the vanishing of the dollars."

Without touching the envelope, Mr. Tolman went to a door and called his partner, Sharp. Together they explored the caverns of an immense safe. Forth they dragged as trophy of their search a big envelope sealed with wax. This they forcibly invaded, and wagged their venerable heads together over its contents. Then Tolman became

---

secretaire: 책상  black-sheep:(흰 양에 섞여 태어나는) 검은 양, 말썽꾼  eternal: 영원한  toss: 가볍게 ~을 던지다  memorandum: 기록  modus operandi(=mode of operating) 운용방식  cavern: 동굴  invade: 침입하다  venerable: 존경할 만한

러의 사용 보고서를 다음과 같이 썼다.

"말썽꾼 로버트 질리언은 하늘의 도움으로 영원한 행복을 위해 이 세상에서 가장 훌륭하고 가장 친애하는 여성에게 1천 달러를 지불했노라."

질리언은 이 보고서를 봉투에 넣고는 헤이든 양에게 인사하고 걸어나갔다.

그의 마차는 다시 톨먼 앤 샤프 법률 사무소 앞에서 멈췄다.

"1천 달러를 처분했습니다." 하고 그는 즐거운 듯이 금테 안경의 톨먼 씨에게 말했다. "그리고 약속대로 그 보고서를 갖고 왔습니다. 바깥 공기 속에선 이제 완연히 여름을 느낄 수 있군요. 그렇게 생각지 않습니까, 톨먼 씨?"

그는 흰 봉투를 변호사의 책상에 얹어 놓았다. "여기 1천 달러를 소비한 일에 관한 기록이 들어 있습니다."

봉투에는 손도 대지 않고 톨먼 씨는 문으로 가서 동업자인 샤프 씨를 불렀다. 두 사람은 함께 거대한 금고의 동굴을 탐색했다. 그리고 탐색의 수확물로서 밀초로 봉한 큼직한 봉투를 꺼냈다. 그것을 뜯어서 알맹이를 꺼내더니, 둘은 장중하게 머리를 끄덕였다. 톨먼 씨가 대변자가 되어 입을 열었다.

"질리언 선생," 하고 그는 형식적인 어조로 말했다. "숙부님의 유언장에는 보충서가 있었습니다. 그것을 몰래 우리에게 맡기시면서, 선생이 유언장에 있는 1천 달러의 유증금 처분에 대해서 상세한 보고서를 제출하시기 전에는 결코 이것을 뜯어보지 말라고 지

---

밀초:밀로 만든 초.

spokesman.

"Mr. Gillian," he said, formally, "there was a codicil to your uncle's will. It was intrusted to us privately, with instructions that it be not opened until you had furnished us with a full account of your handling of the $1,000 bequest in the will. As you have fulfilled the conditions, my partner and I have read the codicil. I do not wish to encumber your understanding with its legal phraseology, but I will acquaint you with the spirit of its contents.

"In the event that your disposition of the $1,000 demonstrates that you possess any of the qualifications that deserve reward, much benefit will accrue to you. Mr. Sharp and I are named as the judges, and I assure you that we will do our duty strictly according to justice-with liberality. We are not at all unfavorably disposed toward you, Mr. Gillian. But let us return to the letter of the codicil. If your disposal of the money in question has been prudent, wise, or unselfish, it is in our power to hand you over bonds to the value of $50,000, which have been placed in our hands for that purpose. But if—as our client, the late Mr. Gillian, explicitly provides—you have used this money as you have used money in the past—I quote the late Mr. Gillian-in reprehensible dissipation among disreputable

---

codicil:보충유언서  intrust=entrust 맡기다  encumber:방해하다  legal phraseology:법률용어  accrue:결과로써 생기다  with liberality:관용적으로 reprehensible:비난받을만한  dissipation:낭비  disreputable:존경할 가치가 없는

시하셨습니다. 이제 선생이 그 조건을 이행하셨으므로 방금 나와 내 동업자가 그 보충서를 읽어보았습니다. 법률 용어로 선생의 이해를 방해하고 싶지 않으므로, 그 내용의 요점을 간단히 설명해 드리겠습니다.

　선생이 1천 달러를 처분한 방법을 보고 선생이 포상을 받을 만한 충분한 자격이 있다는 것이 밝혀질 때는 막대한 은혜가 선생께 돌아가게 되어 있습니다. 샤프 씨와 내가 그 판정인으로 지명되어 있으며, 우리는 정의에 따라서 엄격히 우리의 의무를 수행할 것을 선생에게 보장합니다. ― 관용적으로 말입니다. 우리는 반드시 전면적으로 선생에게 호의를 갖고 있는 것은 아닙니다. 질리언 선생, 아무튼 보충 유언서의 내용으로 다시 얘기를 돌리기로 하겠습니다. 문제의 1천 달러에 대한 선생의 처분이 신중하고 현명하고, 아울러 비이기적인 것일 때는, 선생에게 5만 달러 액면의 채권을 넘겨 드리는 권한을 우리는 갖고 있습니다. 그 채권은 그런 목적으로 보관하고 있습니다. 그러나 만일 ― 우리의 의뢰인이고 작고하신 질리언 씨가 명백히 조건을 달아 놓고 계시듯이 ― 선생이 그 돈을 과거처럼 그렇게 쓰셨을 때는 작고하신 질리언 씨의 말씀을 인용한다면 ― 불명예스러운 친구들 속에서 괘씸한 소비를 했을 때는 ― 5만 달러는 작고하신 질리언 씨가 보호하신 미리엄 헤이든 양에게 지불되게 되어 있습니다. 그러면 질리언 선생, 샤프 씨와 내가 1천 달러에 대한 선생의 보고서를 검토하기로 하겠습니다. 물론 문서의 형식으로 제출하셨을 줄 압니다. 우리의 판정을

---

액면:말이나 글의 표현된 그대로의 뜻을 담음
명세:분명하고 자세한 내용, 내역.

associates—the $50,000 is to be paid to Miriam Hayden, ward of the late Mr. Gillian, without delay. Now, Mr. Gillian, Mr. Sharp and I will examine your account in regard to the $1,000. You submit it in writing, I believe. I hope you will repose confidence in our decision."

Mr. Tolman reached for the envelope. Gillian was a little the quicker in taking it up. He tore the account and its cover leisurely into strips and dropped them into his pocket.

"It's all right," he said, smilingly. "There isn't a bit of need to bother you with this. I don't suppose you'd understand these itemized bets, anyway. I lost the thousand dollars on the races. Good-day to you, gentlemen."

Tolman and Sharp shook their heads mournfully at each other when Gillian left, for they heard him whistling gayly in the hallway as he waited for the elevator.

---

submit: 제출하다 repose: 신용을 두다 mournfully: 슬프게 gayly: 명랑하게

전적으로 믿어 주시기 바랍니다."

톨먼 씨는 손을 뻗쳐 봉투를 집으려고 했다. 그러나 질리언의 손이 조금 더 빨랐다. 그는 유유히 보고서를 봉투와 함께 쪽쪽 찢어서 호주머니에 쑤셔 넣었다.

"그러실 것까지 없습니다." 하고 그는 빙글빙글 웃으며 말했다. "이런 일로 두 분을 성가시게 해 드릴 필요는 조금도 없습니다. 두 분은 어차피 일일이 명세를 적어 놓은 도박금의 내용을 모르실 테니까요. 1천 달러는 경마에 다 털어 버렸습니다. 그럼 여러분, 안녕히 계십시오."

질리언 청년이 나가자, 톨먼과 샤프 씨는 서로 얼굴을 쳐다보고 슬픈 듯이 고개를 저었다. 왜냐 하면, 그가 복도에서 엘리베이터를 기다리며 명랑하게 불고 있는 휘파람 소리를 들었기 때문이다.

# The Passing of
# Black Eagle

FOR some months of a certain year a grim bandit infested the Texas border along the Rio Grande. Peculiarly striking to the optic nerve was this notorious marauder. His personality secured him the title of 'Black Eagle, the Terror of the Border.' Many fearsome tales are on record concerning the doings of him and his followers. Suddenly, in the space of a single minute, Black Eagle vanished from earth. He was never heard of again. His own band never even guessed the mystery of his disappearance. The border ranches and settlements feared he would come again to ride and ravage the mesquite flats. He never will. It is to disclose the fate of Black

---

grim:사나운  bandit:강도, 산적  infest:~에 만연하다  optic nerve:시신경
notorious:악명 높은  marauder:약탈자  on record:공표된⇔ off the record
vanish:사라지다  ravage:파괴하다  ranch:목장, 농장  mesquite flat:메스키
트(사료용 콩 식물)로 만든 집

# 검은 독수리의 실종

어느 해 몇 달 동안 사나운 강도가 리오그란데 강 연안의 텍사스 국경 지대를 들끓고 다녔다. 이 악명 높은 약탈자는 특히 사람의 시신경을 위협했다. 그 용모의 특징 때문에 사람들은 그를 '국경의 공포, 검은 독수리' 라는 칭호로 불렀다. 그와 부하들의 소행에 관해서 무시무시한 많은 이야기가 기록되어 있다. 그런데 갑자기 검은 독수리가 지상에서 모습을 감추어 버렸다. 그 뒤 다시는 그의 소식을 들을 수 없었다. 그 자신의 일당들까지도 그가 사라진 비밀을 짐작조차 하지 못했다. 국경 지대의 목장이나 마을에서는 그가 언제 또 말을 타고 나타나 메스키트 집들을 휩쓸고 다닐지 몰라 불안에 떨었다. 그러나 그는 두 번 다시 나타나지 않을 것이다. 이 글을 쓰는 목적은 바로 검은 독수리의 운명을 밝히기 위해서

---

소행: 이미 행한 짓

Eagle that this narrative is written.

The initial movement of the story is furnished by the foot of a bartender in St. Louis. His discerning eye fell upon the form of Chicken Ruggles as he pecked with avidity at the free lunch. Chicken was a 'hobo.' He had a long nose like the bill of a fowl, an inordinate appetite for poultry, and a habit of gratifying it without expense, which accounts for the name given him by his fellow vagrants.

Physicians agree that the partaking of liquors at meal times is not a healthy practice. The hygiene of the saloon promulgates the opposite. Chicken had neglected to purchase a drink to accompany his meal. The bartender rounded the counter, caught the injudicious diner by the ear with a lemon squeezer, led him to the door and kicked him into the street.

Thus the mind of Chicken was brought to realize the signs of coming winter. The night was cold; the stars shone with unkindly brilliancy; people were hurrying along the streets in two egotistic, jostling streams. Men had donned their overcoats, and Chicken knew to an exact percentage the increased difficulty of coaxing dimes from those buttoned-in vest pockets. The time had come for his

---

discerning: 분별있는 with avidity:게걸스럽게(avidly) hobo:떠돌이 inordinate: 멋대로의 appetite:식욕 poultry:가금 gratify:(욕망~)를 채우다 physician:내과 의사 partake of:먹다 hygiene:위생학 promulgate:(학설등을)퍼뜨리다 injudicious:무분별한 jostle:밀어제치고 나아가다 don:~을 입다 coax:빼앗다

이다.

이 이야기의 첫 동기는 센트루이스의 어느 바텐더의 발이 제공해 주었다. 치컨 러글즈가 공짜 점심을 게걸스레 먹고 있을 때, 바텐더의 날카로운 눈이 그의 모습을 발견했다. 치컨은 떠돌이였다. 코가 닭부리처럼 길고, 더욱이 닭 요리를 무척 좋아하는 데다가 제 돈 없이 그것을 먹는 버릇이 있어서 같은 떠돌이들은 그에게 치컨이라는 별명을 붙여 주었다.

식사 때 술을 마시는 것은 건강에 좋지 않다는 것이 의사들의 공통된 의견이다. 술집의 위생학은 그 반대 의견을 시행한다. 치컨은 식사에 곁들일 술을 사는 것을 게을리한 것이다. 바텐더는 카운터를 돌아 나가서 사려 없는 손님의 귀를 레몬짜개로 집어 문간으로 끌고 가서 길거리로 차내고 말았던 것이다.

이리하여 치컨의 마음은 겨울이 가까이 와 있다는 낌새를 깨닫게 되었다. 그날 밤은 추웠다. 별이 무정하게 반짝이고 있었다. 사람들은 이기적으로 밀어 제치며 두 가닥의 물결이 되어 길을 서두르고 있었다. 사람들이 외투를 입고 있어서 그 끼운 단추 속에 갇힌 조끼 주머니의 푼돈을 우려내기가 점점 더 어려워지고 있다는 것을 치컨은 알았다. 해마다 언제나 그렇듯이 남부로 옮겨가야 할 시기가 다가온 것이다.

대여섯 살 먹은 사내아이가 과자 가게 진열창을 간절히 바라는 눈으로 들여다보고 서 있었다. 작은 한 손엔 2온스들이 빈

---

게걸스레: 체면을 차림없이 마구 먹으려 하거나 가지고 싶어하는 태도.
사려: 여러가지 생각과 염려

annual exodus to the south.

A little boy, five or six years old, stood looking with covetous eyes in a confectioner's window. In one small hand he held an empty two-ounce vial; in the other he grasped tightly something flat and round, with a shining milled edge. The scene presented a field of operations commensurate to Chicken's talents and daring. After sweeping the horizon to make sure that no official tug was cruising near, he insidiously accosted his prey. The boy, having been early taught by his household to regard altruistic advances with extreme suspicion, received the overtures coldly.

Then Chicken knew that he must make one of those desperate, nerve-shattering plunges into speculation that fortune sometimes requires of those who would win her favor. Five cents was his capital, and this he must risk against the chance of winning what lay within the close grasp of the youngster's chubby hand. It was a fearful lottery, Chicken knew. But he must accomplish his end by strategy, since he had a wholesome terror of plundering infants by force. Once, in a park, driven by hunger, he had committed an onslaught upon a bottle of peptonizd infant's food in the possession of an occupant of a baby

---

exodus:이주 covetous:턱없이 탐내는 vial:작은 유리병 commensurate:~에 상응하는 insidiously:음흉하게 accost:말을 걸다 cruise:항행하다, 순찰하다 altruistic:애타적인(⇔ egotistic) overture:교섭, 제의, 제안 chubby:포동포동한 plunder: 약탈하다, 훔치다 onslaught:맹공격

유리병이 들려 있었고, 다른 한 손은 가장자리가 깔죽깔죽한 은빛으로 빛나는 납작하고 동그란 것을 꼭 쥐고 있었다. 이 광경은 치컨의 재능과 용기에 알맞은 작전 분야를 제공해 주었다. 그는 재빨리 사방을 쭉 훑어보고 근처에 순찰 경관의 모습이 없는 것을 확인하고는, 음흉하게 그 아이에게 말을 걸었다. 낯선 사람이 친근한 체 말을 건네올 때는 극히 조심해야 한다는 말을 양친한테서 미리 듣고 있던 소년은 이 수작을 쌀쌀하게 대했다.

그래서 치컨은 행운이 흔히 자기를 차지할 사람에게 요구하는 사생 결단의 일대 모험을 감행해야 한다는 것을 알았다. 그가 가진 밑천은 5센트였으며, 사내아이의 오동통한 손에 꼭 쥐어 있는 것을 우려낼 승부를 위해 이 5센트를 걸지 않으면 안 되는 것이다. 그것은 운을 시험하는 무서운 제비뽑기라는 것을 치컨은 알고 있었다. 그러나 그는 힘으로 어린아이를 약탈하는 행위에 대해서는 유익하게도 공포심을 갖고 있었기 때문에 전략적으로 목적을 달성하지 않으면 안되었다. 언젠가 공원에서 허기에 못 이겨, 혼자 유모차 안에서 놀고 있던 어린아이의 병에 든 연한 이유식을 빼앗아 먹은 적도 있었다. 화가 난 어린애는 즉시 입을 열어 하늘로 통하는 벨을 눌러 버렸으므로 금방 구조대가 달려와, 치컨은 30일간 유치장 신세를 져야만 했다. 그로부터 그 자신의 말마따나 '꼬마들에게 조심'을 하게 된

---

수작:말을 서로 주고 받음, 또는 그 말

carriage. The outraged infant had so promptly opened its mouse and press the button that communicated with the welkin that help arrived, and Chicken did his thirty days in a snug coop. Wherefore he was, as he said, 'leary of kids.'

Beginning artfully to question the boy concerning his choice of sweets, he gradually drew out the information he wanted. Mamma said he was to ask the drug-store man for ten cents' worth of paregoric in the bottle; he was to keep his hand shut tight over the dollar; he must not stop to talk to any one in the street; he must ask the drug-store man to wrap up the change and put it in the pocket of his trousers. Indeed, they had pockets—two of them! And he liked chocolate creams best.

Chicken went into the store and turned plunger. He invested his entire capital in C. A. N. D. Y. stocks, simply to pave the way to the greater risk following.

He gave the sweets to the youngster, and had the satisfaction of perceiving that confidence was established. After that it was easy to obtain leadership of the expedition, to take the investment by the hand and lead it to a nice drug store he knew of in the same block. There Chicken, with a parental air, passed over the dollar and

---

welkin:하늘(sky)  sung:아늑한  coop:(속어)교도소  leary=leery조심스러운 (of~)  paregoric:진통제  plunger:무모한, 투기꾼  invest:투자하다.  expendition: 탐험  with a parental air:부모님같은 태도로

것이다.

어떤 과자를 좋아하느냐고 교묘히 물어 보는 데서 시작하여 그는 조금씩 필요한 정보를 끌어냈다. 사내아이는 엄마가 약국 아저씨에게 이 병에다 진통제 10센트 어치만 달라라고 하더라고 말했다. 사내아이는 1달러 은화를 꼭 쥐고 가야 했다. 길에서 누구와도 얘기하면 안된다. 거스름돈은 약국 아저씨한테 종이에 싸 달라고 해서, 바지 주머니에 꼭 넣어 갖고 와야 한다. 정말 어린아이의 바지에는 주머니가 달려 있었다. 두 개나! 그리고 이 애가 제일 좋아하는 것은 초콜릿 크림이었다.

치컨은 과자 가게에 들어가서 무모한 투기자로 돌변했다. 단지 다음에 올 더 큰 모험의 길을 닦기 위해 '과자' 주(株)에 전자본을 투자한 것이다.

그는 과자를 어린아이에게 주었으며, 이제 신뢰가 쌓인 것을 보고 속으로 흐뭇해했다. 그 뒤는 쉽게 탐험의 주도권을 쥐게 되어 투자 물건의 손을 잡고 그가 아는 같은 블록 안의 말쑥한 약국으로 데리고 갔다. 가게에서 그는 아버지 같은 태도로 1달러 은화를 내주고 약을 부탁했으며, 그 동안 소년은 물건을 사는 책임에서 해방된 것이 기뻐 오독오독 캔디를 씹어 먹고 있었다. 이윽고 성공한 투자가는 주머니를 뒤져서 외투 단추 한 개를 찾아내어, 이것을 겨우살이 채비를 위한 혼수품 삼아 거스름돈과 바꿔치고는 알뜰히 종이에 싸서 아주 믿고 있는 어린

---

투기자: 기회를 틈타서 큰 이익을 보려는 사람
주(株): 주식

called for the medicine, while the boy crunched his candy, glad to be relieved of the responsibility of the purchase. And then the successful investor, searching his pockets, found an overcoat button—the extent of his winter trousseau-and, wrapping it carefully, placed the ostensible change in the pocket of confiding juvenility. Setting the youngster's face homeward, and patting him benevolently on the back—for Chicken's heart was as soft as those of his feathered namesakes—the speculator quit the market with a profit of 1,700 per cent. on his invested capital.

Two hours later an Iron Mountain freight engine pulled out of the railroad yards, Texas bound, with a string of empties. In one of the cattle cars, half buried in excelsior, Chicken lay at ease. Beside him in his nest was a quart bottle of very poor whisky and a paper bag of bread and cheese. Mr. Ruggles, in his private car, was on his trip south for the winter season.

For a week that car was trundled southward, shifted, laid over, and manipulated after the manner of rolling stock, but Chicken stuck to it, leaving it only at necessary times to satisfy his hunger and thirst. He knew it must go down to the cattle country, and San Antonio, in the heart of it, was his goal. There the air was salubrious and mild;

---

call for:~을 요구하다  purchase:구매  trousseau:혼수  ostensible:표면상의
juvenility:어린이  speculator:투기꾼  excelsior:대팻밥  trundle:구르다
manipulate:(기계)조작하다  rolling stock:(철도의)차량  salubrious:건강에 좋은

애의 바지주머니에 쑤셔 넣었다. 아이의 얼굴을 집의 방향으로 돌려놓고 정답게 등을 토닥거려 주었다. 왜냐하면 치컨의 마음은 깃이 달린, 같은 이름의 사랑처럼 부드러웠기 때문이다. 이리하여 이 투기꾼은 투자액의 실로 17배나 되는 이윤을 보고 거래를 완료했다.

두 시간 뒤 철산(鐵山) 철도의 화물열차가 빈 화차를 줄줄이 매달고 텍사스를 향해 정거장을 떠났다. 그 가축용 화차 하나에 치컨은 대팻밥에 반쯤 묻혀서 편안히 드러누워 있었다. 둥우리 안에 있는 그의 곁에는 아주 싸구려 위스키 1쿼터들이 병과, 빵이며 치즈가 든 종이 봉지가 놓여 있었다. 이리하여 치컨 러글즈 씨는 개인차를 타고 겨울을 보내러 남쪽 여행을 떠났던 것이다.

그 화차는 몇 번인가 다시 연결되고 정거하고 하면서 열차를 다루는 방법으로 조정되어 꼬박 일주일 동안 남으로 내려갔으나, 치컨은 굶주림과 목마름을 달랠 필요가 있을 때만 다니고 그 밖에는 줄곧 화차에 들어박혀 있었다. 그는 이 화물열차가 남부의 목장 지대로 갈 것이라는 것을 알고 있었으며, 그 종착지인 산 앤토니오가 그의 목적지였다. 그곳은 공기가 상쾌하고 온화한 고장이었다. 주민은 너그럽고 참을성이 많았다. 그곳 바텐더들은 그를 길바닥으로 차내지는 않을 것이다. 식사 때 너무 오래 앉아 있거나, 같은 식당에 너무 뻔질나게 드나들더라

---

화차: 화물을 싣는 철도 차량.

the people indulgent and long-suffering. The bartenders there would not kick him. If he should eat too long or too often at one place they would swear at him as if by rote and without heat. They swore so drawlingly, and they rarely paused short of their full vocabulary, which was copious, so that Chicken had often gulped a good meal during the process of the vituperative prohibition. The season there was always spring-like; the plazas were pleasant at night, with music and gayety: except during the slight and infrequent cold snaps one could sleep comfortably out of doors in case the interiors should develop inhospitality.

At Texarkana his car was switched to the I. and G. N. Then still southward it trailed until, at length, it crawled across the Colorado bridge at Austin, and lined out, straight as an arrow, for the run to San Antonio.

When the freight halted at that town Chicken was fast asleep. In ten minutes the train was off again for Laredo, the end of the road. Those empty cattle cars were for distribution along the line at points from which the ranches shipped their stock.

When Chicken awoke his car was stationary. Looking out between the slats he saw it was a bright, moonlit

---

indulgent:관대한  by rote:기계적으로 외워서  drawlingly:느릿느릿하게
copious:풍부한  gulp:(음식)꿀꺽 삼키다  vituperative:욕하는  gayety = gaiety:
명랑한 기분, 유흥  snap:(날씨의)일시적인 급변, 갑자기 닥쳐온 추위의 한시
기  inhospitality:불친절  I. and G. N.:International Great Northen.  slat:널빠지

도, 그들은 마치 기계적으로 암송하듯 열의 없는 욕을 할 뿐일 것이다. 그것은 아주 한가한 욕설이었으며, 더욱이 그 풍부한 어휘가 바닥을 드러내지 않는 한 좀처럼 그치지 않았으므로, 치컨은 흔히 그들이 지리하게 욕지거리를 늘어놓고 있는 동안에 실컷 쑤셔 넣곤 했었다. 그곳 계절은 언제나 봄처럼 따뜻했다. 밤이면 너른 마당에서 음악과 흥겨운 소동이 벌어져서 즐거웠다. 이따금 어쩌다가 쌀쌀하게 추울 때가 있기는 했지만, 그런 밤을 제외하면 집안의 잠자리를 얻지 못하더라도 밖에서 편안하게 잘 수가 있었다.

텍사아캐너에서 그가 탄 화차는 I.G.N선으로 바뀌었다. 그리고 다시 남하를 계속하여 마침내 오스틴의 콜로라도 다리를 건너 산 앤토니오를 향해 쏜살같이 일직선으로 달려 내려갔다.

화물열차가 그 도시에서 섰을 때, 치컨은 깊이 잠들어 있었다. 10분 뒤 열차는 다시 종착역인 라레도로 향했다. 이 빈 가축용 화차는 주변 목장에서 나오는 가축을 실어 내기 위해서 연선의 각 역에 배차되고 있었다.

치컨이 눈을 떴을 때 화차는 서 있었다. 널빤지 틈으로 내다보니 달이 밝은 밤이었다. 밖으로 기어 나온 그는 자기가 탄 화차가 다른 화차 세 칸과 함께 쓸쓸한 황무지의 조그만 대피선에 버려져 있는 것을 알았다. 선로 한쪽에 가축 우리와 자동 활송 장치가 보였다. 선로는 광대하고 어둑어둑한 대초원을 둘

---

연선:(철도 따위의) 선로를 따라 그 옆에 있는 지역.
배차: 차를 별러서 보냄

night. Scrambling out, he saw his car with three others abandoned on a little siding in a wild and lonesome country. A cattle pen and chute stood on one side of the track. The railroad bisected a vast, dim ocean of prairie, in the midst of which Chicken, with his futile rolling stock, was as completely stranded as was Robinson with his landlocked boat.

A white post stood near the rails. Going up to it, Chicken read the letters at the top, S. A. 90. Laredo was nearly as far to the south. He was almost a hundred miles from any town. Coyotes began to yelp in the mysterious sea around him. Chicken felt lonesome. He had lived in Boston without an education, in Chicago without nerve, in Philadelphia without a sleeping place, in New York without a pull, and in Pittsburgh sober, and yet he had never felt so lonely as now.

Suddenly through the intense silence, he heard the whicker of a horse. The sound came from the side of the track toward the east, and Chicken began to explore timorously in that direction. He stepped high along the mat of curly mesquite grass, for he was afraid of everything there might be in this wilderness-snakes, rats, brigands, centipedes, mirages, cowboys, fandangoes, tarantulas,

---

scrambling out:기어나오다 chute:활송장치 bisect:둘로 가르다 prairie:대초원 futile:무익한, 쓸모없는 strand:오도가도 못하다 yelp:짖다 pull:연줄, 연고 sobor:술을 마시지 않은 timorously:겁많게 mat:(털, 잡초 따위의)엉클어짐, 뭉치 brigand:산적(bandit) centipede:지네 mirage:들쥐 tarantula:독거미

로 가르고 있었으며, 치킨은 그 한가운데에서 쓸모도 없는 화차가 더블 마아치 배와 함께 무인도에 올라앉은 로빈슨 크루소처럼 완전히 내동댕이쳐지고 말았다.

선로 옆에 흰 말뚝이 서 있었다. 가까이 가보니 위쪽에 S·A 90이라고 씌어 있었다. 라레도는 남쪽으로 그와 비슷한 거리에 있다. 그러므로 그는 1백 마일 사방에 도시가 거의 없는 곳에 서 있는 셈이었다. 코요테가 주위의 신비로운 바다에서 짖기 시작했다.

치킨은 고독을 느꼈다. 보스턴에서는 배움의 기회 없이, 시카고에서는 기력 없이, 필라델피아에서는 잘 곳 없이, 뉴욕에서는 의지할 사람 없이, 피츠버어그에서는 한 잔 술도 없이 살아 온 그였지만, 지금처럼 고독감에 사로잡힌 적은 없었다.

느닷없이 짙은 적막을 깨뜨리고 말 울음소리가 들려 왔다. 그 소리는 선로의 동쪽에서 들려왔으므로 치킨은 주저주저 그 방향으로 탐색을 나섰다. 곱슬곱슬하게 무성한 메스키트 목초밭을 따라 발을 높이 쳐들었다 옮겨 놓으면서 살금살금 걸어갔다. 어릴 때 책에서 읽은 이런 황량한 초원에 출몰하는 모든 것들, 뱀, 들쥐, 산쥐, 지네, 신기루, 카우보이, 판당고, 독거미, 타말리 등이 무서웠기 때문이다. 기괴하고 무시무시하게 생긴 둥근 윗부분을 일제히 하늘 높이 쳐들고 있는 한 무더기의 선인장을 돌아가다가 그는 무서운 콧김과 요란스레 땅을 차는 소

---

**활송** 장치:물, 곡식, 석탄 따위를 높은 곳에서 낮은 곳으로 내려보내는 홈통, 관 따위.

tamales-he had read of them in the story papers. Rounding a clump of prickly pear that reared high its fantastic and menacing array of rounded heads, he was struck to shivering terror by a snort and a thunderous plunge, as the horse, himself startled, bounded away some fifty yards, and then resumed his grazing. But here was the one thing in the desert that Chicken did not fear. He had been reared on a farm; he had handled horses, understood them, and could ride.

Approaching slowly and speaking soothingly, he followed the animal, which, after its first flight, seemed gentle enough, and secured the end of the twenty-foot lariat that dragged after him in the grass. It required him but a few moments to contrive the rope into an ingenious nose-bridle, after the style of the Mexican borsal. In another he was upon the horse's back and off at a splendid lope, giving the animal free choice of direction. "He will take me somewhere," said Chicken to himself.

It would have been a thing of joy, that untrammelled gallop over the moonlit prairie, even to Chicken, who loathed exertion, but that his mood was not for it. His head ached: a growing thirst was upon him; the "somewhere" whither his lucky mount might convey him was

---

tamale:타말리(멕시코 음식)  prickly pear:선인장의 일종  prickly:가시투성이의  rear:~을 높이올리다  snort:거센 콧김  soothingly:진정시키게  lariat:올가미  contrive:고안하다  nose-bridle:고삐  say to oneself:혼잣말하다  untrammelled:속박받지 않는  gallop:질주하다  lothe=hate

리에 소스라치게 놀랐다. 말도 놀라 50야드나 뛰더니, 멈춰 서서 다시 풀을 뜯기 시작했다. 그러나 이 무인의 황야에서 치컨도 그것에만은 공포를 느끼지 않았다. 그는 농장에서 자랐으므로 말을 다룰 줄 알았으며 말을 이해하고 탈 줄도 알았다.

그는 달래듯이 말을 건네면서 슬금슬금 다가갔다. 말은 처음 한 번 뛰어 달아난 뒤로는 꽤 얌전해진 것 같았다. 치컨은 말이 풀속에 질질 끌고 있는 20피트쯤 되는 밧줄을 잡았다. 멕시코 목동들이 하는 방식을 본따 그 밧줄로 솜씨 있게 고삐를 만드는데는 몇 초도 걸리지 않았다. 다음 순간 그는 말 등에 올라타고 고삐를 늦추어 말이 가고 싶어하는 방향으로 멋있게 달리고 있었다. "날 어디론가 데려다 주겠지." 하고 치컨은 혼자 중얼거렸다.

달 밝은 대초원을 거침없이 말을 타고 달린다는 것은 심지어 움직이기를 싫어하는 치컨에게도 유쾌한 일이겠지만 지금은 그럴 심정이 못되었다. 머리는 아프고, 갈증은 점점 더 심해졌다. 더욱이 이 운 좋게 발견한 말이 실어다 주는 그 '어딘가'에 무엇이 기다리고 있을지 모른다는 무서운 불안이 있었다.

곧 그는 말이 일정한 목표로 향하고 있다는 것을 깨달았다. 초원이 평평한 곳에서는 동쪽으로 쏜살같이 곧장 달렸다. 이따금 언덕이나, 물 마른 깊은 골짜기나 감당하지 못할 가시투성이 관목 덤불 등에 길이 막혀 둘러가더라도 곧 또 어김없는 본

---

소스라치다: 깜짝 놀라 몸을 떠는 듯이 움직이다.

full of dismal peradventure.

And now he noted that the horse moved to a definite goal. Where the prairie lay smooth he kept his course straight as an arrow's toward the east. Deflected by hill or arroyo or impracticable spinous brakes, he quickly flowed again into the current, charted by his unerring instinct. At last, upon the side of a gentle rise, he suddenly subsided to a complacent walk. A stone's east away stood a little mott of coma trees; beneath it a jacal such as the Mexicans erect–a one-room house of upright poles daubed with clay and roofed with grass or tule reeds. An experienced eye would have estimated the spot as the headquarters of a small sheep ranch. In the moonlight the ground in the nearby corral showed pulverized to a level smoothness by the hoofs of the sheep. Everywhere was carelessly distributed the paraphernalia of the place–ropes, bridles, saddles, sheep pelts, wool sacks, feed troughs, and camp litter. The barrel of drinking water stood in the end of the two-horse wagon near the door. The harness was piled, promiscuous, upon the wagon tongue, soaking up the dew.

Chicken slipped to earth, and tied the horse to a tree. He hallooed again and again, but the house remained quiet. The door stood open, and he entered cautiously. The light

---

dismal:무서운 peradventure:불안, 아마도 arroyo:계곡, 협곡 impracticable:통행할 수 없는 spinous:가시가 있는 brake:덤불, 풀. subside:진정되다 unerring:틀림없는, 정확한 complacent:만족해 하는 daub:(벽 따위에) 칠하다 reed:갈대 An experienced eye = If he had an experienced eye

능에 이끌려서 제 코스로 돌아갔다.

　이윽고 완만한 언덕 비탈에 이르자 말은 갑자기 속도를 늦추고 천천히 걷기 시작했다. 저만치 돌을 던지면 닿을 만한 거리에 코마나무 숲이 있고 그 밑에는 멕시코 풍의 오두막, 통나무를 세워서 진흙으로 더덕더덕 벽을 바르고 풀이나 왕골로 지붕을 이은 한 칸짜리 오두막이 서 있었다. 경험 많은 눈이라면 이것이 조그만 양 목장의 본부라는 것을 알았을 것이다. 달빛 속으로 가축 우리 주변의 땅바닥이 양의 발굽으로 밟혀서 부드럽게 부서져 있는 것이 보였다. 여기서 쓰이는 여러 가지 장비 ─밧줄, 마구, 안장, 양피, 양피 부대, 구유통, 캠프용 짚 깔개 등이 여기저기 난잡하게 흩어져 있었다. 음료수의 물통이 오두막 입구 근처의 두 마리가 이끄는 마차 끝에 얹혀 있었다. 마차의 끝채 위에는 마구가 뒤죽박죽 쌓여서 밤이슬에 젖고 있었다.

　치컨은 땅에 미끄러져 내려 말을 나무에 묶었다. 그리고 몇 번이나 소리를 쳐 보았으나 오두막 안은 조용했다. 문이 열려 있었으므로, 그는 조심스레 안으로 들어갔다. 달빛으로 아무도 없다는 것은 알 수 있었다. 그는 성냥을 그어 탁자 위의 등잔을 켰다. 살아가는 데 필요한 생필품만으로 만족해 하며 지내는 독신 양치기의 방이었다. 치컨은 재치 있게 구석구석을 뒤져서 마침내 생각지도 않던 물건을 발견했다. 조그마한 갈색

───────────────

왕골: 높이가 1~2m 이고 줄기는 세모지며 끝에 잔꽃이 핌.
마구: 말을 부리는 데 쓰이는 기구.

was sufficient for him to see that no one was at home. He struck a match and lighted a lamp that stood on a table. The room was that of a bachelor ranchman who was content with the necessaries of life. Chicken rummaged intelligently until he found what he had hardly dared hope for- a small brown jug that still contained something near a quart of his desire.

Half an hour later, Chicken a gamecock of hostile aspect-emerged from the house with unsteady steps. He had drawn upon the absent ranchman's equipment to replace his own ragged attire. He wore a suit of coarse brown ducking, the coat being a sort of rakish bolero, jaunty to a degree. Boots he had donned, and spurs that whirred with every lurching step. Buckled around him was a belt full of cartridges with a six-shooter in each of its two holsters.

Prowling about, he found blankets, a saddle and bridle with which he caparisoned his steed. Again mounting, he rode swiftly away, singing a loud and tuneless song.

Bud King's band of desperadoes, outlaws and horse and cattle thieves were in camp at a secluded spot on the bank of the Frio. Their depredations in the Rio Grande country,. while no bolder than usual, had been advertised more

---

bachelor:독신자 rummage:뒤지다 gamecock:싸움닭 coarse:조잡한 rakish:멋진 bolero:허리까지 오는 짧은 웃옷 jaunty:멋들어진 lurch:비틀걸음 cartridge:탄약통, 약포 holster:권총집 caparison:말옷을 입히다 steed:말 desperado:흉악범 seclude:한적한, 인적이 드문 depredations:약탈

항아리로 그가 목말라 했던 것이 아직 1쿼터 가까이나 남아 있었다.

30분 뒤 치컨은, 이제 살기 등등한 싸움닭 모습이 되어 비슬비슬 오두막에서 걸어 나왔다. 그는 누더기옷 대신 집주인 양치기의 복장을 하고 있었다. 웃옷은 제법 멋을 부린 놈팽이들의 볼레로로 되어 있는 조잡한 갈색 즈크 양복을 입고 있었다. 장화를 신었는데, 걸음이 비틀거릴 때마다 박차가 짤랑거렸다. 허리에는 가지런히 탄약을 꽂은 벨트를 두르고 좌우의 총집에는 큼직한 6연발 권총이 한 자루씩 꽂혀 있었다.

근처를 돌아다녀 담요와 안장과 고삐를 찾아서 말에 장비 했다. 그리고 다시 말에 올라타고는 곡도 안 맞는 노래를 큰 소리로 부르면서 잽싸게 달려갔다.

흉악범과 무법자와 가축 도둑의 집단인 버드 킹 일당이 프리오 강변의 인적이 드문 곳에서 야영하고 있었다.

리오그란데 연안에서 자행하는 그들의 약탈은 보통보다 그리 대담한 것은 아니었지만, 차츰 널리 소문이 퍼져서, 마침내 키니 대위가 인솔하는 삼림 경비대가 이들을 토벌하라는 명령을 받았다. 그래서 약은 두목 버어드 킹은 법률의 수호자들을 위해서 선명한 흔적을 남기지 않고 그렇게 하고 싶어 날뛰는 부하들을 달래어 프리오 계곡의 가시투성이 요새로 당분간 철수해 있었던 것이다.

---

박차:말을 빨리 달리게 하기 위하여 승마용 구두의 뒷축에 댄 쇠로 만든, 톱니 모양의 물건.

extensively, and Captain Kinney's company of rangers had been ordered down to look after them. Consequently, Bud King, who was a wise general, instead of cutting out a hot trail for the upholders of the law, as his men wished to do, retired for the time to the prickly fastnesses of the Frio valley.

Though the move was a prudent one, and not incompatible with Bud's well-known courage, it raised dissension among the members of the band. In fact, while they thus lay ingloriously perdu in the brush, the question of Bud King's fitness for the leadership was argued, with closed doors, as it were, by his followers. Never before had Bud's skill or efficiency been brought to criticism; but his glory was waning (and such is glory's fate) in the light of a newer star. The sentiment of the band was crystallizing into the opinion that Black Eagle could lead them with more luster, profit, and distinction.

This Black Eagle-sub-titled the 'Terror of the Border'- had been a member of the gang about three months.

One night while they were in camp on the San Miguel water-hole a solitary horseman on the regulation fiery steed dashed in among them. The newcomer was of a portentous and devastating aspect. A beak-like nose with a

---

upholder:지지자, 후원자 fastness:요새, 성채 prudent:분별 있는 dissension:불만 perdu = perdue:잠복한(concealed) wane:약화되다, 시들다=decline crystallize:~을 결정시키다, 구체화하다 lust:열정 portentous:불길한 조짐이 있는

이 작전은 참으로 분별 있는 행동이었으며, 이름난 버어드 킹의 용맹에 조금도 어긋나는 것이 아니었지만, 부하들 사이에서는 불만의 소리가 일고 있었다. 사실 숲속에서 이렇게 창피한 잠복 생활을 하고 있는 동안은 그의 부하들은 몰래 모여 앉아 말하자면 과연 버어드 킹이 두목으로서 적당한가 하는 문제를 논의하게 되었던 것이다. 버어드 킹의 솜씨나 능률이 비판을 받은 적은 일찍이 한 번도 없었다. 그러나 그의 영광은 새로운 별빛 아래서 쇠잔해지고 있었다(영광의 운명은 다 그런 것이지만). 일당의 감정은 검은 독수리라면 더 열정적이고 유익하고 탁월한 영도력을 갖고 있다는 의견으로 굳어지고 있었던 것이다.

'국경의 공포'라는 부제가 붙은 검은 독수리가 일당에 가담한 것은 석 달쯤 전의 일이었다.

일당이 샌미겔이라는 조그만 호숫가에 야영하고 있던 어느 날 밤, 사나운 말을 탄 사나이가 홀로 이 일당의 야영지에 뛰어들었다. 이 신참자는 조짐이 불길했고 압도하는 면이 있었다. 먹이에 덤벼들듯이 휙 굽은 부리 모양의 코가, 검푸르고 텁수룩한 구레나룻의 억센 털 위에 툭 튀어나와 있었다. 눈은 동굴처럼 푹 꺼졌고 사나웠다. 박차가 달린 장화를 신고 차양 넓은 솜브레로를 썼으며, 좌우의 허리에 권총을 차고, 거나하게 취하여 도무지 겁이 없었다. 리오그란데 연안 지방에서 홀몸으로

---

쇠잔해지다: 쇠하여 아주 약해지다.
차양: 모자의 이마 앞에 내민 부분

predatory curve projected above a mass of bristling, blue-black whiskers. His eye was cavernous and fierce. He was spurred, sombreroed, booted, garnished with revolvers, abundantly drunk, and very much unafraid. Few people in the country drained by the Rio Bravo would have eared thus to invade alone the camp of Bud King. But this fell bird swooped fearlessly upon them and demanded to be fed.

Hospitality in the prairie country is not limited. Even if your enemy pass your way you must feed him before you shoot him. You must empty your larder into him before you empty your lead. So the stranger of undeclared intentions was set down to a mighty feast.

A talkative bird he was, full of most marvellous loud tales and exploits, and speaking a language at times obscure but never colorless. He was a new sensation to Bud King's men, who rarely encountered new types. They hung, delighted, upon his vainglorious boasting, the spicy strangeness of his lingo, his contemptuous familiarity with life, the world, and remote places, and the extravagant frankness with which he conveyed his sentiments.

To their guest the band of outlaws seemed to be nothing more than a congregation of country bumpkins whom he

---

devastating:압도하는 bristling:센 털이 많은 cavernous:(눈, 뺨)움푹 들어간 sombrero:솜브레로(스페인, 멕시코 풍의 모자) garnish:장식하다 fell:사나운, 무서운 swoop:덤벼들다 larder:식량저장실, 저장식품 marvellous:놀라운, 기괴한 exploit:위업, 공훈 obscure:애매한 vainglorious:자만심이 강한

버어드 킹의 야영지에 뛰어들 만한 자는 없었다. 그런데 이 무서운 새는 조금도 두려워함이 없이 그들 위에 내려와 앉아 먹을 것을 요구했던 것이다.

대초원 지방에서는 누구에게나 식사를 대접하는 풍습이 있다. 설령 적이 지나가더라도 쏘기 전에 먼저 먹여 주어야 한다. 탄환 케이스를 비우기 전에 먼저 저장 식량부터 비워야 하는 것이다. 그래서 무슨 목적으로 왔는지 모르는 이 손님에게도 먼저 호화로운 식사가 제공되었다.

그는 사람을 깜짝 놀라게 하는 괴이한 이야기며 자기 자랑을 풍부히 갖고 있는 입심 좋은 새였으며, 이따금 뜻이 뚜렷하지 않은 말이 섞이기는 했으나, 그것이 결코 재미가 없지는 않았다.

좀처럼 자기 패거리 이외의 인간형과 접촉한 적이 없는 버어드 킹의 부하들 사이에 그는 새로운 센세이션을 불러일으켰다. 그의 우쭐한 호언장담이며, 처음 듣는 외설적인 언어며, 인생과 세상과 먼 나라에 관해서 훤하게 알고 있는 남을 비웃는 지식이며, 자신의 감정을 노골적으로 표현하는 그 솔직함에 그들은 가슴을 두근거리며 매달렸다.

그들의 손님의 눈에는 이 무법자의 일단 따위는 우둔한 촌놈의 집단에 지나지 않았으며, 말하자면 식사를 얻어 먹기 위해 농가의 뒷문에서 농군들에게, '한끼를 얻어먹기 위해 허풍을

---

센세이션: 느낌, 일시적인 큰 평판, 선풍적인 인기
호언장담: 의기양양하게 하는 말

was 'stringing for grub' just as he would have told his stories at the back door of a farmhouse to wheedle a meal. And, indeed, his ignorance was not without excuse, for the "bad man" of the Southwest does not run to extremes. Those brigands might justly have been taken for a little party of peaceable rustics assembled for a fish-fry or pecan gathering. Gentle of manner, slouching of gait, soft-voiced, unpicturesquely clothed; not one of them present-ed to the eye any witness of the desperate records they had earned.

For two days the glittering stranger within the camp was feasted. Then, by common consent, he was invited to become a member of the band. He consented, presenting for enrollment the prodigious name of 'Captain Montressor.' This was immediately overruled by the band, and 'Piggy' substituted as a compliment to the awful and insatiate appetite of its owner.

Thus did the Texas border receive the most spectacular brigand that ever rode its chaparral.

For the next three months Bud King conducted business as usual, escaping encounters with law officers and being content with reasonable profits. The band ran off some very good companies of horses from the ranges, and a few

---

congregation:모임, 집합  bumpkin:촌놈  grub:(속어)음식  string:~을 속이다 사기치다  wheedle:감언이설로 꾀다  brigand:산적  rustics:시골뜨기, 농부  slouch:(어깨~)앞으로 구부리다  gait:걸음걸이  prodigious:거대한, 굉장한  overrule:무효로 하다  insatiate:매우 탐욕스런  chaparral:덤불

떠는' 상대나 다름없었다. 그리고 실제로 이 남서부의 '악당'들은 태도나 복장이 조금도 거칠지 않았으므로, 그가 착각을 한 것도 무리는 아니었다. 이 도둑들을 물고기를 튀겨 먹는 야유회나 호두 따기를 하려고 모인 선량한 촌놈의 조그만 모임으로 보아도 하등 이상할 것이 없었다. 얌전한 거동하며, 조용한 걸음걸이하며 부드러운 말씨하며, 멋없는 차림새하며 무엇 하나 겉보기에는 그들이 거듭해 온 무서운 범죄 경력을 나타내는 것이 없었다.

이 찬란히 빛나는 타지방 인간은 야영지에서 이틀 동안 대접을 받았다. 그러고는 공동의 동의로 이 집단에 가담해 달라는 권고를 받았다. 그는 승낙하고, '캡틴 몬트레서'라는 거창한 이름으로 등록해 달라고 말했다. 그러나 이 이름은 당장 일당에 의해서 부결되고, 대신 그 왕성하고 지칠 줄 모르는 식욕에 경의를 표하며 '돼지'라는 이름이 주어졌다.

이리하여 텍사스 국경은 일찍이 그 나직한 떡갈나무 숲속을 질주한 악당 중에서도 가장 눈부신 도둑을 맞이하게 되었던 것이다.

그 뒤 석 달 동안 전과 다름없이 버어드 킹이 이들을 지휘하며 경비대와 충돌을 피하면서 적당한 수확에 만족하고 있었다. 일당은 목장에서 많은 말과 훌륭한 소 몇 마리를 훔쳐 무사히

bunches of fine cattle which they got safely across the Rio Grande and disposed of to fair advantage. Often the band would ride into the little villages and Mexican settlements, terrorizing the inhabitants and plundering for the provisions and ammunition they needed. It was during these bloodless raids that Piggy's ferocious aspect and frightful voice gained him a renown more widespread and glorious than those other gentle-voiced and sad-faced desperadoes could have acquired in a lifetime.

The Mexicans, most apt in nomenclature, first called him The Black Eagle, and used to frighten the babes by threatening them with tales of the dreadful robber who carried off little children in his great beak. Soon the name extended, and Black Eagle, the Terror of the Border, became a recognized factor in exaggerated newspaper reports and ranch gossip.

The country from the Nueces to the Rio Grande was a wild but fertile stretch, given over to the sheep and cattle ranches. Range was free, the inhabitants were few; the law was mainly a letter, and the pirates met with little opposition until the flaunting and garish Piggy gave the band undue advertisement. Then Kinney's ranger company headed for those precincts, and Bud King knew that it

---

plundering: 약탈하다   ammunition: 무기   ferocious: 사나운, 잔인한
nomenclature: 명명법  gossip: 뜬소문  fertile: 비옥한  flaunting: 과시하는  garish:
지나치게 화려한

리오그란데 강을 건너가서는, 이것을 팔아 톡톡히 재미를 보았다. 또 자주 조그만 마을과 멕시코 인 정착 부락을 습격하여, 주민들을 위협하고 필요한 탄약과 식량을 약탈하곤 했다. 이와 같이 피를 흘리지 않는 약탈이 되풀이되는 동안 돼지의 몸서리나는 용모와 무서운 목소리는 말소리가 부드럽고 얼굴이 얌전한 다른 도둑들이 평생을 두고도 못 얻을 명성을 차지하며 화려하게 퍼져 나갔다.

별명을 잘 붙이는 멕시코 인들은 처음으로 그를 검은 독수리라고 부르게 되었으며, 이 무서운 도둑이 큰 부리로 아기를 물고 가는 이야기를 들려주고는 우는 아이의 울음을 그치게 하곤 했다. 곧 이 이름은 커져서 과장된 신문 기사나 목장의 뜬소문으로 '국경의 공포, 검은 독수리' 라고 불리게 되었다.

뉴우세스 강에서 리오그란데 강에 이르는 지역은 기름진 평야로, 양과 소의 목장 지대가 되어 있었다. 목축은 방목이고, 주민 수는 적었으며, 법은 명목에 지나지 않았으므로, 우쭐대며 화려하게 차려입은 돼지가 도적단을 광고하지 않을 때까지는, 도둑은 거의 저항을 받지 않았다. 그리하여 이윽고 키니 부대가 이 주변으로 옮겨오게 되어, 버어드 킹은 사태가 중대하여 적을 급습해서 한 번 싸워 보거나 아니면 일시적으로 후퇴하거나 하지 않으면 안 된다는 것을 깨달았다. 그리하여 굳이 위험

meant grim and sudden war or else temporary retirement. Regarding the risk to be unnecessary, he drew off his band to an almost inaccessible spot on the bank of the Frio. Wherefore, as has been said, dissatisfaction arose among the members, and impeachment proceeding against Bud were premeditated, with Black Eagle in high favor for the succession. Bud King was not unaware of the sentiment, and he called aside Cactus Taylor, his trusted lieutenant, to discuss it.

"If the boys," said Bud, "ain't satisfied with me, I'm willin' to step out. They're buckin' against my way of handlin' 'em. And 'specially because I concludes to hit the brush while Sam Kinney is ridin' the line. I saves 'em from bein' shot or sent up on a state contract, and they up and says I'm no good."

"It ain't so much that," explained Cactus, "as it is they're plum locoed about Piggy. They want them whiskers and that nose of his to split the wind at the head of the column."

"There's somethin' mighty seldom about Piggy," declared Bud, musingly. "I never yet see anything on the hoof that he exactly grades up with. He can shore holler a plenty, and he straddles a hoss from where you laid the

---

precinct:구역, (~s)주변  grim:사나운, 잔인한  inaccessible:접근할 수 없는 impeachment:탄핵  premeditate:계획하다  sentiment:의견, 감정  lieutenant:중위, 여기서는 부하의 의미  buckin'⇒ bucking:완강히 반대하다  ridin' the line: 지키고 있는  plum:완전히  locoed:(속어)미친  musing:명상의

을 무릅쓸 필요가 없다고 판단한 그는 부하를 이끌고 프리오 강변의 거의 접근할 수 없는 지점으로 후퇴했던 것이다. 그래서 앞에서도 말했듯이 부하들 사이에 불만이 싹터서 버어드에 대한 탄핵 절차와 검은 독수리를 새 두목으로 삼자고 계획한 것이다. 버어드 킹은 이런 기미를 모르지 않았다. 그는 심복 부하 캑터스 테일러를 불러서 의논했다.

"만약에 놈들이" 하고 버어드는 말했다. "나한테 불만이라면 난 기꺼이 물러앉겠다. 놈들은 저들을 다루는 내 방식이 마음에 안 드는 모양이다. 하지만 무엇보다도 나는 놈들을 생각해서 샘 키니가 경비하고 있는 동안은 숨기도 하고 놈들이 총에 맞아 죽거나 붙들려서 주 감옥에 들어가지 않도록 구해 줬는데 그런 나를 나무란단 말이야."

"아니, 그렇게 대단치는 않습니다." 하고 캑터스가 설명했다. "놈들은 다만 '돼지' 한테 완전히 미쳐 있을 뿐이죠. 구레나룻와 매부리코가 앞장서서 휙휙 바람을 가르고 나가는 꼴이 보고 싶은 거라고요."

"돼지란 놈은 그리 신통한 짓도 한 게 없다." 하고 곰곰이 생각하면서 버어드는 말했다. "놈이 두드러진 공을 세우는 걸 나는 아직 한 번도 본 적이 없단 말이야. 그야 놈은, 한 번 소리치면 누구든지 벌벌 떨게 할 수도 있고, 아무도 감당 못하는 억센 말도 탈 줄 안다. 하지만 아직까지 놈은 한 번도 총을 쏜

---

탄핵: 죄상을 들추어 논란하여 꾸짖음.

chunk. But he ain't never been smoked yet. You know, Cactus, we ain't had a row since he's been with us. Piggy's all right for skearin' the greaser kids and layin' waste a cross-roads store. I reckon he's the finest canned oyster buccaneer and cheese pirate that ever was, but how's his appetite for fight in'? I've knowed some citizens you'd think was starvin' for trouble get a bad ease of dyspepsy the first dose of lead they had to take."

"He talks all spraddled out," said Cactus, "bout the rookuses he's been in. He claims to have saw the elephant and hearn the owl."

"I know," replied Bud, using the cow-puncher's expressive phrase of skepticism, "but it sounds to me!"

This conversation was held one night in camp while the other members of the band—eight in number—were sprawling around the fire, lingering over their supper. When Bud and Cactus ceased talking they heard Piggy's formidable voice holding forth to the others as usual while he was engaged in checking, though never satisfying, his ravening appetite.

"Wat's de use," he was saying, "of chasin' little red cowses and hosses 'round for t'ousands of miles? Dere ain't nuttin' in it. Gallopin' t'rough dese bushes and

---

skearin' ⇒ scaring:남을 겁주다  greaser:(속어)남미사람, 특히 멕시코인 buccaneer:해적(pirate)  I've knowed ⇒ I have know.  dyspepsy = dyspepsia:소화 불량  skepticism:회의적 태도  sprawl:불규칙하게 퍼지다  linger:음미하다 formidable:무서운  hold forth:열변을 토하다  Wat's de use...⇒ What's the use...

적이 없잖아. 너도 알지만 캑터스, 놈이 우리 일당에 들어오고 부터 우린 한 번도 총질을 해본 적이 없단 말이야. 돼지가 멕시코 녀석들을 공갈치고 네거리의 가게를 털고 하는 일은 정말 잘해. 노상강도나 강도질을 시키면 아마 천하 일품일 게다. 하지만 총질을 하게 되면 얼마나 잘 해내겠나. 보통 큰소리 탕탕 치는 놈들 총소리만 한 방 들으면 소화불량에 걸리는 법이지."

"놈은 결투한 적도 있다고 그랬고요." 하고 캑터스는 말했다. "코끼리도 보고 올빼미 소리도 들었고, 아무튼 세상을 안다고 장담합니다요."

"나도 안다." 버어드는 카우보이 특유의 회의적인 어조로 대답했다. "하지만, 아무래도 곧이 들리지 않는걸!"

이 대담은 어느 날 밤 나머지 여덟 명의 동아리들이 모닥불을 둘러싸고 흩어져서 한가로이 저녁을 먹고 있는 동안에 한 천막에서 주고받은 것이다. 버어드와 캑터스가 말을 그쳤을 때, 돼지는 만족을 모르는 게걸스러운 식욕을 억제하려고 애쓰면서, 그 무시무시하게 들리는 목소리로 동아리들에게 떠들어 대고 있었다.

"황소 새끼나 말 따위를 몇천 마일씩 쫓아가면 무슨 소용 있어? 아무것도 없을 뿐이야. 숲이나 덤불 속을 뛰어다니다가, 맥주를 통째 들이켜 봐야 여전히 갈증이나 느끼고, 끼니도 얻어 먹지 못하는 게 고작이지! 이봐! 만일 내가 두목이라면, 무슨

---

회의: 의심을 품음. 또는 그 의심.

briers, and gettin' a t'irst dat a brewery couldn't put out, and missin' meals! Say! You know what I'd do if I was main finger of dis bunch? I'd stick up a train. I'd blow de express car and make hard dollars where you guys get wind. Youse makes me tired. Dis sook-cow kind of cheap sport gives me a pain."

Later on, a deputation waited on Bud. They stood on one leg, chewed mesquite twigs and circumlocuted, for they hated to hurt his feelings. Bud foresaw their business, and made it easy for them. Bigger risks and larger profits was what they wanted.

The suggestion of Piggy's about holding up a train had fired their imagination and increased their admiration for the dash and boldness of the instigator. They were such simple, artless, and custom-bound bush-rangers that they had never before thought of extending their habits beyond the running off of livestock and the shooting of such of their acquaintances as ventured to interfere.

Bud acted 'on the level,' agreeing to take a subordinate place in the gang until Black Eagle should have been given a trial as leader.

After a great deal of consultation, studying of timetables and discussion of the country's topography, the time and

---

brewery:양조장 stick up=rob youse ⇒ you(복수형으로 쓴 것) deputation:대표자 wait on:(손위 사람을) 방문하다 circumlocute:넌지시 둘러대다 instigator: 선동자 bush-ranger:산적

일을 하겠는지, 알아? 나라면 열차를 해치우겠다. 급행 열차를 습격해서, 너희들이 편하게 한숨 돌릴 수 있도록 현금을 탈취하는 거야. 너희들이 하는 째째한 일엔 이제 진절머리 난다. 소도둑질 같은 시시한 일은 이제 못 견디겠단 말야."

나중에 대표가 버어드를 찾아왔다. 그러고는 목초 잎사귀를 씹으며 한쪽 발에 중심을 두고 비스듬히 서서 버어드의 감정을 상하지 않게 하려고 애쓰며 은근히 퇴진을 촉구했다. 버어드는 그들의 용건을 알고 순순히 물러섰다. 그들은 보다 큰 위험과 보다 큰 수확을 바라고 있었던 것이다.

열차 강도라는 돼지의 제안은 그들의 공상에 불을 지르고 이 선동자의 용기와 담력에 대한 존경도 점점 더 크게 만들었다. 그들은 단순하고 인습적인 산적에 지나지 않았으므로, 가축을 훔친다든가, 이따금 저항하는 아는 얼굴에 총을 들이댄다든가 하는 습관적인 행동의 범위를 넘는 모험을 생각해 본 적이 없었던 것이다.

버어드는 '공정한 입장'에서 검은 독수리가 지휘자로서 시련을 견뎌 벨 때까지, 일당에서 부하의 지위에 만족하는 데 동의했다.

열차 시간표를 조사하고, 이 지방의 지리를 검토하고, 수없이 협의를 거듭한 끝에 새로운 계획을 결행할 시간과 장소가 결정되었다. 당시 멕시코에서는 극도로 사료가 모자라고 미국의 일

---

담력:겁이 없고 담이 큰 기운

place for carrying out their new enterprise was decided upon. At that time there was a feedstuff famine in Mexico and a cattle famine in certain parts of the United States, and there was a brisk international trade. Much money was being shipped along the railroads that connected the two republics. It was agreed that the most promising place for the contemplated robbery was at Espina, a little station on the I. and G. N., about forty miles north of Laredo. The train stopped there one minute; the country around was wild and unsettled; the station consisted of but one house in which the agent lived.

Black Eagle's band set out, riding by night. Arriving in the vicinity of Espina they rested their horses all day in a thicket a few miles distant.

The train was due at Espina at 10:30 P.M. They could rob the train and be well over the Mexican border with their booty by daylight the next morning.

To do Black Eagle justice, he exhibited no signs of flinching from the responsible honors that had been conferred upon him.

He assigned his men to their respective posts with discretion, and coached them carefully as to their duties. On each side of the track four of the band were to lie con-

---

topography:지형  feedstuff:사료.  famine:대부족, 결핍  brisk:(장사)활기띤 contemplate:~을 인도하다  vicinity:근처  thicket:잡목숲  booty:전리품, 약탈물 flinch:주춤주춤하다(from)  respective:각자의, 개개의  with discretion:신중하 게(discreetly)

부 지방에서는 소가 아주 모자라서, 두 나라의 국제 무역은 활발히 거래되고 있었으며, 두 공화국을 연결하는 철도로는 많은 현금이 수송되고 있었다. 습격에 가장 적당한 장소로서 의견이 일치한 곳은 I.G.N선의 라레도 북방 약 40마일에 있는 조그만 정거장 에스피나였다. 열차는 그곳에서 1분간 정차하게 되어 있었다. 주위의 온통 미개척된 평야였으며 정거장에 역장이 사는 집이 한 채 있을 뿐이었다.

검은 독수리가 인솔하는 일당은 밤에 말을 타고 출발했다. 에스피나 가까이에 도착하자 2, 3마일 떨어진 숲속에서 종일 말을 쉬게 했다.

열차는 오후 10시 30분에 에스피나에 도착할 예정이었다. 열차를 습격한 뒤 그 약탈품을 가지고 이튿날 아침 새벽에는 거뜬히 멕시코 국경을 넘을 수 있을 것이다.

공평하게 봐서 검은 독수리는 자기에게 주어진 중책의 명예에 조금도 주춤거리는 빛을 보이지 않았다.

그는 신중히 부하들에게 각각 맡을 자리를 지시하고 그 역할을 주의 깊게 지휘했다. 각각 네 명씩이 서로 양쪽의 나지막한 떡갈나무 숲속에 잠복한다. 귀 밝은 로저스는 역장을 덮친다. 야생마 찰리는 말과 함께 남아 있다가, 언제라도 출발할 수 있도록 준비를 갖춘다. 열차가 정지할 때의 기관차의 위치를 예측해서, 그 지점 선로의 한쪽에는 버어드 킹이 잠복하고, 반대

cealed in the chaparral. Gotch-Ear Rodgers was to stick up the station agent. Bronco Charlie was to remain with the horses, holding them in readiness. At a spot where it was calculated the engine would be when the train stopped, Bud King was to lie hidden on one side, and Black Eagle himself on the other. The two would get the drop on the engineer and fireman, force them to descend and proceed to the rear. Then the express car would be looted, and the escape made. No one was to move until Black Eagle gave the signal by firing his revolver. The plan was perfect.

At ten minutes to train time every man was at his post, effectually concealed by the thick chaparral that grew almost to the rails. The night was dark and lowering, with a fine drizzle falling from the flying gulf clouds. Black Eagle crouched behind a bush within five yards of the track. Two six-shooters were belted around him. Occasionally he drew a large black bottle from his pocket and raised it to his mouth.

A star appeared far down the track which soon waxed into the headlight of the approaching train. It came on with an increasing roar; the engine bore down upon the ambushing desperadoes with a glare and a shriek like

---

chaparral:덤불 stick up:(강도가)~을 덮치다(rob) get the on a person:남보다 먼저 권총을 들이대다 lowering:(날씨따위가)험악한 drizzle:이슬비 crouch:웅크리다 wax:차츰~이 되다

쪽에는 검은 독수리 자신이 숨는다. 두 사람은 기관사와 화부에게 권총을 들이대어 기관차에서 끌어내리고, 열차 뒤쪽으로 가게 한다. 그리고는 열차를 털고 달아난다. 검은 독수리가 권총을 쏘아 신호할 때까지는 아무도 움직여서는 안된다. 계획은 완벽했다.

열차 도착 시간 10분전에 전원은 저마다 배치된 부서로 가서 선로가에까지 무성하게 자란 나지막한 떡갈나무 숲속에 완전히 몸들을 숨겼다. 멕시코 만에서 날아오는 비구름이 이슬비를 뿌려 밤은 어둡고 험악했다. 검은 독수리는 선로에서 5야드쯤 떨어진 덤불 뒤에 웅크렸다. 허리의 벨트에는 6연발 권총 두 자루가 꽂혀 있었다. 이따금 주머니에서 큼직한 검은 술병을 꺼내어 입에 갖다 댔다.

선로의 아득히 먼 저편에 한 점의 별이 나타나더니, 금방 커져서 다가오는 기관차의 헤드라이트로 변했다. 그것은 차츰 높아지는 소음과 더불어 전진해 왔다. 곧 기관차는 마치 숨어 있는 도둑들을 법에 인도하기 위해 달려온 괴물처럼, 그들에게 눈을 부라리며 날카로운 소리를 지르면서 돌진해 왔다. 검은 독수리는 땅바닥에 납작하게 엎드렸다. 기관차는 뜻밖에 그 검은 독수리와 버어드 킹이 잠복해 있는 지점 사이에 서지 않고 50야드는 훨씬 더 가서 멎었다.

도적단의 두목은 일어서서 주위를 살폈다. 부하들은 모두 가

---

화부: 기관 따위에 불을 때는 사람.

some avenging monster come to deliver them to justice. Black Eagle flattened himself upon the ground. The engine, contrary to their calculations, instead of stopping between him and Bud King's place of concealment, passed fully forty yards farther before it came to a stand.

The bandit leader rose to his feet and peered around the bush. His men all lay quiet, awaiting the signal. Immediately opposite Black Eagle was a thing that drew his attention. Instead of being a regular passenger train it was a mixed one. Before him stood a box car, the door of which, by some means, had been left slightly open. Black Eagle went up to it and pushed the door farther open. An odor came forth-a damp, rancid, familiar, musty, intoxicating, beloved odor stirring strongly at old memories of happy days and travels. Black Eagle sniffed at the witching smell as the returned wanderer smells of the rose that twines his boyhood's cottage home. Nostalgia seized him. He put his hand inside. Excelsior-dry, springy, curly, soft, enticing, covered the floor. Outside the drizzle had turned to a chilling rain.

The train bell clanged. The bandit chief unbuckled his belt and cast it, with its revolvers, upon the ground. His spurs followed quickly, and his broad sombrero. Black

---

ambushing:매복한 desperadoes:자포자기한 무법자 peer:(확인을 위해)자세히 보다 box car:유개화차 odor:냄새, 향기 damp:습기찬 rancid:썩은 냄새나는 intoxicating:도취시키는 witching:매력적인 nostalgia:향수 excelsior:대팻밥 enticing:유혹하는 spur:박차(拍車)

만히 엎드려서 신호를 기다리고 있었다. 검은 독수리 바로 앞에 있는 것이 그의 시선을 끌었다. 그 열차는 보통의 여객 열차가 아니라 객차와 화차를 섞은 혼합 열차였다. 그의 눈앞에는 유개화차가 서 있고 어찌된 셈인지 문이 그대로 조금 열려 있었다. 검은 독수리는 그리로 다가가서 문을 더 넓게 열었다. 냄새가 코를 쿡 찔렀다. 그것은 습기 차고 훈훈하게 썩어서 코에 익은 곰팡이 냄새가 났으며 사람을 황홀하게 만드는 그리운 냄새, 지나간 행복한 나날과 여행의 추억을 세게 일깨워 주는 냄새였다. 검은 독수리는 마치 고향에 돌아온 방랑자가 소년 시대를 보낸 집의 산울타리에 얽힌 옛 장미꽃의 냄새를 그리워하듯 그 매혹적인 냄새를 맡았다. 향수가 그를 사로잡았다. 그는 안으로 손을 쑤셔 넣었다. 대팻밥이, 마르고 탄력 있고, 고수머리처럼 부드럽고, 유혹하는 듯한 대팻밥이 바닥에 깔려 있었다. 바깥의 이슬비는 이제 차가운 비로 변하여 쫙쫙 쏟아지고 있었다.

발차를 알리는 벨소리가 요란스레 울렸다. 도둑단의 두목은 벨트를 끌러 권총을 꽂은 채 땅바닥에 던졌다. 박차도 차양 넓은 솜브레로도 재빨리 그 뒤를 따랐다. 검은 독수리는 털갈이를 하고 있었다. 기차는 덜컹 한 번 흔들리더니 움직이기 시작했다. 국경의 전 공포는 화차안으로 기어들어가서 문을 닫았다.

대팻밥 위에 몸을 쭉 뻗고 드러누워 검은 술병을 가슴에 꼭

---

유개화차: 뚜껑이 있는 화물차.

Eagle was moulting. The train started with a rattling jerk. The ex-Terror of the Border scrambled into the box car and closed the door. Stretched luxuriously upon the excelsior, with the black bottle clasped closely to his breast, his eyes closed, and a foolish, happy smile upon his terrible features Chicken Ruggles started upon his return trip.

Undisturbed, with the band of desperate bandits lying motionless, awaiting the signal to attack, the train pulled out from Espina. As its speed increased, and the black masses of chaparral went whizzing past on either side, the express messenger, lighting his pipe, looked through his window and remarked, feelingly:

"What a jim-dandy place for a hold-up"

---

moulting = molt:털갈이하다 undisturbed:방해받지 않은 whizz:윙하는 소리를
내며 빨리가다 jim-dandy:굉장한 hold-up:(열차및 승객)강도

껴안고 눈을 감았다. 무시무시한 얼굴에 약간 얼빠진 듯 행복스러워 뵈는 미소를 띤 채, 치컨 러글즈는 이제 고향으로 돌아가는 여정에 올랐다.

　방해받지 않고 열차는 습격의 신호를 기다리며 꼼짝도 않고 엎드려 있는 일단의 무서운 도둑들을 남겨 둔 채 에스피나 역을 벗어났다. 열차가 차츰 빨라지고 선로 양쪽에서 나직한 떡갈나무 숲의 시커먼 덩어리가 휙휙 스쳐 가고 있을 때, 차장은 파이프에 불을 붙이고 창 밖을 내다보면서 감상적으로 중얼거렸다.

　"열차 강도하기에 굉장히 좋은 곳이군!"

# A Retrieved Reformation

A GUARD came to the prison shoe-shop, where Jimmy Valentine was assiduously stitching uppers, and escorted him to the front office. There the warden handed Jimmy his pardon, which had been signed that morning by the governor. Jimmy took it in a tired kind of way. He had served nearly ten months of a four-year sentence. He had expected to stay only about three months, at the longest. When a man with as many friends on the outside as Jimmy Valentine had is received in the 'stir' it is hardly worth while to cut his hair.

"Now, Valentine," said the warden, "you'll go out in the morning. Brace up, and make a man of yourself. You're

---

assiduously:부지런히. stitching:꿰매다. warden:교도소장. four-year sentence:4년 선고. stir:(속어)교도소(prison). brace up:분발하다. 기운을 내다.

# 되살아난 개심

간수 한 사람이 교도소 안에 있는 구두 공장으로 왔는데, 거기서 지미 밸렌타인이 부지런히 갑피를 깁고 있었고, 간수는 그를 밖에 있는 사무실로 데리고 갔다. 교도소장이 그날 아침 지사가 서명한 사면장을 그에게 내주었다. 지미는 귀찮은 듯이 받았다. 그는 4년 형기 중에서 벌써 열 달 가까이나 복역하고 있었다. 길어 봤자 석 달만 들어가 있으면 되겠지 하고 생각했던 일이다. 지미 밸런타인같이 바깥 세상에 많은 친구를 가진 사람은 '감옥살이'를 한다고 해 봐야 머리를 짧게 깎을 것까지도 없을 정도이다.

"어이, 밸런타인" 하고 교도소장이 말했다. "아침에 나갈 거야. 기운 내서 착한 사람이 돼야 한다. 너는 본심은 나쁜 인간이 아니야. 금고는 그만 털고, 착하게 살아야 해."

---

개심: 마음을 바르게 고침.
갑피: 창을 대지 아니한 구두의 울.

not a bad fellow at heart. Stop cracking safes, and live straight."

"Me?" said Jimmy, in surprise. "Why, I never cracked a safe in my life."

"Oh, no," laughed the warden. "Of course not. Let's see, now. How was it you happened to get sent up on that Springfield job? Was it because you wouldn't prove an alibi for fear of compromising somebody in extremely high-toned society? Or was it simply a case of a mean old jury that had it in for you? It's always one or the other with you innocent victims."

"Me?" said Jimmy, still blankly virtuous. "Why, warden, I never was in Springfield in my life!"

"Take him back, Cronin," smiled the warden, "and fix him up with outgoing clothes. Unlock him at seven in the morning, and let him come to the bull-pen. Better think over my advice, Valentine."

At a quarter past seven on the next morning Jimmy stood in the warden's outer office. He had on a suit of the villainously fitting, ready-made clothes and a pair of the stiff, squeaky shoes that the state furnishes to its dis-charged compulsory guests.

The clerk handed him a railroad ticket and the five-dol-

---

at heart:마음은  cracked:(금고 따위를)부수다  compromise:(의혹, 나쁜 평판)을 받게하다  victim:피해자  bull-pen:(구어)유치장  villainous:야비한, 불쾌한  discharge:석방하다  compulsory:강제적인, 의무적인

"제가요?" 하고 지미는 놀라는 소리를 냈다. "아니, 전 여태껏 한번도 금고를 턴 적이 없는 걸요."

"암, 그렇고말고" 하고 교도소장은 웃었다. "물론 안했지. 하지만 보라고. 어째서 넌 그 스프링필드 사건으로 징역살이를 하게 됐나? 상류 사회의 어떤 높은 사람한테 혐의가 갈까 봐 네 알리바이를 증명 안 했기 때문이냐? 아니면, 너한테 원한을 품은 어떤 배심원의 비열한 짓에 지나지 않는단 말이냐? 너희들처럼 자신이 하지도 않은 죄를 덮어쓰는 인간은 대개 그런 정도로 걸려들게 마련이거든."

"제가요?" 여전히 멍청하고 착해 보이는 얼굴로 지미는 말했다. "아니, 소장님, 평생 한번도 스프링필드에는 가 본 적이 없는 걸요."

"이 사람을 데리고 가, 크로닌!" 교도소장은 미소를 지었다. "그리고 나갈 때 입을 옷을 챙겨 줘. 내일 아침 7시가 되거든 대기실로 내보내라고. 내 말을 잘 생각해 봐야 한다, 밸런타인!"

이튿날 아침 7시 15분에 지미는 바깥쪽에 있는 교도소장실에서 있었다. 강제로 수용한 손님을 석방할 때 주 당국에서 지급하는, 도무지 몸에 맞지 않는 기성복에다 삐걱거리는 뻑뻑한 구두를 신고 있었다.

직원이 선량한 시민으로 돌아가서 훌륭하게 살아가기를 바라

---

혐의: 의심스럽게 생각함.

lar bill with which the law expected him to rehabilitate himself into good citizenship and prosperity. The warden gave him a cigar, and shook hands. Valentine, 9762, was chronicled on the books 'Pardoned by Governor,' and Mr. James Valentine walked out into the sunshine.

Disregarding the song of the birds, the waving green trees, and the smell of the flowers, Jimmy headed straight for a restaurant. There he tasted the first sweet joys of liberty in the shape of a broiled chicken and a bottle of white wine— followed by a cigar a grade better than the one the warden had given him. From there he proceeded leisurely to the depot. He tossed a quarter into the hat of a blind man sitting by the door, and boarded his train. Three hours set him down in a little town near the state line. He went to the cafe of one Mike Dolan and shook hands with Mike, who was alone behind the bar.

"Sorry we couldn't make it sooner, Jimmy, me boy," said Mike. "But we had that protest from Springfield to buck against, and the governor nearly balked. Feeling all right?"

"Fine," said Jimmy. "Got my key?"

He got his key and went upstairs, unlocking the door of a room at the rear. Everything was just as he had left it.

---

rehabilitate:사회에 복귀시키다, 명예를 회복시키다 prosperity:번영 chronicle: 연대순으로 기록하다 in the shape of:~의 형식으로 depot:정거장, 보관소 set down:(승객을)내리다 shake hands with:~와 악수하다 buck(against):완강히 반대하다 balk = baulk:망설이다, 방해받다

는 법률이 주는 기차표와 5달러 짜리 지폐 한 장을 지미에게 주었다. 교도소장은 그에게 엽궐련을 한 개비 주고 악수했다. 제9762호 죄수 밸런타인은 죄수 명부에 '지사에 의한 사면'이 라고 기입하고, 이리하여 제임스 밸런타인 씨는 햇빛 속으로 걸어 나갔다.

새들의 노랫소리며 바람에 살랑대는 푸른 나무들이며 꽃향기 같은 것은 거들떠보지도 않고 지미는 곧장 한 식당으로 들어갔다. 그곳에서 통닭구이와 백포도주 한 병과, 이어 형무소장이 준 것보다 고급인 엽궐련을 한 개비, 이런 형태로 자유의 달콤한 첫 기쁨을 맛보았다. 그리고 어슬렁어슬렁 정거장으로 향했다. 입구에 앉아 있는 장님의 모자에다 25센트 짜리 한 잎을 던져 주고 기차에 올라탔다. 세 시간 뒤 주 경계에 가까운 조그만 읍에서 내렸다. 마이크 돌런의 카페로 가서 카운터 안에 혼자 있던 마이크와 악수를 나누었다.

"좀더 빨리 내주지 못해서 미안하다, 지미." 하고 마이크는 말했다. "스프링필드에서 굉장한 반대가 있어 가지고 말이야, 지사도 하마터면 생각을 바꿀 뻔했다고. 그래, 기분은 어때?"

"괜찮습니다." 하고 지미는 말했다. "내 열쇠는?"

열쇠를 받아 들고 그는 2층으로 올라가 안쪽에 있는 방문을 열었다. 모든 것이 그가 떠날 때 그대로였다. 방바닥에는 형사 들이 지미를 체포하고 팔을 비틀어 꺾었을 때, 그 명탐정 벤

---

엽궐련:잎담배를 말아서 만든 담배, 시가.

There on the floor was still Ben Price's collar-button that had been torn from that eminent detective's shirt-band when they had overpowered Jimmy to arrest him. Pulling out from the wall a folding-bed, Jimmy slid back a panel in the wall and dragged out a dust-covered suit-case. He opened this and gazed fondly at the finest set of burglar's tools in the East. It was a complete set, made of specially tempered steel, the latest designs in drills, punches, braces and bits, jimmies, clamps, and augers, with two or three novelties invented by Jimmy himself, in which he took pride. Over nine hundred dollars they had cost him to have made at—, a place where they make such things for the profession.

In half an hour Jimmy went downstairs and through the cafe. He was now dressed in tasteful and well-fitting clothes, and carried his dusted and cleaned suit-case in his hand.

"Got anything on?' asked Mike Dolan, genially.

"Me?" said Jimmy, in a puzzled tone. "I don't understand. I'm representing the New York Amalgamated Short Snap Biscuit Cracker and Frazzled Wheat Company."

This statement delighted Mike to such an extent that Jimmy had to take a seltzer-and-milk on the spot. He

---

eminent:신분이 높은  shirt-band:와이셔츠의 깃  folding-bed:접는 침대  slid: slide의 과거  burglar:강도  brace and bit:굽은 손잡이가 달린 송곳  jimmy:작은 쇠지레  clamp:집게, 꺽쇠  auger:나사송곳  genially:다정하게  amalgamate:합 병하다  frazzle:닳아버리다

프라이스의 와이셔츠 깃에서 떨어진 흰 단추가 아직도 뒹굴고 있었다.

벽에서 접어 넣는 간이 침대를 꺼낸 지미는 벽의 널빤지 한 장을 밀어 넣고 먼지 묻은 슈트케이스를 꺼냈다. 그것을 열고 동부에서 제일가는 밤도둑의 연장을 사랑스러운 듯이 들여다 보았다. 그것은 특별히 단련한 강철로 만든 완전한 만능 연장이었으며, 최신형 드릴과 착공기, 자루가 굽은 회전 송곳과 조립식 쇠지레, 집게 장도리와 나사송곳, 그리고 지미 자신이 고안한 연장도 두어 개 섞여 있는 그가 자랑하는 물건이었다. 그와 같은 일을 하고 있는 사람을 위해 이런 것을 만들고 있는 모처에서 9백여 달러나 주고 만든 물건이다.

반 시간쯤 있다가 지미는 아래층으로 내려가서 카페를 빠져 나갔다. 이제는 취미도 고상하고 몸에도 꼭 맞는 옷을 입고 있었으며, 손에는 깨끗이 먼지를 턴 그 슈트케이스를 들고 있다.

"뭘 할 참이야?" 마이크 돌런이 상냥하게 물어 왔다.

"제가요?" 하고 어리둥절해진 어조로 지미는 말했다. "무슨 말씀인지 못 알아듣겠습니다. 저는 뉴오크 숄트 스냅 비스킷 크래커 소맥분 회사의 사원이올시다."

이 말은 무척 마이크를 기쁘게 만들었다. 덕분에 지미는 그 자리에서 밀크를 탄 셀치 소다수를 한 잔 얻어 마셨다. 지미는

---

착공기:구멍을 뚫는 기구.

never touched 'hard' drinks.

A week after the release of Valentine, 9762, there was a neat job of safe-burglary done in Richmond, Indiana, with no clue to the author. A scant eight hundred dollars was all that was secured. Two weeks after that a patented, improved, burglar-proof safe in Logansport was opened like a cheese to the tune of fifteen hundred dollars, currency; securities and silver untouched. That began to interest the rogue-catchers. Then an old-fashioned bank-safe in Jefferson City became active and threw out of its crater an eruption of bank-notes amounting to five thousand dollars. The losses were now high enough to bring the matter up into Ben Price's class of work. By comparing notes, a remarkable similarity in the methods of the burglaries was noticed. Ben Price investigated the scenes of the robberies, and was heard to remark:

"That's Dandy Jim Valentine's autograph. He's resumed business. Look at that combination knob-jerked out as easy as pulling up a radish in wet weather. He's got the only clamps that can do it. And look how clean those tumblers were punched out! Jimmy never has to drill but one hole. Yes, I guess I want Mr. Valentine. He'll do his bit next time without any short-time or clemency foolish-

---

safe-burglary:금고강도 scant:얼마 안되는 rogue-catcher: '형사'를 의미 old-fashioned:구식의 crater:분화구, 구멍 eruption:(화산)폭발 autograph:자필 combination:(자물쇠의)수자배합 knob:(문, 서랍의) 손잡이 tumbler:(자물쇠의)회전판 do one bit:의무를 다하다 clemency:온순, 관대

결코 '강한' 술에 손을 대지 않았던 것이다.

제 9762호 죄수 밸런타인이 석방된 지 일주일 뒤, 인디애나 주 리치먼드에서 깨끗이 금고를 털어 간 사건이 일어났으나, 범인의 실마리는 전혀 잡지 못했다. 도둑맞은 것은 모두 합해서 불과 8백 달러였다. 그리고 2주일이 지나자, 이번에는 로건 스포트에서 도난 방지의 특허를 딴 개량형 금고가 치즈처럼 간단히 열려 현금 1천 5백 달러를 털렸다. 증권류나 은화는 그대로 있었다. 이것이 형사들의 관심을 끌기 시작했다. 이어 제퍼슨 시의 은행에 있는 구식 금고가 활동을 하기 시작하여, 그 분화구에서 5천 달러나 되는 지폐의 분출물을 쏟아 냈다. 이번에는 피해가 커서 명탐정 벤 프라이스 급의 활동을 촉구시키는 데까지 사태가 발전했다. 피해의 보고를 비교해 보니, 금고를 터는 수법이 똑같다는 것을 발견할 수 있었다. 벤 프라이스는 도난 현장을 조사해 보고 의견을 말했다.

"이건 멋쟁이 짐 밸런타인의 수법이야. 그놈, 또 일을 시작했군. 저 다이얼 좀 보라고. 마치 비오는 날 무 뽑듯이 쉽게 뽑아 냈잖아! 이런 걸 할 수 있는 집게 장도리를 가진 놈은 그 놈뿐이야. 그리고 이 자물쇠의 회전판에 보기 좋게 뚫린 구멍 좀 보라고! 지미는 언제나 구멍을 둘 뚫을 필요가 없지. 그래, 밸런타인 선생을 잡자. 이번에는 정말 단기형이니 사면이니 하는 바보짓을 하지 말고, 톡톡히 좀 살릴 테다!"

---

분출물: 내뿜는 물질
사면: 죄를 용서하여 형벌을 면제함.

ness."

Ben Price knew Jimmy's habits. He had learned them while working up the Springfield case. Long jumps, quick getaways, no confederates, and a taste for good society— these ways had helped Mr. Valentine to become noted as a successful dodger of retribution. It was given out that Ben Price had taken up the trail of the elusive cracksman, and other people with burglar-proof safes felt more at ease.

One afternoon Jimmy Valentine and his suit-case climbed out of the mail-hack in Elmore, a little town five miles off the railroad down in the black-jack country of Arkansas. Jimmy, looking like an athletic young senior just home from college, went down the board sidewalk toward the hotel.

A young lady crossed the street, passed him at the corner and entered a door over which was the sign "The Elmore Bank." Jimmy Valentine looked into her eyes, forgot what he was, and became another man. She lowered her eyes and colored slightly. Young men of Jimmy's style and looks were scarce in Elmore.

Jimmy collared a boy that was loafing on the steps of the bank as if he were one of the stock-holders, and began to ask him questions about the town, feeding him dimes at

---

dodger:몸을 피하는 사람  retribution:(나쁜 짓의)응보  elusive:붙잡기 어려운,
교묘히 피하는  cracksman:금고털이  mail-hack:우편마차  black-jack:껍질이
검은 작은 떡갈나무의 일종  collar:~을 잡다, 체포하다  loaf:빈둥거리다

벤 프라이스는 지미의 수법을 알고 있었다. 그것은 스프링필드 사건을 조사할 때 안 것이다. 원거리 도피, 신속한 도주, 공범자가 없다는 것, 상류 사회 생활의 취미, 이러한 수법이 밸런타인 씨로 하여금 교묘히 징벌을 면하는 사나이로서 이름을 날리게 하는 데 도움이 되었던 것이다. 벤 프라이스가 이 잘 달아나는 금고털이 범인의 발자국을 쫓고 있다는 것이 발표되고, 도난 방지 금고를 가진 다른 사람들은 더 마음을 놓게 되었다.

어느 날 오후, 아칸소 주의 검은 신갈나무가 무성한 시골 철도에서 5마일쯤 떨어진 조그만 엘모어라는 읍에서 지미 밸런타인과 그 슈트케이스가 우편 탁송의 합승 마차에서 내려섰다. 지미는 고향에 갓 돌아온 대학 4년생의 젊은 운동선수 같은 모습으로 널빤지를 깐 보도를 호텔 쪽으로 걸어갔다.

한 젊은 여자가 거리를 건너오더니 길모퉁이에서 그를 앞질러 '엘모어 은행'이라는 간판이 걸려 있는 건물 입구로 들어갔다. 지미 밸런타인은 그녀의 눈을 들여다보고, 그만 자기가 뭘 하는 인간이라는 것을 잊었으며 딴 사람이 되어 버렸다. 그녀는 눈을 내리깔고 살짝 볼을 물들였다. 지미 같은 스타일이나 용모의 청년은 엘모어에서는 보기 드물었던 것이다.

지미는 마치 주주의 한 사람인 양 은행 돌층계 위에서 빈들거리고 있는 소년 하나를 붙잡고, 틈틈이 10센트를 한 닢씩 쥐어 주면서 이 고장 상황을 알아보기 시작했다. 그러고 있는데

---

검은 신갈나무: 껍질이 검은 작은 떡갈나무의 일종.
탁송: 운송업자 등에게 위탁하여 물건을 보냄.

252 · A Retrieved Reformation

intervals. By and by the young lady came out, looking royally unconscious of the young man with the suit-case, and went her way.

"Isn't that young lady Miss Polly Simpson?" asked Jimmy, with specious guile.

"Naw," said the boy. "She's Annabel Adams. Her pa owns this bank. What'd you come to Elmore for? Is that a gold watch-chain? I'm going to get a bulldog. Got any more dimes?"

Jimmy went to the Planters' Hotel, registered as Ralph D. Spencer, and engaged a room. He leaned on the desk and declared his platform to the clerk. He said he had come to Elmore to look for a location to go into business. How was the shoe business, now, in the town? He had thought of the shoe business. Was there an opening?

The clerk was impressed by the clothes and manner of Jimmy. He, himself, was something of a pattern of fashion to the thinly gilded youth of Elmore, but he now perceived his shortcomings. While trying to figure out Jimmy's manner of tying his four-in-hand he cordially gave information.

Yes, there ought to be a good opening in the shoe line. There wasn't an exclusive shoe-store in the place. The

---

by and by=soon 잠시후에  specious:그럴듯한  guile:엉큼한 꾀:기만(deceit)
naw = no  pa = papa  platform:근본방침, 연설  gilded:겉치레의, gild:치장하다,
꾸미다  four-in-hand:(맨모양이 Y자형인)보통넥타이  cordially:성심성의껏
exclusive:배타적인, 전문적인

그 젊은 여자가 나오더니 슈트케이스를 가진 청년이 눈치채지 못하도록 살짝 눈여겨 보면서 걸어갔다.

"저 아가씨는 폴리 심프슨 양이잖아?" 하고 지미는 그럴싸하게 시치미를 떼고 물었다.

"아뇨"하고 소년은 말했다. "저 사람은 애너벨 애덤즈라고요, 저 여자 아버지가 이 은행 주인인 걸요. 아저씬 뭘 하러 엘모어에 오셨죠? 그 시계줄, 금이예요? 난 불독이 갖고 싶단 말예요. 이젠 10센트 없어요?"

지미는 플랜터즈 호텔로 가서, 랠프 D. 스팬서라고 숙박부에 적고는 방을 예약했다. 그리고 프론트에 기대고 서서 사무원에게 자기의 용무를 말했다. 장사를 시작할 장소를 보려고 엘모어에 왔다고 그는 말했다. 지금 여기서 구둣방을 차리면 어떨까? 구둣방을 해 볼까 하는 생각인데 장래성이 있을까?

사무원은 지미의 복장과 태도에서 좋은 인상을 받았다. 그자신도 엘모어의 얄팍한 멋쟁이 젊은이 중에서는 유행의 본보기가 되고 있기는 했지만 지금 자기 결점을 깨달았다. 지미의 기성 넥타이 매는 법을 눈여겨보면서 그는 공손하게 정보를 제공했다.

"그렇습니다. 구두가게라면 충분히 가망성이 있습니다. 이 곳에는 구두 전문점이 한 집도 없으니까요. 포목 가게와 잡화 가게에서 신발을 팔고 있지요. 어떤 장사나 잘 될 겁니다. 엘모어

drygoods and general stores handled them. Business in all lines was fairly good. Hoped Mr. Spencer would decide to locate in Elmore. He would find it a pleasant town to live in, and the people very sociable.

Mr. Spencer thought he would stop over in the town a few days and look over the situation. No, the clerk needn't call the boy. He would carry up his suit-case himself; it was rather heavy.

Mr. Ralph Spencer, the phoenix that arose from Jimmy Valentine's ashes-ashes left by the flame of a sudden and alternative attack of love-remained in Elmore, and prospered. He opened a shoe-store and secured a good run of trade.

Socially he was also a success, and made many friends. And he accomplished the wish of his heart. He met Miss Annabel Adams, and became more and more captivated by her charms.

At the end of a year the situation of Mr. Ralph Spencer was this: he had won the respect of the community, his shoe-store was flourishing, and he and Annabel were engaged to be married in two weeks. Mr. Adams, the typical, plodding, country banker, approved of Spencer. Annabel's pride in him almost equalled her affection. He

---

sociable:사교적인  phoenix:불사조  alternative:양자택일의  run:주문쇄도, 인기  run:주문쇄도, 인기  flourishing:번창한  plodding:꾸준히 일하는

에 눌러앉도록 하세요. 여긴 살기도 좋은 곳이고 사람들도 여간 상냥하지 않습니다.

스펜서 씨는, 이 곳에 2, 3일 머물면서 상태를 보고 싶다고 말했다. 아니, 보이를 부를 필요 없네. 이 슈트케이스는 내가 들고 갈 테니까. 좀 무겁거든. 지미 밸런타인은 죽은 채, 갑자기 양자 택일을 하지 않을 수 없게 만든 사랑의 불꽃에 타다 남은 죽음의 재 속에서 일어선 불사조 랠프 스펜서 씨는 엘모어에 머물러서 성공했다. 구둣방을 차려 장사가 번창한 것이다.

사교적으로도 성공하여 많은 친구가 생겼다. 가슴속의 소원도 이루었다. 애너벨 애덤즈 양을 만나 점점 그녀의 매력에 사로잡히게 되었다.

1년이 지났을 때 랠프 스펜서 씨의 상태는 다음과 같은 것이었다. 그는 세상의 존경을 차지했고, 구두가게는 번창했으며, 애너벨 양과는 약혼하여 2주일 뒤 결혼하게 되어 있었다. 전형적인 노력가인 시골 은행가 애덤즈 씨는 스펜서에게 홀딱 반해 버렸다. 그에 대한 애너벨의 자랑도 그녀의 사랑만큼이나 컸다. 그는 애덤즈 씨 댁에서나 시집간 애너벨의 언니 집에서나 마치 가족처럼 허물없었다.

어느 날, 그는 자기 방에 앉아 한 통의 편지를 써서 세인트 루이스에 있는 옛 친구의 안전한 주소에다 부쳤다.

was as much at home in the family of Mr. Adams and that of Annabel's married sister as if he were already a member.

One day Jimmy sat down in his room and wrote this letter, which he mailed to the safe address of one of his old friends in St. Louis:

Dear old Pal:

I want you to be at Sullivan's place, Little Rock, next Wednesday night at nine o'clock. I want you to wind up some little matters for me. And, also, I want to make you a present of my kit of tools. I know you'll be glad to get them- you couldn't duplicate the lot for a thousand dollars. Say, Billy, I've quit the old business—a year ago. I've got a nice store. I'm making an honest living, and I'm going to marry the finest girl on earth two weeks from now. It's the only life, Billy— the straight one. I wouldn't touch a dollar of another man's money now for a million. After I get married I'm going to sell out and go West, where there won't be so much danger of having old scores brought up against me. I tell you, Billy, she's an angel. She believes in me; and I wouldn't do another crooked thing for the whole world. Be sure to be at Sully's, for I

---

wind up:마무리 짓다(conclude)  kit:용구한 세트  duplicate:복제하다(reproduce)
kit:용구한 세트  lot:한세트  crooked:부정한(dishonest)  for the whole world:(부정문에서) 결코, 무슨일이 있어도

그리운 친구야.

내주 수요일 밤 9시, 리틀로크 설리반네 집에 와 다오. 좀 마무리 지을 일이 있어서 그런다. 아울러 내 연장을 너에게 주고 싶다. 아마 기꺼이 받아 줄 줄 안다. 1천 달러를 줘도 그와 똑같은 것을 만들지는 못할 게다. 빌리, 나는 그전의 그 직업을 버렸다, 1년 전에. 그 대신 좋은 가게를 하나 갖고 있지. 그리고 착실한 생활을 하고 있어. 2주일 뒤면 이 세상에서 제일 근사한 처녀와 결혼한다. 이것이 내가 살아가는 오직 하나의 길이다. 빌리, 정직한 생활 말야. 지금은 1백만 달러를 준다 해도 남의 돈은 1달러도 손대고 싶지 않다. 결혼하면 가게를 팔고 서부로 갈 참이다. 서부에 가 있으면 누가 옛날의 상처를 들추어 내는 일도 없겠지? 말해 두지만 그 처녀는 바로 천사란다. 빌리, 나를 믿고 있다. 무슨 일이 있어도 나는 이제 그릇된 짓은 안할 게다. 꼭, 설리반네로 와 다오. 꼭 만나야 한다. 그 때 연장을 갖고 나가마.

옛 친구 지미

지미가 이 편지를 쓴 다음 월요일 밤, 벤 프라이스가 전세마차로 남의 눈에 띄지 않게 엘모어에 들어왔다. 그는 알고 싶은 것을 다 알아 낼 때까지 소리 없이 시내를 돌아다녔다. 거리를 사이에 두고 스펜서의 구두가게 맞은편에 있는 약국에서

must see you. I'll bring along the tools with me.

Your old friend,

JIMMY.


On the Monday night after Jimmy wrote this letter, Ben Price jogged unobtrusively into Elmore in a livery buggy. He lounged about town in his quiet way until he found out what he wanted to know. From the drug-store across the street from Spencer's shoe-store he got a good look at Ralph D. Spencer.

"Going to marry the banker's daughter are you, Jimmy?' said Ben to himself, softly. "Well, I don't know!"

The next morning Jimmy took breakfast at the Adamses. He was going to Little Rock that day to order his weddingsuit and buy something nice for Annabel. That would be the first time he had left town since he came to Elmore. It had been more than a year now since those last professional 'jobs,' and he thought he could safely venture out.

After breakfast quite a family party went down town together— Mr. Adams, Annabel, Jimmy, and Annabel's married sister with her two little girls, aged five and nine. They came by the hotel where Jimmy still boarded, and he

---

jog:(말 따위를 타고)터벅터벅 걷다  unobtrusively:신중하게  livery = livery stable:마차 대여업(자)  buggy:1인승 마차  lounge:어슬렁거리다, (시간)빈둥대다  venture (out):과감히~하다

그는 랠프 D. 스펜서를 찬찬히 관찰했다.

"은행가의 딸과 결혼한다지, 지미?" 하고 벤은 혼자 중얼거렸다. "하지만 어떻게 될는지, 난 모른다!"

이튿날 아침, 지미는 애덤즈 댁에서 아침을 먹었다. 그날은 예복도 맞출 겸 애너벨에게 줄 근사한 선물도 사기 위해서 리틀로크에 가게 되어 있었다. 엘모어에 온 뒤 이곳을 떠나기는 이번이 처음이었다. 마지막으로 그 본직의 '일'을 하고 나서 벌써 1년이 지났으므로, 이제는 큰 맘 먹고 나가 봐도 괜찮겠지 하고 생각한 것이다.

아침을 먹고 나서 가족은 한꺼번에 우르르 번화가로 나갔다. 애덤즈 씨, 애너벨, 지미, 다섯 살과 아홉 살 짜리 여자 애를 데리고 나온 애너벨의 출가한 언니. 그들은 지미가 묵고 있는 호텔 앞에 이르렀다. 지미는 자기 방으로 뛰어올라 가서 그 슈트케이스를 들고 내려왔다. 그리고 모두 은행으로 갔다. 거기에는 지미의 말과 마차, 그리고 그를 철도역까지 태워 갈 돌프기브슨이 기다리고 있었다.

그들은 조각을 새긴 커다란 떡갈나무 난간 안쪽에 있는 은행 사무실로 들어갔다. 지미도 그 속에 끼여 있었다. 왜냐하면 애덤즈 씨의 장래의 사위는 어디서나 환영을 받기 때문이다. 은행원들은 애너벨 양과 결혼하게 되어 있는 이 상냥한 미남 청년한테 인사를 받고 기뻐했다. 지미는 슈트케이스를 내려놓았

---

본직: 기본으로 삼고 있는 직업이나 직책

ran up to his room and brought along his suit-case. Then they went on to the bank. There stood Jimmy's horse and buggy and Dolph Gibson, who was going to drive him over to the railroad station.

All went inside the high, carved oak railings into the banking-room— Jimmy included, for Mr. Adams's future son-in-law was welcome anywhere. The clerks were pleased to be greeted by the good-looking, agreeable young man who was going to marry Miss Annabel. Jimmy set his suit-case down. Annabel whose heart was bubbling with happines and lively youth, put on Jimmy's hat and picked up the suit-case. "Wouldn't I make a nice drummer?" said Annabel. "My Ralph, how heavy it is. Feels like it was full of gold bricks."

"Lot of nickel-plated shoe-horns in there," said Jimmy coolly, "that I'm going to return. Thought I'd save express charges by taking them up. I'm getting awfully economical.

The Elmore Bank had just put in a new safe and vault. Mr. Adams was very proud of it, and insisted on an inspection by every one. The vault was a small one, but it had a new patented door. It fastened with three solid steel bolts thrown simultaneously with a single handle, and had

---

railing:난간, 울타리 son-in-law:사위 bubbling with happiness:행복을 억제하지 못하다 drummer:외판원 shoe-horns:구두주걱 coolly:침착하게 vault:금고실 be proud of = take pride in = pride oneself on patented:특허를 얻은 simultaneously:동시에

다. 행복감과 발랄한 젊음으로 가슴이 뿌듯한 애너벨은 지미의 모자를 쓰고 슈트케이스를 들어올렸다. "나, 근사한 외무 사원으로 보이지 않아요?" 하고 애너벨은 수다를 떨었다. "어마, 랠프, 이 슈트케이스는 왜 이렇게 무겁죠! 마치 황금 벽돌이라도 잔뜩 들어 있는 것 같아요!"

"니켈 구둣주걱이 가득 들어 있습니다." 지미는 침착하게 말했다. "이제 돌려주러 가는 길이죠. 들고 가면 급행 운송료가 절약될 것 같아서요. 나는 지금 굉장한 절약가가 되었습니다."

마침 앨모어 은행에서는 새 금고를 설치한 지 얼마 되지 않았다. 애덤즈 씨는 그것이 여간 큰 자랑이 아니어서 누구한테나 구경 좀 하라고 우겼다. 금고실은 조그마했지만, 새로운 특허 문이 달려 있었다. 손잡이 하나로 동시에 조작할 수 있는 튼튼한 세 개의 강철 빗장으로 닫히게 되어 있고, 시한 장치의 자물쇠가 붙어 있었다. 애덤즈 씨는 얼굴에 웃음을 가득 띠고 그 조작하는 방법을 스펜서 씨에게 설명해 주었다. 스펜서 씨가 보인 관심은 정중한 것이기는 했으나, 별로 이해심 있는 것은 아니었다. 두 어린아이 메이와 애거더는 번쩍거리는 금속과 우습게 생긴 시계와 손잡이를 보고 재미있어 하고 있었다.

사람들이 이런 일에 정신이 팔려 있는 사이에 벤 프라이스가 어슬렁 들어와서 턱을 두 손에 괴고 난간 사이로 슬쩍 안을 들여다보고 있었다. 출납 계원에게는 별로 볼일이 있는 것이 아

---

계원: 사무를 갈라 맡은 계(係)단위의 부서에서 일하는 사람.

a time lock. Mr. Adams beamingly explained its workings to Mr Spencer, who showed a courteous but not too intelligent interest. The two children, May and Agatha, were delighted by the shining metal and funny clock and knobs.

While they were thus engaged Ben Price sauntered in and leaned on his elbow, looking casually inside between the railings. He told the teller that he didn't want anything; he was just waiting for a man he knew.

Suddenly there was a scream or two from the women, and a commotion. Unperceived by the elders, May, the nine-year-old girl, in a spirit of play, had shut Agatha in the vault. She had then shot the bolts and turned the knob of the combination as she had seen Mr. Adams do.

The old banker sprang to the handle and tugged at it for a moment. "The door can't be opened," he groaned. "The clock hasn't been wound nor the combination set."

Agatha's mother screamed again, hysterically.

"Hush!" said Mr. Adams, raising his trembling hand. "All be quiet for a moment. Agatha!" he called as loudly as he could. "Listen to me." During the following silence they could just hear the faint sound of the child wildly shrieking in the dark vault in a panic of terror.

"My precious darling!" wailed the mother. "She will die

---

beamingly:환하게(brightly), 명랑하게(cheerfully)  knob:손잡이.  saunter:어슬렁거리다  commotion:소동  tug:세게 잡아당기다  groan:신음하듯 말하다 hysterically:신경질적으로  shriek:비명을 지르다  panic:당황, 겁먹음(fear) wail=cry

니고 다만 아는 사람을 기다리는 중이라고 말했다.

갑자기 부인들 사이에서 한두 번 외마디 소리가 나더니 이어 큰 소동이 벌어졌다. 어른들이 안 보는 사이에 아홉 살 짜리 언니 메이가 장난 삼아 애거더를 금고실 안에 가두었다. 그리고는 애덤즈 씨가 하는 것을 본 그대로 빗장을 내리고 콤비네이션 자물쇠의 다이얼을 돌려 버린 것이다.

노(老) 은행가는 손잡이에 달라붙어 한순간 잡아당겨 보았다. "문이 안 열려!" 하고 그는 신음했다. "시계는 태엽을 감아 두지 않았고, 콤비네이션 자물쇠도 맞추어 놓지 않았단 말이야!"

애거더의 어머니가 다시 신경질적으로 소리를 질렀다.

"조용히들 해요!" 떨리는 손을 들어 애덤즈 씨가 말했다. "잠시 모두 조용히들 해, 애거더야!"

그는 목청껏 불렀다. "들리느냐!"

그 뒤 조용해졌을 때 컴컴한 금고실 안에서 무서움에 질려 마구 울어대는 어린아이 소리가 가냘프게 들려 왔다.

"아아, 내 소중한 애거더야!" 어머니가 울부짖었다. "저 애는 무서워서 죽어 버려요! 문을 여세요! 문을 부수고 열라니까요! 여러분, 남자분들이 어떻게 손쓰시지 못하나요?"

"리틀로크에 나가야 이 문을 열 수 있는 사람이 있단 말이야!" 애덤즈 씨는 떨리는 목소리로 말했다. "아, 큰일났군! 스

of fright! Open the door! Oh, break it open! Can't you men do something?"

"There isn't a man nearer than Little Rock who can open that door," said Mr. Adams, in a shaky voice. "MY God! Spencer, what shall we do? That child-she can't stand it long in there. There isn't enough air, and, besides, she'll go into convulsions from fright."

Agatha's mother, frantic now, beat the door of the vault with her hands. Somebody wildly suggested dynamite. Annabel turned to Jimmy, her large eyes full of anguish, but not yet despairing. To a woman nothing seems quite impossible to the powers of the man she worships.

"Can't you do something, Ralph-try, won't you?"

He looked at her with a queer, soft smile on his lips and in his keen eyes.

"Annabel," he said, "give me that rose you are wearing, will you?"

Hardly believing that she heard him aright, she unpinned the bud from the bosom of her dress, and placed it in his hand. Jimmy stuffed it into his vestpocket, threw off his coat and pulled up his shirtsleeves. With that act Ralph D. Spencer passed away and Jimmy Valentine took his place.

---

stand=bear:참다, 견디다  convulsion:경련, 발작  frantic:미친듯이  anguish:고통.  queer:기묘한  aright:올바르게  unpin:핀을 빼다  bud:꽃봉오리  stuff:메워넣다  take one's place:누구의 자리를 대신하다

펜서 군 어쩌면 좋겠나? 저 애는……. 금고실 안에서는 오래 가지 못해. 공기도 별로 없고, 또 겁이 나서 까무러칠지도 모른단 말이야.”

애거더의 어머니는 이제 미친 사람처럼 두 손으로 금고실 문을 두들기고 있었다. 누군가가 다이너마이트를 사용하자는 무서운 제안을 했다. 애너벨은 고통에 차 있어도 아직 절망하지 않은 커다란 눈으로 지미를 돌아보았다. 여성이란 자기가 존경하는 남자의 힘에는 불가능한 것이 없는 줄 아나 보다.

“어떻게 할 수 없나요? 랠프, 어떻게 좀 해 보세요, 네?”

랠프는 입술과 날카로운 눈에 기묘하고 정다운 미소를 띠면서 그녀를 쳐다보았다.

“애너벨” 하고 그는 말했다. “당신이 꽂고 있는 그 장미, 나 주시지 않겠소?”

잘못 듣지 않았나 하고 자기 귀를 의심하면서도 그녀는 드레스 가슴에서 핀으로 꽂은 장미 송이를 뽑아 스펜서의 손바닥에 놓았다. 지미는 그것을 조끼 주머니에 밀어 넣더니, 웃옷을 벗어 던지고 와이셔츠 소매를 걷어붙였다. 그런 동작과 더불어 랠프 D. 스펜서는 사라지고, 지미 밸런타인이 그 자리에 나타났다.

“여러분, 모두 문 앞에서 비켜나십시오.” 하고 그는 짤막하게 명령했다.

---

기묘: 기이하고 묘하다

"Get away from the door, all of you," he commanded, shortly.

He set his suit-case on the table, and opened it out flat. From that time on he seemed to be unconscious of the presence of any one else. He laid out the shining, queer instruments swiftly and orderly, whistling softly to himself as he always did when at work. In a deep silence and immovable, the others watched him as if under a spell.

In a minute Jimmy's pet drill was biting smoothly into the steel door. In ten minutes-breaking his own burglarious record—he threw back the bolts and opened the door.

Agatha, almost collapsed, but safe, was gathered into her mother's arms.

Jimmy Valentine put on his coat, and walked outside the railings toward the front door. As he went he thought he heard a far-away voice that he once knew call "Ralph!" But he never hesitated.

At the door a big man stood somewhat in his way.

"Hello, Ben!" said Jimmy, still with his strange smile. "Got around at last, have you? Well, let's go. I don't know that it makes much difference, now."

And then Ben Price acted rather strangely.

"Guess you're mistaken, Mr. Spencer," he said. "Don't

---

under a spell:마술에 걸린 burglarious:도둑의 collapse:(신체가 급격히)쇠약해지다 hesitate:망설이다 in one's way:길을 막다, 방해하다

그는 슈트케이스를 책상 위에 올려놓고 양쪽으로 열었다. 다른 사람의 존재는 전혀 의식에 없는 것 같았다. 그는 일을 할 때 언제나 하는 버릇으로 조용히 휘파람을 불면서, 번쩍거리는 기묘한 연장을 재빨리 꺼내어 순서대로 늘어놓았다. 깊은 침묵 속에서 꼼짝도 않고 사람들은 마치 마법에 걸린 듯이 그를 지켜보았다.

1분이 지나자, 지미의 애용 드릴이 강철문으로 미끄럽게 파고 들어가고 있다. 10분이 되었을 때, 그는 자기 자신의 도둑 기록을 깨뜨리고 빗장을 들어올려 문을 열었다.

애거더는 거의 다 쓰러지도록 쇠약해지기는 했지만 무사히 어머니의 가슴에 안겼다.

지미 밸런타인은 웃옷을 입고, 난간 밖으로 나가서 정면 입구 쪽으로 걸어갔다. 걸어가면서 아득히 멀리서 귀에 익은 목소리가 "랠프!" 하고 부르는 소리를 들은 것 같았다. 그러나 그는 조금도 망설이지 않았다. 문간에서 큼직한 사나이가 앞을 막았다.

"안녕하시오, 벤." 아직도 그 기묘한 미소를 띤 채 지미가 말했다. "기어이 나타나셨군. 자, 갑시다. 이제 이러나저러나 어차피 별 차이가 없을 테니까."

그러나 벤 프라이스가 좀 기묘한 거동을 했다.

"뭔가 잘못되지 않았습니까, 스펜서 씨?" 하고 그는 말했다.

---

드릴: 송곳 날을 단, 공작용의 구멍 뚫는 기구.

believe I recognize you. Your buggy's waiting for you, ain't it?"

And Ben Price turned and strolled down the street.

"내가 선생님을 알다니요, 천만에요. 선생 마차가 기다리고 있지 않습니까?"

그리고 벤 프라이스는 몸을 돌리어 천천히 거리를 걸어 내려 갔다.

# The Cop and the Anthem

O N his bench in Madison Square Soapy moved uneasily. When wild geese honk high of nights, and when women without sealskin coats grow kind to their husbands, and when Soapy moves uneasily on his bench in the park, you may know that winter is near at hand.

A dead leaf fell in Soapy's lap. That was Jack Frost's card. Jack is kind to the regular denizens of Madison Square, and gives fair warning of his annual call. At the corners of four streets he hands his pasteboard to the North Wind, footman of the mansion of All Outdoors, so that the inhabitants thereof may make ready.

---

cop:경관  Anthem:찬송가  honk:(기러기)울음소리  sealskin:바다표범 모피, 또는 모피로 만든 의류  near at hand:가까이에 머지않아  Jack Frost:< 의인화하여> 서리, 혹한  denizen:주민(= inhabitant).  annual:1년의, 해마다  pasteboard:명함, 두꺼운 표지  inhabitants = denizen.

# 경관과 찬송가

매디슨 광장에 있는 그의 벤치에서, 소피는 걱정스레 몸을 움직이고 있었다. 기러기가 밤하늘에서 소리 높이 울고, 바다 표범 외투를 갖지 않은 아낙네들이 남편에게 상냥해지며, 소피가 공원 벤치에서 걱정스레 몸을 움직이고 있으면, 당신은 겨울이 가까이 와 있음을 알게 될 것이다.

마른 잎 하나가 소피의 무릎에 떨어졌다. 그것은 잭 프로스트의 명함이었다. 잭은 매디슨 광장의 단골 주민들에게 친절했고, 해마다 찾아올 때는 정당하게 경고한다. 사거리의 모퉁이에서 그는 떠돌이 저택의 문지기인 북풍에게 명함을 건네어 주민들이 겨울 채비를 할 수 있게 한다.

소피의 마음은 다가오는 추운 겨울에 대비해서, 자기도 세입 위원회의 단독 위원이 되어야 할 때가 왔다는 사실을 깨닫고

Soapy's mind became cognizant of the fact that the time had come for him to resolve himself into a singular Committee of Ways and Means to provide against the coming rigor. And therefore he moved uneasily on his bench.

The hibernatorial ambitions of Soapy were not of the highest. In them were no considerations of Mediterranean cruises, of soporific Southern skies or drifting in the Vesuvian Bay. Three months on the Island was what his soul craved. Three months of assured board and bed and congenial company, safe from Boreas and bluecoats, seemed to Soapy the essence of things desirable.

For years the hospitable Blackwell's had been his winter quarters. Just as his more fortunate fellow New Yorkers had bought their tickets to Palm Beach and the Riviera each winter, so Soapy had made his humble arrangements for his annual hegira to the Island. And now the time was come. On the previous night three Sabbath newspapers, distributed beneath his coat, about his ankles and over his lap, had failed to repulse the cold as he slept on his bench near the spurting fountain in the ancient square. So the Island loomed big and timely in Soapy's mind. He scorned the provisions made in the name of charity for the

cognizant:깨닫고 있는  ways and means:세입 재원  rigor:엄격함  hibernatorial:동면의  cruise:순항, 유람  soporific:졸리는  craved:갈망하는  congenial:마음에 맞는  Boreas:북풍(의 神).  quarters:숙소, 주소  hegira:도피  distribute:분배하다  Sabbath:안식일  ankle:발목

있었다. 그래서 그는 벤치에 앉아 걱정스럽게 몸을 움직이고 있었던 것이다.

겨울을 지내고 싶은 소피의 소망은 그리 대단한 것은 아니었다. 지중해를 유람하고 싶다든가, 졸리는 듯한 남쪽 하늘 아래서 지내고 싶다든가, 베수비안 만을 항해하고 싶다든가 하는 생각은 조금도 고려해 보지도 않았다. 섬에서의 석 달간의 생활이 그가 열망하는 것이었다. 북풍과 경관 걱정도 없고 식사와 침대와 마음 맞는 친구가 보장되는 석 달이 소피가 바라는 것의 본질이었다.

지난 몇 해 동안, 그 대우 좋은 블랙웰즈 섬이 그가 겨울을 나는 집이 되었다. 같은 뉴욕에 살면서 더 운이 좋은 사람들이 겨울마다 팜비치와 리비에라로 가는 표를 끊었듯이, 소피도 똑같이 해마다 섬으로 달아나기 위해 조촐한 준비를 해 왔다. 지금 그 때가 온 것이다.

지난 밤에는 일요 신문 석 장을 웃옷 밑에 깔고, 발목에 두르고, 무릎 위에 덮고 해서 잤지만, 그런 것만으로는 이 오랜 광장의 분수가에 있는 벤치 위에서 추위를 물리칠 수는 없었다. 그래서 그 섬이 때맞추어 소피의 마음에 커다랗게 떠올라 온 것이다. 그는 이 거리의 식객들을 위해서 자선이라는 이름 아래 마련된 시설을 비웃고 있었다. 소피의 의견으로는 법률이 박애보다 더 친절했다. 시나 자선 단체에서 경영하는 시설은

---

조촐하다: 행동이 난잡하지 않고 단정하다.
식객: 남의 집에 기식하며 문객 노릇하는 사람.

city's dependents. In Soapy's opinion the Law was more benign than Philanthropy. There was an endless round of institutions, municipal and eleemosynary, on which he might set out and receive lodging and food accordant with the simple life. But to one of Soapy's proud spirit the gifts of charity are encumbered. If not in coin, you must pay in humiliation of spirit for every benefit received at the hands of philanthropy. As Caesar had his Brutus, every bed of charity must have its toll of a bath, every loaf of bread its compensation of a private and personal inquisition. Wherefore it is better to be a guest of the law, which, though conducted by rules, does not meddle unduly with a gentleman's private affairs.

Soapy, having decided to go to the Island, at once set about accomplishing his desire. There were many easy ways of doing this. The pleasantest was to dine luxuriously at some expensive restaurant; and then, after declaring insolvency, be handed over quietly and without uproar to a policeman. An accommodating magistrate would do the rest.

Soapy left his bench and strolled out of the square and across the level sea of asphalt, where Broadway and Fifth Avenue flow together. Up Broadway he turned, and halted

---

benign:친절한, 양호한 Philanthropy:박애, 자선 municipal:시의 eleemosynary: 자선의 accordant with:~일치하는 encumber:방해하다 humiliation:굴욕, 모욕 compensation:보상 inquisition:조사, 심문 meddle:간섭하다 dine:정찬을 들다 insolvency:지불불능 uproar:소란 accommodating:친절한 magistrate:치안판사

꽤 많았으며, 그곳에서 그는 간단한 생활에 알맞은 숙박과 음식을 얻어 정착할 수도 있었다. 그러나 소피처럼 자존심이 강한 사람에게 이 자선의 선물은 귀찮을 뿐이다. 비록 돈으로 치르지는 않더라도 박애의 손에서 은혜를 받을 때마다 정신적 굴욕이라는 대가를 지불해야 한다. 시저에게 브루투스가 있었듯이, 자선의 침대에는 꼭 목욕이라는 세금이 붙게 마련이고, 한 덩어리의 빵에는 사적이고 개인적인 신문을 받는 대가를 치르지 않으면 안된다. 그래서 법률의 신세를 지는 것이 더 나은 것이다. 규칙에 따라 움직여지고 있기는 하지만, 신사의 사사로운 일에 부당하게 참견을 하지 않으니 말이다.

섬으로 갈 결심을 했기에, 소피는 당장 그 소망을 이루는 일에 착수했다. 이 일을 하는데는 손쉬운 방법이 많이 있었다. 가장 유쾌한 방법은, 값비싼 식당에서 가장 호화로운 식사를 하는 것이다. 그런 다음에 한 푼도 없다고 선언하고는 조용하게 소란을 부리지 않은 채로 경관에게 인도되는 것이다. 나머지 일은 친절한 판사가 다 주선해 줄 것이다.

소피는 벤치를 떠나 어슬렁어슬렁 공원을 나가서 바다처럼 평평한 아스팔트를 가로질러 갔는데, 그곳은 브로드웨이와 5번 거리가 합치는 곳이다. 그는 브로드웨이로 꺾어 눈부신 카페 앞에서 걸음을 멈추었다. 이곳은 밤마다 최고급 포도주에다 비단옷으로 쫙 뽑은 세련된 사람들이 몰려드는 곳이다.

---

신문: 따져 물음. 증인등에 대해 구두로 물어 사건을 조사함.

at a glittering cafe, where are gathered together nightly the choicest products of the grape, the silkworm, and the protoplasm .

Soapy had confidence in himself from the lowest button of his vest upward. He was shaven, and his coat was decent and his neat black, ready-tied four-in-hand had been presented to him by a lady missionary on Thanksgiving Day. If he could reach a table in the restaurant unsuspected, success would be his. The portion of him that would show above the table would raise no doubt in the waiter's mind. A roasted mallard duck, thought Soapy, would be about the thing—with a bottle of Chablis, and then Camembert, a demi-tasse and a cigar. One dollar for the cigar would be enough. The total would not be so high as to call forth any supreme manifestation of revenge from the cafe management; and yet the meat would leave him filled and happy for the journey to his winter refuge.

But as Soapy set foot inside the restaurant door the head waiter's eye fell upon his frayed trousers and decadent shoes. Strong and ready hands turned him about and conveyed him in silence and haste to the sidewalk and averted the ignoble fate of the menaced mallard.

Soapy turned off Broadway. It seemed that his route to

---

silkworm:누에  protoplasm:넥타이  portion:일부, 몫  mallard:청둥오리
Chablis:샤블리 포도주(백포도주) Camembert:카망베르 치즈 demi-tasse:블랙
커피(또는 찻잔) frayed:닳아진, 소모된 decadent:쇠퇴하는, 낡은 convey:나
르다, 수송하다 avert:비키다, 막다 menace:협박하다 avert:~을 피하다, 막다

소피는 조끼 맨 아랫단추 위로는 자신이 있었다. 수염도 깎았고, 웃옷도 괜찮았으며, 말쑥하고 늘 매는 새까만 넥타이는 추수감사절에 어느 전도 부인한테서 얻은 것이다. 만일 의심을 받지 않고 이 식당 식탁에 가서 앉을 수만 있다면, 성공은 틀림없다. 테이블 위로 나오는 부분은 웨이터의 마음에 아무런 의혹도 일으키지 않을 것이다. 물오리 구이 정도가 적당하겠지 하고 소피는 생각했다. 게다가 백포도주 한 병에 카망베르 치즈에 블랙 커피 한 잔에 엽궐련 한 대. 엽궐련 값은 일 달러로 보면 충분하겠지. 모두 합쳐 봐야 카페 주인한테 호되게 앙갚음을 당할 만큼 굉장한 액수는 안 될 것 같다. 그리고 그 고기는 그의 배를 채워 주고 행복한 기분으로 겨울의 피난처로 떠나가게 해줄 것이다.

그러나 소피가 식당 문 안으로 발을 들여놓았을 때, 웨이터장(長)의 눈이 그의 닳아 떨어진 바지와 낡은 구두 위에 떨어졌다. 억세고 날쌘 손이 말없이 그의 방향을 휙 돌리더니 재빨리 길가로 밀어내어 공짜로 먹힐 뻔한 물오리의 불명예스러운 운명을 구해 주었다.

소피는 브로드웨이에서 옆으로 빠졌다. 동경의 섬으로 가는 길은 미식가가 되는 길은 아니었던 모양이다. 감옥으로 들어가는 다른 길을 찾아야만 한다.

6번 거리 모퉁이에, 두꺼운 판유리 안의 전등 빛과 솜씨 있

---

전도 부인: 기독교의 교리를 널리 알리는 임무를 맡은 부인
엽궐련: 담배잎을 통째로 말아서 만든 담배.

the coveted Island was not to be an epicurean one. Some other way of entering limbo must be thought of.

At a corner of Sixth Avenue electric lights and cunningly displayed wares behind plate-glass made a shop window conspicuous. Soapy took a cobblestone and dashed it through the glass. People came running around the corner, a policeman in the lead. Soapy stood still, with his hands in his pockets, and smiled at the sight of brass buttons.

"Where's the man that done that?' inquired the officer, excitedly.

"Don't you figure out that I might have had something to do with it?" said Soapy, not without sarcasm, but friendly, as one greets good fortune.

The policeman's mind refused to accept Soapy even as a clue. Men who smash windows do not remain to parley with the law's minions. They take to their heels. The policeman saw a man halfway down the block running to catch a car. With drawn club he joined in the pursuit. Soapy, with disgust in his heart, loafed along, twice unsuccessful.

On the opposite side of the street was a restaurant of no great pretensions. It catered to large appetites and modest purses. Its crockery and atmosphere were thick; its soup

---

epicurean:미식가의  limbo:감옥(= jail, prison)  wares=good:상품  conspicuous: 똑똑한, 눈에 잘 띄는  cobblestone:(철도의)알돌  brass button:경관을 의미 figure out:이해하다  sarcasm:풍자, 비꼼  smash=break:부수다  parley with:~교 섭하다  minion:추종자, 심복  take to their heels:부리나케 달아나다

게 진열한 상품으로 진열창이 한결 눈에 잘 들어오는 가게가
있었다. 소피는 돌멩이 하나를 집어들어 그 유리창을 향하여
냅다 던졌다. 경관을 앞세우고 많은 사람들이 모퉁이 주위로
달려왔다. 소피는 두 손을 바지 주머니에 찌르고 가만히 서 있
다가 경관의 모습을 보고 빙그레 웃었다.

"저런 짓을 저지른 사람은 어디로 달아났지?" 흥분한 경관
이 물었다.

"내가 바로 이 일과 관련이 있다고는 생각지 않으시나요?"
좀 놀리는 투가 없지 않았으나 마치 행운을 맞이하는 사람처럼
부드럽게 소피는 말했다.

경관의 마음은 소피의 말을 하나의 실마리로조차도 받아들이
지 않았다. 유리창을 깰 만한 인간은 법률의 신봉자인 경관과
말을 나누려고 현장에 남아 있지는 않는다. 그런 인간은 부리
나케 달아나 버리는 법이다. 경관은 저만큼 반 블록쯤 앞에서
전차를 타려고 달려가는 한 남자를 보았다. 경찰봉을 뽑아들고
그는 사람들과 함께 그 남자를 쫓았다. 소피는 두 번이나 연거
푸 실패하자 울적한 마음으로 힘없이 터덜거리며 걷기 시작했
다.

길 맞은편에 그리 신통해 보이지 않는 식당이 한 집 있었다.
식욕은 굉장하나 주머니 사정이 별볼일 없는 사람들에게 밥을
먹여 주는 식당이었다. 그릇들과 분위기는 두툼했지만, 수프와
테이블 보는 얇았다. 소피는 아무런 저지도 받지 않고 이 식당

and napery thin. Into this place Soapy took his accusive shoes and telltale trousers without challenge. At a table he sat and consumed beefsteak, flapjacks, doughnuts and pie. And then to the waiter he betrayed the fact that the minutest coin and himself were strangers.

"Now, get busy and call a cop," said Soapy. "And don't keep a gentleman waiting."

"No cop for youse." said the waiter, with a voice like butter cakes and an eye like the cherry in a Manhattan cocktail. "Hey, Con!"

Neatly upon his left ear on the callous pavement two waiters pitched Soapy. He arose joint by joint, as a carpenter's rule opens, and beat the dust from his clothes. Arrest seemed but a rosy dream. The Island seemed very far away. A policeman who stood before a drug store two doors away laughed and walked down the street.

Five blocks Soapy travelled before his courage permitted him to woo capture again. This time the opportunity presented what he fatuously termed to himself a "cinch." A young woman of a modest and pleasing guise was standing before a show window gazing with sprightly interest at its display of shaving mugs and ink-stands, and two yards from the window a large policeman of severe

---

telltale:속사정을 폭로하는 것  challenge:문제제기  flapjack:핫 케이크  betray: 누설하다  keep~ing:계속~하다  callous:딱딱한  psvement:포장도로  woo:(여성에게)사랑을 구하다, 얻으려고 하다  fatuously:어리석게  cinch:(말의)안장, 꽉 쥐기, 쉬운일(That's a cinch. 그런 일은 누워서 떡먹기야)  guise:외양

안으로는 꺼림칙한 신발과 감출 길 없는 바지 모습 그대로 들어갔다. 식탁에 앉아 비프스테이크와 큼직한 핫케이크와 도넛과 파이를 먹어 치웠다. 그런 다음 웨이터에게 돈과는 한 푼도 인연이 없다는 사실을 털어놓았다.

"자, 어서 경관을 불러오시오." 하고 소피는 말했다. "신사를 계속 기다리게 하지 마세요."

"너 같은 녀석들에겐 경관이 필요 없지." 웨이터는 버터케이크 같은 목소리와 맨하턴 칵테일 속의 체리 같은 눈으로 말했다. "이봐, 콘!"

두 웨이터는 소피를 딱딱한 길바닥 위에다 내동댕이쳤다. 그는 목수가 접는 자를 펴듯이 관절을 하나하나 펴면서 일어나 옷에 묻은 먼지를 털었다. 붙잡혀 가는 일은 장미빛 꿈에 지나지 않는 것처럼 여겨졌다. 섬은 아득히 먼 저편에 있는 것 같았다. 두 집 건너 약국 앞에 서 있던 경관이 웃으면서 저리로 걸어갔다.

다섯 블록쯤 걸어가니 다시 체포를 자청할 용기가 솟았다. 이번에는 철딱서니 없게도 그가 '누워 떡 먹기'라고 제멋대로 생각한 기회가 눈앞에 나타난 것이다. 얌전하고 상냥해 보이는 젊은 여자가 진열창 앞에 서서 그 안에 늘어놓은 면도용 컵이며 잉크스탠드 같은 것을 열심히 들여다보고 있고, 그 유리창에서 2야드쯤 떨어진 곳에는 몸집이 크고 무서워 보이는 경관이 소화전에 비스듬히 기대어 서 있었다.

소화전: 화재때 불을 끄기 위하여 마련해 놓은 수도의 급수전. 방화전.

demeanor leaned against a water plug.

It was Soapy's design to assume the role of the despicable and execrated 'masher.' The refined and elegant appearance of his victim and the contiguity of the conscientious cop encouraged him to believe that he would soon feel the pleasant official clutch upon his arm that would insure his winter quarters on the right little, tight little isle.

Soapy straightened the lady missionary's ready-made tie, dragged his shrinking cuffs into the open, set his hat at a killing cant and sidled toward the young woman. He made eyes at her, was taken with sudden coughs and 'hems,' smiled, smirked and went brazenly through the impudent and contemptible litany of the 'masher.' With half an eye Soapy saw that the policeman was watching him fixedly. The young woman moved away a few steps, and again bestowed her absorbed attention upon the shaving mugs. Soapy followed, boldly stepping to her side, raised his hat and said:

"Ah there, Bedelia! Don't you want to come and play in my yard?"

The policeman was still looking. The persecuted young woman had but to beckon a finger and Soapy would be practically en route for his insular haven. Already he

---

demeanor:품행  assume:~을 지나다  despicable:천한  execrated:몹시 싫은
masher:난봉꾼  contiguity:접촉  conscientious:양심적인  clutch:~을 꽉 쥐다
cuff:소매부리  sidled:비스듬히 걷다  make eyes at:~에게 추파를 던지다
smirk:뽐내며 웃다  brazenly:놋쇠로 만든

비열하고 천한 '난봉꾼' 역할을 하자는 것이 소피의 계획이었다. 고상하고 우아한 희생자의 모습과 근엄해 보이는 경관을 눈앞에 두고 그는 이제 그 아늑하고 조그마한 섬에서의 겨우살이를 보장해 주는 기분 좋은 관리의 손이 덥석 자기 팔을 움켜쥐는 것을 느끼는 것도 멀지 않았다는 확신을 가졌던 것이다.

소피는 전도 부인한테서 얻은 기성품 넥타이를 매만지고 자꾸 말려 들어가는 와이셔츠 소매 끝을 꺼내고 모자를 아주 멋을 부려 삐딱하게 쓰고는 젊은 여자 곁으로 슬금슬금 다가갔다. 여자에게 추파를 던지면서 갑자기 헛기침을 하며 에헴 소리도 내보고 싱글벙글 히죽히죽 웃으면서 난봉꾼의 그 뻔뻔스럽고 교양 없는 상투 수단을 거침없이 해냈다. 경관이 가만히 자기를 지켜보고 있다는 것을 소피는 곁눈으로 보았다. 젊은 여자는 두어 걸음 물러서더니 다시 면도용 컵을 정신없이 들여다보았다. 소피는 대담하게 그녀 곁에 다가서서 모자를 들어올리면서 말했다.

"아니, 버델리아잖아! 우리 집에 가서 놀지 않겠어?"

경관은 아직도 바라보고 있었다. 괴롭힘을 당하는 젊은 여자가 손가락으로 신호만 하면, 소피는 사실상 섬의 피난처로 가는 길 위에 있게 된다. 벌써 그는 경찰서의 아늑한 훈기를 느낄 수 있는 듯한 기분이 들었다. 젊은 여자는 그를 돌아보더니 한쪽 손을 내밀어 소피의 옷소매를 잡았다.

---

추파: 은근한 정을 나타내는 여자의 아름다운 눈짓, 윙크!

imagined he could feel the cozy warmth of the station-house. The young woman faced him and, stretching out a hand, caught Soapy's coat sleeve.

"Sure, Mike," she said, joyfully, "if you'll blow me to a pail of suds. I'd have spoke to you sooner, but the cop was watching."

With the young woman playing the clinging ivy to his oak Soapy walked past the policeman overcome with gloom. He seemed doomed to liberty.

At the next corner he shook off his companion and ran. He halted in the district where by night are found the lightest streets, hearts, vows and librettos. Women in furs and men in greatcoats moved gaily in the wintry air. A sudden fear seized Soapy that some dreadful enchantment had rendered him immune to arrest. The thought brought a little of panic upon it, and when he came upon another policeman lounging grandly in front of a transplendent theatre he caught at the immediate straw of "disorderly conduct."

On the sidewalk Soapy began to yell drunken gibberish at the top of his harsh voice. He danced, howled, raved, and otherwise disturbed the welkin.

The policeman twirled his club, turned his back to

---

cozy:편안한 stretch out:늘리다 blow:(속어)~에게 한턱내다 pail:양동이
suds:거품, 맥주 clinging ivy:달라붙은 담쟁이 덩굴 doomed to:~할 운명이다
shook off:~을 떨치다 librettos:가극 가사 greatcoat:~천이 두꺼운 외투
enchantment:황홀, 매력 immune:면역성의, 면제된 render:~이 되게하다

"그래, 마이크." 그녀는 기쁜 듯이 말했다.

"맥주나 한 잔 사준다면 갈게. 진작 말을 걸고 싶었지만, 저 경관이 지켜보고 있잖아?"

고목나무에 영겨붙은 담쟁이 덩굴처럼 그에게 엉겨붙은 젊은 여자를 데리고, 소피는 의기소침해져서 경관 앞을 지나갔다. 그는 체포되지 않을 운명 같았다.

다음 모퉁이에서 그는 여자를 뿌리치고 내달렸다. 밤이 되면 가장 밝은 거리와 사랑과 맹세와 달콤한 가극 가사가 쏟아지는 곳으로 와서 그는 걸음을 멈췄다. 모피에 싸인 여자들과 외투를 입은 남자들이 겨울의 대기 속을 즐거운 듯이 오가고 있었다. 그때 갑자기 자기는 왠지 무서운 마법에라도 걸려서 체포를 당하지 않게끔 되어 버린 것이 아닐까 하는 불안이 소피를 휘어잡았다. 그렇게 생각하자 덜컥 겁이 났다. 그래서 호화찬란한 극장 앞에서 거드름을 피우며 왔다갔다 하고 있는 경관을 다시 보았을 때 그는 '치안 방해 행위'라는 눈앞의 지푸라기에 매달렸다.

길가에서 소피는 목청껏 쉰 목소리를 지르며 주정뱅이의 넋두리를 외치기 시작했다. 춤추고, 부르짖고, 고함치고, 그 밖의 온갖 방법으로 주위가 떠나가도록 떠들었다.

경관은 경찰봉을 빙빙 돌리면서 소피에게서 등을 돌리고 한 시민에게 설명했다.

---

가극: 가수의 가창을 중심으로 전개되는 연극. 오페라.

Soapy and remarked to a citizen.

" 'Tis one of them Yale lads celebratin' the goose egg they give to the Hartford College. Noisy; but no harm. We've instructions to lave them be."

Disconsolate, Soapy ceased his unavailing racket. Would never a policeman lay hands on him? In his fancy the Island seemed an unattainable Arcadia. He buttoned his thin coat against the chilling wind.

In a cigar store he saw a well-dressed man lighting a cigar at a swinging light. His silk umbrella he had set by the door on entering. Soapy stepped inside, secured the umbrella and sauntered off with it slowly. The man at the cigar light followed hastily.

"My umbrella," he said, sternly.

"Oh, is it?" sneered Soapy, adding insult to petit larceny. "Well, why don't you call a policeman? I took it. Your umbrella! Why don't you call a cop? There stands one on the corner."

The umbrella owner slowed his steps. Soapy did likewise, with a presentiment that luck would again run against him. The policeman looked at the two curiously.

"Of course," said the umbrella man— "that is— well, you know how these mistakes occur— I— if it' s your umbrella I

---

Tis = this  goose egg:거위알, 0점을 의미  lave:씻다  disconsolate:불행한 unavailing:효과없는  racket:소란, 소동  lay hands on:~을 붙잡다(seize) unattainable:달성할 수 없는  Arcadia:고대 그리스 산간지방, 무릉도원 saunter:어슬렁 걷다  sternly:엄하게  insult:모욕  petit:사소한  larceny:도둑질

"예일 대학생이 하트포드 대학을 영패시켰다고 해서 축하 소동을 벌이고 있는 중이지요. 시끄럽지만 위험하진 않습니다. 그냥 내버려두라는 명령을 받고 있어요."

착잡한 마음으로 소피는 소용없는 짓을 그만둘 수밖에 없었다. 경관은 절대로 나를 체포해 주지 않는단 말인가? 그의 마음속에서 섬은 도저히 도달할 수 없는 이상향 같은 기분이 들었다. 차가운 바람 속에서 그는 얇은 웃옷 단추를 끼웠다.

담배 가게에서 잘 차려입은 한 남자가 매달려 있는 점화기로 엽궐련에 불을 붙이고 있는 것이 눈에 띠었다. 그는 들어가면서 명주 우산을 문간에 세워 놓았다. 소피는 안으로 들어가서 그 우산을 집어들고 유유히 걸어나왔다. 엽궐련에 불을 붙이고 있던 사나이가 부랴부랴 쫓아 나왔다.

"이봐, 내 우산이야!" 하고 그는 엄하게 말했다.

"아, 그래요?" 도둑질에다 모욕까지 덧붙여서 소피는 비웃었다. "그렇다면 경관을 부르지 그래요. 내가 훔쳤단 말입니다. 당신 우산을! 경관을 불러와요. 모퉁이에 한 사람 서 있군요."

우산 주인은 걸음을 늦추었다. 소피는 행운이 다시 달아나 버릴 듯한 예감을 느끼면서 걸음을 멈췄다. 경관이 두 사람을 호기심 있게 바라보았다.

"물론." 하고 우산 주인이 말했다. "말하자면 저어, 이런 잘못은 흔히 있는 일이지요. 난, 만일 그게 선생 우산이라면, 용서해 주십시오. 실은 아침에 어느 식당에서 주웠는데, 선생 우산

영패: 경기에서 한 점의 득점도 없이 패함

hope you'll excuse me— I picked it up this morning in a restaurant— If you recognize it as yours, why— I hope you'll— "

"Of course it's mine," said Soapy, viciously.

The ex-umbrella man retreated. The policeman hurried to assist a tall blonde in an opera cloak across the street in front of a street car that was approaching two blocks away.

Soapy walked eastward through a street damaged by improvements. He hurled the umbrella wrathfully into an excavation. He muttered against the men who wear helmets' and carry clubs. Because he wanted to fall into their clutches, they seemed to regard him as a king who could do no wrong.

At length Soapy reached one of the avenues to the east where the glitter and turmoil was but faint. He set his face down this toward Madison Square, for the homing instinct survives even when the home is a park bench.

But on an unusually quiet corner Soapy came to a stand-still. Here was an old church, quaint and rambling and gabled. Through one violet-stained window a soft light glowed, where, no doubt, the organist loitered over the keys, making sure of his mastery of the coming Sabbath

---

viciously:심술궂은  opera cloak:(야외용 관극)여자외투  in front of:~의 정면에 hurl:세게 던지다  wrathfully:격분하여  excavation:구멍  regard A as B:A를 B로 간주하다.  turmoil:동요, 소란.  stand-still:정지.  quaint:진귀한, 정교한  ramble: 어슬렁거리다  gabled:박공이 있는  loiter over:어슬렁거리며 시간보내다

이 틀림없다면야 선생이, 그야,"

"물론, 내 거야." 하고 소피는 짓궂게 말했다.

전 우산 주인은 물러갔다. 경관은 야외용 외투를 입은 늘씬하게 키가 큰 금발 부인이 두 블록쯤 저편에서 다가오고 있는 전차 앞길을 가로질러 가는 것을 부축해 주려고 얼른 달려갔다.

소피는 도로 공사로 마구 파헤친 길을 동쪽으로 걸어갔다. 홧김에 우산을 공사 중인 구덩이 속에다 던져 넣었다. 헬멧을 쓰고 경찰봉을 든 사나이들에게 마구 투덜거렸다. 이쪽에서 잡아가 주기를 바라고 있는데 저쪽에서는 오히려 그를 무슨 짓을 해도 죄가 안되는 임금이나 되는 것처럼 생각하고 있는 모양이었다.

마침내 소피는 밝은 불빛도 소음도 거의 다 끊어진 희미한 동쪽 큰길로 나와 있었다. 여기서 그는 매디슨 광장 쪽으로 고개를 돌렸다. 자기 집으로 돌아가려는 본능은, 비록 그 집이 공원 벤치라 하더라도, 엄연히 살아 있기 때문이다.

그러나 너무나도 적막한 길모퉁이에서 소피는 우뚝 걸음을 멈추었다. 그 곳에는 좀 색다르고, 불규칙적으로 증축된 박공이 있는 오래된 교회가 서 있었다. 짙은 보랏빛 칠을 한 유리창 너머로 부드러운 불빛이 반짝이고, 그곳에서는 분명히 오르간 연주자가 다음 일요일의 찬송가를 익숙하게 칠 수 있도록 건반을 훑어 나가고 있는 것이 틀림없었다. 달콤한 음악 소리가 소

anthem. For there drifted out to Soapy's ears sweet music that caught and held him transfixed against the convolutions of the iron fence.

The moon was above, lustrous and serene, vehicles and pedestrians were few; sparrows twittered sleepily in the eaves-for a little while the scene might have been a country churchyard. And the anthem that the organist played cemented Soapy to the iron fence, for he had known it well in the days when his life contained such things as mothers and roses and ambitions and friends and immaculate thoughts and collars.

The conjunction of Soapy's receptive state of mind and the influences about the old church wrought a sudden and wonderful change in his soul. He viewed with swift horror the pit into which he had tumbled, the degraded days, unworthy desires, dead hopes, wrecked faculties and base motives that made up his existence.

And also in a moment his heart responded thrillingly to this novel mood. An instantaneous and strong impulse moved him to battle with his desperate fate. He would pull himself out of the mire; he would make a man of himself again; he would conquer the evil that had taken possession of him. There was time; he was comparatively

---

anthem:찬송가 transfix:꿰뚫다 convolution:나선, 회선 lustrous:광택이 나는 serene:잔잔한 pedestrian:보행자 twitter:(새가)지저귀다 eaves:(집의)처마 cement:접합하다 immaculate:티없이 깨끗한 conjunction:결합 tumble:넘어지다, 구르다 faculty:재능 thrillingly:오싹하게 mire:진창, 진흙

피의 귀에 흘러들어 와서 그를 휘어잡아 소용돌이 무늬의 철책 앞에 못박아 버렸기 때문이다.

달은 하늘 한복판에서 맑고 조용하게 빛나고 있었다. 자동차도 길가는 사람도 거의 없었다. 처마 끝에서 참새가 졸린 듯이 쩍쩍거렸다. 잠시 동안 주위의 풍경은 시골 교회의 경내 그대로였다. 그리고 오르간 연주자가 치는 찬송가는 소피를 쇠울타리에 고정시켜 버렸다.

그의 생활 속에 어머니와 장미꽃과 야망과 친구와 때묻지 않은 생각과 옷깃 같은 것이 있던 시절에 그도 잘 알고 있던 노래였기 때문이다.

순순히 무엇을 받아들이려는 상태에 있는 소피의 마음에 오래된 교회의 감화력이 하나가 되어, 그에게 갑자기 놀라운 변화를 가져왔다. 그는 자기가 굴러 떨어져 있는 깊은 구덩이와, 자기의 생활을 구성하고 있는 타락된 나날과, 천한 욕망과, 죽은 희망과, 못쓰게 된 재능과, 야비한 동기 같은 것들을 겁에 질린 마음으로 재빨리 살펴보았다.

그러자 다음 순간 그의 마음은 이 새로운 기분에 감격하여 호응해 왔다. 억센 충동이 금방 그를 절망적인 운명과 싸우도록 마음먹게 했다. 내 자신을 진창에서 끌어내자. 다시 한 번 참된 인간이 되자. 내게 들러붙은 악을 이겨내자. 아직 늦지 않다. 아직도 비교적 젊다. 지난날의 진지한 포부를 되살려서 꾸

---

감화력: 정신적 영향으로 마음이나 행동을 변화시키는 힘.
진창: 땅이 질어서 곤죽이 된 곳.

young yet, he would resurrect his old eager ambitions and pursue them without faltering. Those solemn but sweet organ notes had set up a revolution in him. To-morrow he would go into the roaring downtown district and find work. A fur importer had once offered him a place as driver. He would find him to-morrow and ask for the position. He would be somebody in the world. He would–

Soapy felt a hand laid on his arm. He looked quickly around into the broad face of a policeman.

"What are you doin' here?" asked the officer.

"Nothin'," said Soapy.

"Then come along," said the policeman.

"Three months on the Island," said the Magistrate in the Police Court the next morning.

---

resurrect: 되살아나게 하다  pursue: 추구하다 (명)pursuit.  falterimg: 망설이다
solemn: 진지한, 엄숙한  roaring: 으르렁거림, 활기넘치는  doin' ⇒ doing
nothin' ⇒ nothing  magistrate: 치안판사

준히 추구하자. 그 엄숙하고 아름다운 오르간의 가락이 그의 마음에 혁명을 일으켰다. 내일은 소란한 번화가에 나가서 일자리를 찾자. 언젠가 수입 상인이 운전사가 되지 않겠냐고 권한 적이 있다. 내일 그 사람을 만나서 일자리를 부탁해 보자. 나도 뭔가 가치 있는 인간이 되자.

소피는 누군가의 손이 자기 팔을 잡는 것을 느꼈다. 얼른 돌아보니, 어김없이 경관의 얼굴이 눈앞에 있었다.

"여기서 뭘하고 있지?" 경관이 물었다.

"아무것도요…. " 하고 소피는 대답했다.

"그럼 같이 가지." 하고 경관이 말했다.

"섬에서 금고 3개월." 이튿날 아침 경범 재판소에서 치안 판사가 말했다.

---

포부: 마음속에 품고 있는 앞날에 대한 훌륭한 계획이나 희망

# The Green Door

SUPPOSE you should be walking down Broadway after dinner, with ten minutes allotted to the consummation of your cigar while you are choosing between a diverting tragedy and something serious in the way of vaudeville. Suddenly a hand is laid upon your arm. You turn to look into the thrilling eyes of a beautiful woman, wonderful in diamonds and Russian sables. She thrusts hurriedly into your hand an extremely hot buttered roll, flashes out a tiny pair of scissors, snips off the second button of your overcoat, meaningly ejaculates the one word, 'parallelogram!' and swiftly flies down a cross street, looking back fearfully over her shoulder.

---

allotted: 할당된 consummation: 완성, 극치 diverting: 기분을 전환케 해주는 tragedy: 비극 vaudeville: 대중 연예인 또는 극장 sable: 흑담비 thrust: 밀어 넣다 snip off: 잘라내다 ejaculate: 불시에 말하다 parallelogram: 평형사변형(여기서는 불가해한 말의 뜻으로 쓰임)

# 초록빛 문

가령 당신이 저녁을 먹은 뒤 10분 동안 여송연을 한 개비 피우면서, 그 동안 심심풀이가 될 만한 비극이나 보러 갈까 아니면 대중 극장에 가서 무언가 건실한 것이라도 볼까 하고 궁리하면서 브로드웨이를 걸어 내려가고 있다고 가정하자. 갑자기 누군가의 손이 당신의 팔에 닿는다. 당신은 고개를 돌려보니, 다이아몬드와 러시아 산 흑담비 모피로 근사하게 차려입은 아름다운 여자의 겁에 질린 눈동자가 보인다. 그녀는 재빨리 당신 손에 몹시 뜨거운 버터 로울 빵을 밀어 넣고, 반짝거리는 조그만 가위를 꺼내어 당신 외투의 두 번째 단추를 자른 다음 함축성 있는 한 마디로 '패럴렐러그람!' 하고 외치고는 불안스러운 듯이 어깨 너머로 뒤돌아보며 골목길을 쏜살같이 사라져 버린다.

---

건실하다: 건전하고 착실하다
흑담비:족제비과의 동물

That would be pure adventure. Would you accept it? Not you. You would flush with embarrassment; you would sheepishly drop the roll and continue down Broadway, fumbling feebly for the missing button. This you would do unless you are one of the blessed few in whom the pure spirit of adventure is not dead.

True adventurers have never been plentiful. They who are set down in print as such have been mostly business men with newly invented methods. They have been out after the things they wanted-golden fleeces, holy grails, lady loves, treasure, crowns and fame. The true adventurer goes forth aimless and uncalculating to meet and greet unknown fate. A fine example was the Prodigal Son-when he started back home.

Half-adventurers— brave and splendid figures— have been numerous. From the Crusades to the Palisades they have enriched the arts of history and fiction and the trade of historical fiction. But each of them had a prize to win, a goal to kick, an axe to grind, a race to run, a new thrust in tierce to deliver, a name to carve, a crow to pick-so they were not followers of true adventure.

In the big city the twin spirits Romance and Adventure are always abroad seeking worthy wooers. As we roam

---

flush: 홍조  with embarrassment: 당황스럽게  sheepishly: 순진하게  fumbling: 만지작거리는  feebly: 무기력하게 fleece: 양털  Grail: 성배 aimless: 목적없이 uncalculating: 이해타산이 없는 Prodigal Son: 방탕아 numerous:매우 많은 The Crusades: 십자군  roam: 정처없이 배회하다

이거야말로 순수한 모험일 것이다. 당신은 이를 받아들일까? 그러지 않을 것이다. 당신은 당황스럽게 얼굴을 붉히고 순진하게도 로울 빵을 내던지고는, 없어진 단추 언저리를 힘없이 만지작거리며 그대로 브로드웨이를 걸어갈 것이다. 당신이 아직도 순수한 모험심을 잃지 않은 행복한 소수의 한 사람이 아니라면 아마 그렇게 할 것이다.

참된 모험가는 결코 많지 않았다. 모험가로서 책에 그 이름을 남기고 있는 사람들은 대개 사업가들로 새롭게 개발한 방법을 갖고 있다. 그들은 자기들이 구하는 것, 이를테면 황금 양털이라든가, 거룩한 술잔이라든가, 귀부인의 사랑, 보물, 왕관, 명성 같은 것을 손에 넣으려고 찾아 나선다. 참된 모험가는 목적도 없고 이해타산도 없이 미지의 운명과 맞닥뜨리기 위해서 떠나가는 것이다. 그 좋은 예가 성서에 나오는 저 방탕아, 집으로 돌아가려고 떠나갔을 때의 그 방탕아다.

모험가라고 할 수 있는, 용감하고 빛나는 사람들은 많았다. 십자군에서 펠리세이즈에 이르기까지 그들은 역사나 소설의 기술을 풍부하게 만들고, 역사 이야기라는 장사를 번창시켜 왔다. 그러나 그들에게는 모두 차지할 상품이 있고, 도달할 목표가 있고, 갈아야 할 도끼가 있고, 뛰어야 할 경주가 있고, 칼로 다시 칠 제3의 자세가 있고, 새겨질 이름이 있고, 해결할 문제가 있었으므로, 그들은 참된 모험의 추구자는 아니었던 것이다.

대도시에서는 로맨스와 모험이라는 쌍둥이 요정(妖精)이 항

---

이해타산:이해관계를 따져 셈함.
미지:아직 모름

the streets they slyly peep at us and challenge us in twenty different guises. Without knowing why, we look up suddenly to see in a window a face that seems to belong to our gallery of intimate portraits; in a sleeping thoroughfare we hear a cry of agony and fear coming from an empty and shuttered house; instead of at our familiar curb a cab-driver deposits us before a strange door, which one, with a smile, opens for us and bids us enter; a slip of paper, written upon, flutters down to our feet from the high latticies of Chance; we exchange glances of instantaneous hate, affection, and fear with hurrying strangers in the passing crowds; a sudden souse of rain-and our umbrella may be sheltering the daughter of the Full Moon and first cousin of the Sidereal System; at every corner handkerchiefs drop, fingers beckon, eyes besiege, and the lost, the lonely, the rapturous, the mysterious, the perilous changing clues of adventure are slipped into our fingers. But few of us are willing to hold and follow them. We are grown stiff with the ramrod of convention down our backs. We pass on; and some day we come, at the end of a very dull life, to reflect that our romance has been a pallid thing of a marriage or two, a satin rosette kept in a safe-deposit drawer, and a lifelong feud with a steam radiator.

peep at:엿보다 guise:외양 belong to:~에 속하다 intimate:친밀한 portrait:초상화 thoroughfare:한길,도로 agony:고통 latticy:창살, 격자 instantaneous:즉석의 souse:흠뻑젖은 first cousin:친사촌 Sidereal System:항성체계 besiege:포위하다 rapturous:열광적인 perilous:위험스러운 be willing to:기꺼이~하다

상 가치있는 추구자를 찾아다니고 있다. 우리가 거리를 돌아다니고 있으면, 이 요정들은 비밀스럽게 우리의 눈치를 살피는 갖가지 모습으로 바뀌어 도전해 온다. 까닭도 없이 문득 얼굴을 쳐들면, 우리의 마음속 깊숙이 간직한 화랑에 걸린 초상화의 얼굴을 어느 창가에서 발견하는 수도 있다. 고요히 잠든 거리에서 덧문을 내린 빈 집으로부터 고뇌와 공포의 부르짖음이 들려오는 수도 있다. 택시 운전사가 우리를 여느 때처럼 익숙한 길이 아니라 낯선 현관 앞에 내려 주면 미소를 가득 머금은 사람이 현관문을 열고 어서 들어오라고 말을 건네는 수도 있다. 글씨가 씌어 있는 한 장의 종이 쪽지가 가능성이라는 높다란 격자창(格子窓)에서 팔랑거리며 날아 내려와 발끝에 떨어지는 수도 있다. 지나가는 군중 속에 바쁘게 오고가는 낯선 사람들과 한순간의 증오와 애정과 불안의 눈짓을 나누는 수도 있다. 억수로 쏟아지는 소나기, 그러면 우리가 손에 든 우산이 보름달의 딸 같은 처녀나 별의 사촌 같은 아름다운 여자들의 비를 가려 줄는지 모른다. 곳곳의 길모퉁이에 손수건이 떨어지고, 손짓하여 주의를 끌고, 시선이 모이고, 잃어버린 고독하고 황홀하며 신비롭고 위험하고 변화에 찬 모험의 실마리가 우리 손안에 살며시 미끄러져 들어온다.

그러나 기꺼이 그것을 붙들고 따라가는 삶은 거의 없다. 인습이라는 쇠사슬로 뼛속까지 딱딱하게 굳어 있기 때문이다. 우리는 그대로 살아간다. 그리하여 언젠가는 무던히도 따분한 한

---

격자창: 창살을 격자로 짠 창

Rudolf Steiner was a true adventurer. Few were the evenings on which he did not go forth from his hall bed-chamber in search of the unexpected and the egregious. The most interesting thing in life seemed to him to be what might lie just around the next corner. Sometimes his willingness to tempt fate led him into strange paths. Twice he had spent the night in a station-house; again and again he had found himself the dupe of ingenious and merce-nary tricksters; his watch and money had been the price of one flattering allurement. But with undiminished ardor he picked up every glove cast before him into the merry lists of adventure.

One evening Rudolf was strolling along a cross-town street in the older central part of the city. Two streams of people filled the sidewalks-the home-hurrying, and that restless contingent that abandons home for the specious welcome of the thousand-candle-power table d'hote.

The young adventurer was of pleasing presence, and moved serenely and watchfully. By daylight he was a salesman in a piano store. He wore his tie drawn through a topaz ring instead of fastened with a stick pin; and once he had written to the editor of a magazine that "Junie's Love Test," by Miss Libbey, had been the book that had

---

bedchamber: 침실  in search of: ~을 찾아서  egregious:터무니없는  dupe: 얼간이, 속기 쉬운 사람  mercenary: 돈을 목적으로 한  trickster: 사기꾼  allurement: 유혹, 매력  undiminished: 감소하지 않은  ardor: 열정  contingent: 조건부의  table d'hote: 식당  serenely: 침착하게  topaz:황수정, 황옥

평생의 막바지에 이르러 우리의 로맨스라는 것은 한두 번의 결혼이나, 소중한 것을 넣어 두는 서랍 속의 공단 장미꽃 장식이나 스팀의 라디에이터와 평생을 싸우며 살아온 생활 같은, 무의미한 것에 지나지 않았다고 뉘우치게 되는 것이다.

루돌프 스타이너는 참된 모험가였다. 그가 생각지도 않던 일이나 얼토당토 않은 일을 찾아서 복도 끝의 침실에서 빠져나가지 않은 밤이 거의 없었다. 그에게는 인생에서 가장 흥미 있는 일이 바로 다음 길 모퉁이를 돌아선 곳에 무엇인가 존재할지도 모른다는 것이었다. 때로는 운을 시험해 보고 싶은 기분 때문에 괴상한 골목길로 헤매어 들어가는 일도 있었다. 경찰서에서 잔 적도 두 번이나 있었다. 교묘한 욕심쟁이 사기꾼에게 걸린 적도 한두 번이 아니었다. 달콤한 유혹에 속아 시계와 돈도 날려 버렸다. 그러나 그는 조금도 식지 않은 열정으로 덤벼드는 모든 도전에 응하여, 유쾌한 모험가의 명단에 이름을 기록해 나갔다.

어느 날 밤, 루돌프는 일찍이 이 도시의 중심부였던 곳을 횡단하는 길을 따라 어슬렁어슬렁 걸어가고 있었다. 두 가닥의 사람 물결이 길을 메우고 있었는데, 하나는 서둘러 집으로 돌아가는 사람들이고, 하나는 찬연한 조명이 빛나는 식당에서 형식상의 환영을 구하기 위해 집으로 돌아가기를 그만둔 어지러운 마음의 무리들이다.

젊은 모험가는 보기 좋은 풍채로 조용히 주의 깊게 걸어나갔

---

공단:감이 두껍고 무늬가 없는 비단
찬연한: 눈부시게 빛나고 있는

most influenced his life.

During his walk a violent chattering of teeth in a glass case on the sidewalk seemed at first to draw his attention (with a qualm) to a restaurant before which it was set; but a second glance revealed the electric letters of a dentist's sign high above the next door. A giant Negro, fantastically dressed in a red embroidered coat, yellow trousers and a military cap, discreetly distributed cards to those of the passing crowd who consented to take them.

This mode of dentistic advertising was a common sight to Rudolf. Usually he passed the dispenser of the dentist's cards without reducing his store; but to-night the African slipped one into his hand so deftly that he retained it there smiling a little at the successful feat.

When he had travelled a few yards further he glanced at the card indifferently. Surprised, he turned it over and looked again with interest. One side of the card was blank; on the other was written in ink three words, 'The Green Door.' And then Rudolf saw, three steps in front of him, a man throw down the card the Negro had given him as he passed. Rudolf picked it up. It was printed with the dentist's name and address and the usual schedule of 'plate work' and 'bridge work' and 'crowns,' and

---

chatter:(추위, 공포 때문에 이가)딱딱 소리내다  qualm:거리낌, 현기증
embroidered: 장식된, 과장된  discreetly: 신중하게  distribute A to B: A를 B에게 분배하다  consent to: 동의하다  dispenser: 베푸는 사람, 약사, 자판기
deftly: 교묘하게, 손재주가 좋게  retain: 간직하다  indifferently: 무관심하게

다. 그는 낮에 피아노 상점에서 일하는 판매원이었다. 넥타이를 핀으로 꽂지 않고 토파즈 고리에 꿰어 매고 있었다. 언젠가 그는 어느 잡지 편집자에게 미스 리비가 지은 '주니의 사랑의 시련'이 자기 생애에 가장 큰 영향을 준 책이라고 써 보낸 적이 있었다.

걸어가는 동안에 길가에 놓아둔 유리 상자 안에서 이빨이 심하게 따닥거리는 소리에 먼저 그의 주의가(꺼림칙하게) 그 상자가 앞에 놓여 있는 식당으로 끌린 것 같았다. 그러나 다시 바라보니 옆집에 높다랗게 치과의사 간판의 전광(電光) 문자가 보였다. 수를 놓은 빨간 웃옷에 노란 바지, 게다가 군대 모자를 쓴 기묘한 몰골의 거대한 흑인이 통행인들에게 조심스럽게 카드를 나누어 주고 있었다.

치과 의사의 이런 광고 방법은 루돌프에게는 눈익은 광경이었다. 보통 그는 치과 의사의 광고 카드를 나누어 주는 사람 곁을 그냥 지나가서, 카드의 재고를 줄여 주지 않는다. 그러나 오늘밤에는 그 아프리카 인이 너무도 교묘하게 한 장을 쑥 그의 손에 밀어 넣어 주었으므로 루돌프는 그대로 받아 들고 그 솜씨를 찬양하며 빙그레 웃었다.

몇 야드 더 가서 무심코 그는 카드를 들여다보았다. 깜짝 놀란 그는 카드를 뒤집어 흥미를 가지고 다시 한 번 살펴보았다. 카드의 한쪽은 백지였으며 그 뒤쪽에는 잉크로 '초록빛 문'이라는 세 마디가 씌어 있었다. 그때 루돌프는 세 걸음쯤 앞에서

---

전광:전력으로 일으킨 빛, 번갯불, 번개

specious promises of "painless" operations.

The adventurous piano salesman halted at the corner and considered. Then he crossed the street, walked down a block, recrossed and joined the upward current of people again. Without seeming to notice the Negro as he passed the second time, he carelessly took the card that was handed him. Ten steps away he inspected it. In the same handwriting that appeared on the first card 'The Green Door' was inscribed upon it. Three or four cards were tossed to the pavement by pedestrians both following and leading him. These fell blank side up. Rudolf turned them over. Every one bore the printed legend of the dental 'parlors.'

Rarely did the arch sprite Adventure need to beckon twice to Rudolf Steiner, his true follower. But twice it had been done, and the quest was on.

Rudolf walked slowly back to where the giant Negro stood by the case of rattling teeth. This time as he passed he received no card. In spite of his gaudy and ridiculous garb, the Ethiopian displayed a natural barbaric dignity as he stood, offering the cards suavely to some, allowing others to pass unmolested. Every half minute he chanted a harsh, unintelligible phrase akin to the jabber of car con-

---

operation: 수술  inspect: 조사하다  inscribe: 써넣다, (비석)에 새기다  toss: 던지다(throw)  pavement: 포장도로  pedestrian: 보행자  parlor:방  sprite: 요정  beckon: 지시하다  rattling: 덜컹거리는  gaudy: 겉만 번지르한  ridiculous:어리석은  garb:복장  Ethiopian:아프리카 흑인  barbaric:야만적인  suavely:상냥하게

어떤 사람이 흑인한테서 받은 카드를 걸어가면서 버리는 것을 보았다. 루돌프는 그것을 주웠다. 거기에는 치과의사의 이름과 주소와 '의치가상, 가공, 치관' 등 판에 박은 영업 목록과 '무통' 치료의 그럴 듯한 선전 문구가 인쇄되어 있었다.

모험을 좋아하는 피아노 판매원은 길 모퉁이에서 걸음을 멈추고 생각했다. 이어 그는 거리를 건너가서 한 블록쯤 내려갔다가 다시 건너와 위쪽으로 향하는 사람들의 물결 속에 끼어들어갔다. 두 번째 그 흑인 곁을 지나갈 때는 아무것도 깨닫지 못한 척하면서 시치미를 떼고 쥐어 주는 카드를 받았다. 열 걸음쯤 가서 카드를 살펴보았다. 먼저 받은 카드와 똑같은 필적으로, 역시 '초록빛 문'이라고 씌어 있었다. 그의 앞뒤에서 보행자들이 서너 장의 카드를 길바닥에 내던졌다. 그것은 모두 아무것도 씌어 있지 않은 면을 위쪽으로 하여 떨어져 있었다. 루돌프는 그것들을 모두 뒤집어 보았다. 어느 카드나 치과 '진료실'의 판에 박은 문구가 인쇄되어 있었다.

모험이라는 장난꾸러기 요정이 그 참된 추구자인 루돌프 스타이너를 두 번이나 손짓할 필요는 좀처럼 없는 일이었다. 그런데 그것이 지금 두 번이나 있었던 것이다. 그리하여 탐색은 시작되었다.

루돌프는 거대한 흑인이 딸가닥거리는 이빨 상자 옆에 서 있는 곳까지 천천히 돌아갔다. 이번에는 그 옆을 지나가면서 카드를 받지 않았다. 화려하고 우스꽝스러운 옷을 입고 있는데도

---

의치가상: 의치, 틀니
치관: 잇몸 밖으로 솟아 겉으로 보이는 이의 부분

ductors and grand opera. And not only did he withhold a card this time but it seemed to Rudolf that he received from the shining and massive black countenance a look of cold, almost contemptuous disdain.

The look stung the adventurer. He read in it a silent accusation that he had been found wanting. Whatever the mysterious written words on the cards might mean, the black had selected him twice from the throng for their recipient; and now seemed to have condemned him as deficient in the wit and spirit to engage the enigma.

Standing aside from the rush, the young man made a rapid estimate of the building in which he conceived that his adventure must lie. Five stories high it rose. A small restaurant occupied the basement.

The first floor, now closed, seemed to house millinery or furs. The second floor, by the winking electric letters, was the dentist's. Above this a polyglot babel of signs struggled to indicate the abodes of palmists, dressmakers, musicians, and doctors. Still higher up draped curtains and milk bottles white on the window sills proclaimed the regions of domesticity.

After concluding his survey Rudolf walked briskly up the high flight of stone steps into the house. Up two

---

countenance: 용모 contemptuous: 모욕적인 disdain:경멸하다 accusation:비난, 죄 throng:군중 recipient:수취인, 그릇 enigma:불가해한 것 millinery:여성용 모자류 house:수용하다, 넣어두다 babel:언어의 혼란 abode:주소 palmist:손 금쟁이 sill:문지방 domesticity:가정생활 briskly:기운차게

이 이디오피아 인은 어떤 사람에게는 공손히 카드를 나누어 주고 어떤 사람은 그냥 지나가게 내버려두면서, 타고난 야만적인 위엄을 보이며 그 자리에 우뚝 서 있었다. 그는 30초마다 전차 차장이나 그랜드오페라의 알아듣기 어려운 문구 비슷한, 귀에 거슬리는 뜻 모를 말을 되풀이하고 있었다.

그리고 이번에는 그에게 카드를 주지 않았을 뿐 아니라, 루돌프는 그 번들번들 빛나고 있는 큼직한 검은 얼굴에서 냉담하고 거의 모욕적인 경시의 표정마저 느꼈다.

이 표정이 모험가를 따끔하게 자극했다. 그는 그 표정 속에서, 당신 같은 사람은 안 되겠다는 말없는 비난을 읽었다. 카드에 씌어 있는 신비로운 말이 무엇을 뜻하든 간에 흑인은 두 번씩이나 그 많은 군중 속에서 그를 카드의 수취인으로 선택해 주었던 것이다. 그런데 지금은, 당신은 그 수수께끼를 풀 기지도 용기도 없다고 흑인이 단정해 버린 것처럼 여겨진 것이다.

혼잡속에서 젊은이는 모험이 숨어 있는 것이 틀림없을 것 같은 건물을 재빨리 살펴보았다. 그것은 5층 건물이었다. 조그만 식당이 지하실을 차지하고 있었다.

1층은 벌써 닫혀 있었는데, 부인 장식품점이거나 모피상 같았다. 2층은 명멸하는 전광 문자로 치과 의원이라는 것을 알았다. 그 위에는 각 나라 말로 너절하게 씌어진 간판들이 손금쟁이와 재봉사와 음악가와 의사가 산다는 것을 알려주려고 애쓰고 있었다. 다시 한 층 위는, 창문에 드리워진 커튼이며 창턱에

---

기지: 기발한 지혜, 뛰어난 지혜
명멸: 빛이 켜졌다 꺼졌다 함

flights of the carpeted stairway he continued; and at its top
paused. The hallway there was dimly lighted by two pale
jets of gas— one far to his right, the other nearer, to his
left. He looked toward the nearer light and saw, within its
wan halo, a green door. For one moment he hesitated; then
he seemed to see the contumelious sneer of the African
juggler of cards; and then he walked straight to the green
door and knocked against it.

Moments like those that passed before his knock was
answered measure the quick breath of true adventure.
What might not be behind those green panels! Gamesters
at play; cunning rogues baiting their traps with subtle
skill; beauty in love with courage, and thus planning to be
sought by it; danger, death, love, disappointment,
ridicule— any of these might respond to that temerarious
rap.

A faint rustle was heard inside, and the door slowly
opened. A girl not yet twenty stood there white-faced and
tottering. She loosed the knob and swayed weakly, grop-
ing with one hand. Rudolf caught her and laid her on a
faded couch that stood against the wall. He closed the
door and took a swift glance around the room by the light
of a flickering gas jet. Neat, but extreme poverty was the

---

wan: 어두운 contumelious: 오만한 gamester: 노름꾼 rogue:악당 respond to:
응답하다 temerarious:저돌적인 rustle:옷이 스치는 소리 white-face:창백한
얼굴의 totter:비틀비틀 걷다 knob:(문)손잡이 sway:흔들리다 grope:손으로
더듬거리다 flicker: (등불)이 깜박거리다

놓여 있는 흰 우유병 등으로 가정 생활의 영역이라는 것을 나타내고 있었다.

관찰을 끝낸 루돌프는 높은 돌층계를 재빠르게 뛰어올라 가서 건물 안으로 들어갔다. 융단을 깐 층층대를 계속 올라가 그 꼭대기에서 걸음을 멈추었다. 그곳 복도는 두 개의 희미한 가스등으로 흐릿하게 드러나 있었다. 하나는 저만치 오른쪽에 있었고, 하나는 더 가까이 왼쪽에 있었다. 가까운 불빛 쪽을 바라본 그는 파리한 불빛의 동그라미 속에 초록빛 문을 보았다. 한순간 그는 망설였다. 그러나 그때 카드를 나누어 주던 그 아프리카 인의 오만한 비웃음을 보는 듯한 기분이 들었다. 그래서 그는 곧장 초록빛 문으로 다가가 두드렸다.

대답이 있을 때까지 지나간 순간들은, 참된 모험의 가쁜 숨결의 척도가 되는 것이다. 그 녹색의 널빤지 저편에 무엇이 있을지 누가 알겠는가! 도박을 하고 있는 노름꾼이나, 교묘한 수법으로 덫에 미끼를 달고 있는 교활한 악한이나, 용감한 자를 사랑하고 용감한 자가 구해 주도록 일을 꾸미고 있는 미인이나, 위험과, 죽음과, 사랑과, 실망과 비웃음, 이 가운데 그 무엇이 이 저돌적인 두드림에 대답해 올지 모르는 것이다.

방 안에서 가냘프게 옷자락 스치는 소리가 들리더니 서서히 문이 열렸다. 20살도 안 되어 보이는 젊은 여자가 파리한 얼굴로 비틀거리며 서 있었다. 처녀는 손잡이를 놓더니 한 손으로 무엇을 더듬으면서 힘없이 움직였다. 루돌프는 처녀를 붙들고

---

획책:계책을 세움

story that he read.

The girl lay still, as if in a faint. Rudolf looked around the room excitedly for a barrel. People must be rolled upon a barrel who— no, no; that was for drowned persons. He began to fan her with his hat. That was successful, for he struck her nose with the brim of his derby and she opened her eyes. And then the young man saw that hers, indeed, was the one missing face from his heart's gallery of intimate portraits. The frank, gray eyes, the little nose, turning pertly outward; the chestnut hair, curling like the tendrils of a pea vine, seemed the right end and reward of all his wonderful adventures. But the face was woefully thin and pale.

The girl looked at him calmly, and then smiled.

"Fainted, didn't I?" she asked, weakly. "Well, who wouldn't? You try going without anything to eat for three days and see!"

"Himmel!" exclaimed Rudolf, jumping up. "Wait till I come back."

He dashed out the green door and down the stairs. In twenty minutes he was back again kicking at the door with his toe for her to open it. With both arms he hugged an array of wares from the grocery and the restaurant. On

---

barrel: 통  brim: (모자) 테, (잔, 접시) 가장자리  derby: 중산모  pert:버릇없는, 건방진  tendril: 덩굴  pea vine: 완두콩  woefully: 애처롭게  array:배열:(대규모의)나열  ware: 상품(goods)

벽가에 있는 빛 바랜 긴 의자에 뉘었다. 그는 문을 닫고 재빨리 깜박거리는 가스등 불빛 아래의 방 안을 둘러보았다. 말끔하지만 굉장히 가난하다는 것을 그는 알아챘다.

처녀는 기절한 듯이 꼼짝도 않고 누워 있었다. 루돌프는 통이 없나 하고 정신없이 방 안을 살폈다. 정신을 잃은 사람은 통에 얹혀 놓고 굴려야 한다. 아니, 아니다, 그건 물에 빠진 사람이지. 그는 모자로 그녀를 부채질하기 시작했다. 이것은 성공적이었다. 왜냐하면 중산모(中山帽)의 차양이 그녀의 코 끝에 부딪쳐서 처녀가 눈을 떴기 때문이다. 이때 젊은이는 그녀의 얼굴이, 바로 자기의 마음속 깊숙이 간직하고 있는 화랑에서 잃어버린 초상화의 얼굴이라는 것을 깨달았다. 그 솔직해 보이는 잿빛 눈, 약간 건방져 보이는 위로 치켜진 조그만 코, 완두콩 덩굴처럼 돌돌 말린 밤색 머리칼 등은 그의 모든 근사한 모험의 참된 결말이자 보수로 여겨졌다. 그러나 그 얼굴은 애처롭도록 여위고 파리했다.

처녀는 가만히 바라보더니 방긋 미소를 지었다.

"제가 기절했었나요?" 하고 그녀는 힘없이 물었다. "하지만 누구나 그렇게 될 거예요. 사흘이나 아무것도 먹지 않고 빈속으로 있어 보세요."

"하느님 맙소사!" 하고 루돌프는 펄쩍 뛰며 소리쳤다. "내가 돌아올 때까지 기다리십시오."

그는 초록빛 문을 뛰어나가 층계를 달려 내려갔다. 20분 후

---

차양: 학생 모자, 군인 모자 등의 이마 앞에 내민 부분

the table he laid them— bread and butter, cold meats, cakes, pies, pickles, oysters, a roasted chicken, a bottle of milk and one of red-hot tea.

"This is ridiculous," said Rudolf, blusteringly, "to go without eating. You must quit making election bets of this kind. Supper is ready." He helped her to a chair at the table and asked: "Is there a cup for the tea?" "On the shelf by the window," she answered. When he turned again with the cup he saw her, with eyes shining rapturously, beginning upon a huge dill pickle that she had rooted out from the paper bags with a woman's unerring instinct. He took it from her, laughingly, and poured the cup full of milk. "Drink that first," he ordered, "and then you shall have some tea, and then a chicken wing. If you are very good you shall have a pickle tomorrow. And now, if you'll allow me to be your guest we'll have supper."

He drew up the other chair. The tea brightened the girl's eyes and brought back some of her color. She began to eat with a sort of dainty ferocity like some starved wild animal. She seemed to regard the young man's presence and the aid he had rendered her as a natural thing not as though she undervalued the conventions; but as one whose great stress gave her the right to put aside the artifi-

---

blusteringly: 호통치듯이 rapturous:기뻐서 어쩌할 바를 모르는, 열광적인 dill pickle:오이의 초절임 dill: 나도고수 나무(또는 그 열매) unerring: 틀림없이, 정확한 dainty: 우아한, 섬세한(delicate) ferocity: 사나움 starved: 굶주린 undervalue: 경시하다 convention: 관습 put aside: 한쪽으로 치우다

에 다시 돌아와 발 끝으로 문을 차서 처녀에게 열게 했다. 식료품 가게와 식당에서 산 물건을 두 팔에 가득 안고 있었다. 그는 그것을 식탁 위에 얹어 놓았다. 버터 바른 빵, 냉동 고기, 케이크, 파이, 피클, 굴, 구운 통닭, 우유 한 병, 그리고 따뜻한 홍차 한 병.

"어처구니 없는 짓이야." 그는 호통치듯 말했다. "먹지 않고 있다니, 그런 시시한 선거의 내기 같은 짓은 그만둬요. 자, 저녁 식사 준비 다 됐습니다." 처녀를 부축하여 식탁에 앉히면서 그는 물었다. "찻잔 있나요." "창문 옆 선반 위 있어요." 하고 그녀는 대답했다. 그가 찻잔을 들고 돌아보니 처녀는 아주 기쁘다는 빛으로 여성의 어김없는 본능으로 종이 봉지에서 찾아낸 큼직한 나도고수 열매를 먹기 시작하고 있었다.

그는 웃으면서 그것을 빼앗고 찻잔 가득히 우유를 따랐다. "이것부터 먼저 드십시오." 하고 그는 명령했다. "그런 다음 홍차를 좀 드시지요. 그리고 닭다리를 드리겠습니다. 상태만 좋으시면 내일은 오이지를 드리지요. 그런데 나를 손님으로 맞이해 주신다면, 함께 식사를 하고 싶은데요."

그는 또 하나의 의자를 끌어당겼다. 홍차는 처녀의 눈을 빛나게 했고, 얼굴에도 얼마쯤 혈색이 되살아났다. 그녀는 굶주린 야수처럼, 야만스럽지만 우아한 자태로 먹기 시작했다. 젊은 남자가 앞에 있는 것이나. 그 남자가 구원의 손길을 뻗쳐 준 것은 모두 당연한 일인 것처럼 생각하고 있는 것 같았다. 그것은

---

나도고수: 미나리과의 식물. 열매가 향기롭고 향미료로 쓰임

cial for the human. But gradually, with the return of strength and comfort, came also a sense of the little conventions that belong; and she began to tell him her little story. It was one of a thousand such as the city yawns at every day—the shop girl's story of insufficient wages, further reduced by 'fines' that go to swell the store's profits; of time lost through illness; and then of lost positions, lost hope, and— the knock of the adventurer upon the green door.

But to Rudolf the history sounded as big as the 'Iliad' or the crisis in 'Junie's Love Test.'

"To think of you going through all that," he exclaimed.

"It was something fierce," said the girl, solemnly.

"And you have no relatives or friends in the city?"

"None whatever."

"I am all alone in the world, too," said Rudolf, after a pause.

"I am glad of that," said the girl, promptly; and somehow it pleased the young man to hear that she approved of his bereft condition.

Very suddenly her eyelids dropped and she sighed deeply.

"I'm awfully sleepy," she said, "and I feel so good."

---

yawn: 하품 insufficient: 부족한(≠sufficient) fierce: 사나운, 지독한 solemnly: 엄숙하게 promptly: 즉시 bereave의 과거, 과거분사의 하나, (희망, 생명)을 빼앗다, 잃게 하다

세상의 관습을 경시한 태도가 아니라 너무나 다급해서 체면치레는 집어치우고 인간답게 행동할 권리라도 얻은 듯한 태도였다. 그러나 차츰 힘을 되찾고 편안해지자 몸에 밴 세상의 습관을 생각할 기분이 되살아나서 그녀는 간단한 자기 신상 이야기를 꺼내기 시작했다. 그것은 도시에서 날마다 하품이 나도록 듣고 있는 수많은 이야기 중의 하나였다. 말하자면 급료가 얼마 되지 않는 여점원이 가게의 이익이 줄어든 '벌금'을 무느라고 그 급료가 줄고 병이 들어 쉬다가 마침내 직장을 잃고 희망마저 잃었다는 것이다. 그 때 이 모험가가 초록빛 문을 두드렸다는 것이다.

그러나 루돌프에게는 그녀의 신상 이야기가 '일리아드'나 '주니의 사랑의 시련'에 나오는 위기만큼이나 과장되게 들렸다.

"그렇게 고생하신 걸 생각하면." 하고 그는 한탄했다.

"정말로 지독했어요." 하고 처녀는 엄숙하게 말했다.

"이 도시에는 친척이나 친구도 없나요?"

"한 사람도 없어요."

"나 역시 이 세상에서 혼자랍니다." 잠시 후 루돌프는 말했다.

"그 편이 기뻐요." 하고 처녀는 곧 말했다. 그녀가 자신의 외로운 처지를 인정해 주는 것이 어쩐지 젊은이의 마음을 기쁘게 했다.

갑자기 그녀는 눈꺼풀을 내리고 깊은 한숨을 쉬었다.

"전 무척 졸려요."하고 그녀는 말했다. "그리고 기분이 아주

---

신상: 신변에 관련된 형편

Rudolf rose and took his hat.

"Then I'll say good-night. A long night's sleep will be fine for you."

He held out his hand, and she took it and said "good night." But her eyes asked a question so eloquently, so frankly and pathetically that he answered it with words.

"Oh, I'm coming back to-morrow to see how you are getting along. You can't get rid of me so easily."

Then, at the door, as though the way of his coming had been so much less important than the fact that he had come, she asked: "How did you come to knock at my door?"

He looked at her for a moment, remembering the cards, and felt a sudden jealous pain. What if they had fallen into other hands as adventurous as his? Quickly he decided that she must never know the truth. He would never let her know that he was aware of the strange expedient to which she had been driven by her great distress.

"One of our piano tuners lives in this house," he said. "I knocked at your door by mistake."

The last thing he saw in the room before the green door closed was her smile.

At the head of the stairway he paused and looked curi-

---

eloquently: 웅변적으로  frankly: 솔직하게  pathetically: 안타깝게  getting along: 잘 지내다  get rid of: ~을 제거하다  what if: 만약 ~라면 어찌되는가? be aware of: ~를 알다  expedient: 편법  distress: 곤궁, 궁핍  by mistake: 실수로( ≠ on purpose)

좋아요."

루돌프는 일어서서 모자를 집어들었다.

"그럼, 난 가겠습니다. 하룻밤 푹 쉬시면 아마 힘이 날 겁니다."

그가 손을 내미니 처녀는 그 손을 잡고 "안녕히 가세요." 하고 말했다.

그러나 그녀의 눈은 너무나 솔직하고 풍부한 표정으로 그리고 안타까이 묻고 있었으므로 그는 말로써 대답했다.

"네, 내일 또 어떻게 되셨는지 보러 오겠습니다. 쉽게 나를 떨쳐 버릴 순 없을 거요."

그리고 문가에서, 그가 여기에 어떻게 왔느냐 하는 것이, 그가 왔다는 사실에 비해 조금도 중요하지 않은 듯이 그녀는 물었다. "어떻게 제 방문을 두드리게 되셨죠?"

그는 그 카드 생각을 하면서 잠시 그녀를 바라보고 있었는데, 갑자기 고통스러울 만큼 질투를 느꼈다. 만일 그 카드가 자기와 똑같이 모험을 좋아하는 다른 남자의 손에 들어갔더라면 어떻게 되었을까? 그는 재빨리 그녀가 너무나도 곤궁해서 하는 수없이 사용한 이 이상한 편법을 자기가 알고 있다는 것을 그녀에게 알려서는 안 되겠다고 결심했다.

"우리 가게의 피아노 조율사가 이 건물에 살고 있는데." 하고 그는 말했다. "그만 잘못해서 이 방문을 두드린 겁니다."

초록빛 문이 닫히기 전에 그 방에서 그가 마지막 본 것은 그

---

편법: 편리한 방법

ously about him. And then he went along the hallway to its other end; and, coming back ascended to the floor above and continued his puzzled explorations. Every door that he found in the house was painted green.

Wondering, he descended to the sidewalk. The fantastic African was still there. Rudolf confronted him with his two cards in his hand.

"Will you tell me why you gave me these cards and what they mean?" he asked.

In a broad, good-natured grin the Negro exhibited a splendid advertisement of his master's profession.

"Dar it is, boss," he said, pointing down the street. "But I 'spect you is a little late for de fust act."

Looking the way he pointed Rudolf saw above the entrance to a theatre the blazing electric sign of its new play, 'The Green Door.'

"I'm informed dat it's a fust-rate show, sah," said the Negro. "De agent what represents it pussented me with a dollar, sah, to distribute a few of his cards along with de doctah's. May I offer you one of de doctah's cards, sah?"

At the corner of the block in which he lived Rudolf stopped for a glass of beer and a cigar. When he had come out with his lighted weed he buttoned his coat, pushed

---

ascend: 오르다 (≠descend: 내려가다) exploration: 탐험 (v)explore　confront: 직면하다, 만나다　broad:관대한　blazing: 빛나는, 불타는　weed: (구어) 담배, 엽궐련

녀의 미소였다.

층층대 위에서 그는 걸음을 멈추고 이상한 듯이 주위를 두리번거렸다. 그리고 복도를 저쪽 끝까지 갔다가 돌아와서는, 다시 위층으로 올라가서 영문을 알 수 없는 탐사를 계속했다. 이 집에서 그가 본 문이란 문은 초록으로 칠해져 있었던 것이다.

이상하게 생각하면서 그는 거리로 내려갔다. 그 기묘한 아프리카인은 아직 그 자리에 있었다. 루돌프는 두 장의 카드를 들고 그 앞에 가서 섰다.

"당신이 어째서 이 카드를 나한테 주었는지, 또 이게 무슨 뜻인지 가르쳐 주지 않겠소?" 하고 그는 물었다.

사람 좋은 웃음을 활짝 웃으면서 흑인은 자기를 고용한 주인의 직업에 관한 훌륭한 광고를 보여주었다.

"저겁니다요. 손님." 하고 그는 길 건너편을 가리켰다. "하지만 제 1막은 좀 늦었겠는데요."

흑인이 가리키는 쪽을 보니 극장 입구 위에 '초록빛 문'이라는 새 상연물의 찬란히 빛나는 전광 문자가 눈에 띄었다.

"들으니까 뭐 굉장히 좋은 연극이라던데요, 손님." 하고 흑인은 말했다. "저 연극을 상연하는 양반이 일 달러를 주시면서 치과 의사의 광고 종이와 함께 이 카드를 좀 나누어 달라고 그러더군요. 치과 의사의 광고지도 한 장 드릴까요, 손님?"

루돌프는 그가 사는 거리 모퉁이에서 걸음을 멈추고, 맥주 한 병과 담배를 샀다. 담배에 불을 붙여 물고 나온 그는 웃웃

back his hat and said, stoutly, to the lamp post on the corner:

"All the same, I believe it was the hand of Fate that doped out the way for me to find her."

Which conclusion, under the circumstances, certainly admits Rudolf Steiner to the ranks of the true followers of Romance and Adventure.

---

stoutly: 당당하게  dope out:~의 계획을 세우다, ~을 미리 조정해두다

단추를 끼우고 모자를 뒤로 조금 젖히고는, 길 모퉁이의 가로 등을 향해서 당당하게 말했다.

"어차피 그녀를 발견하도록 길을 마련해 준 것은 운명의 신이 한 일이라고 믿는다."

이런 사정 아래서 이런 결론을 내리는 것을 보면, 루돌프 스타이너는 확실히 로맨스와 모험의 참된 추구자들 대열 속에 넣어 줘도 좋을 것이다.

## ■ 지은이 **오헨리(O. Henry) 약력**

『마지막 잎새』를 쓴 미국 소설가. 10년 남짓한 작가활동 기간 동안 300편 가까운 단편소설을 썼다.
본명은 포터(William Sydney Porter) 이고, 노스캐롤라이나주 그린스버러에서 태어났다. 아버지는 지방의 유명한 의사였고,
어머니는 문학적 재능이 뛰어났다. 그러나 어려서 양친을 잃어 학교 교육을 제대로 받지 못한 채 숙부의 약방을 거들고 있다가
1882년 텍사스주로 가서 카우보이, 점원, 직공 등의 일을 했다. 1887년 25세에 17세의 소녀와 결혼하였고, 1891년
오스틴은행에 근무하면서 아내의 내조를 얻어 주간지를 창간했으며, 지방신문에 유머러스한 일화를 기고하는 등 문필생활을
시작하였다. 1896년 2년 전 그만둔 은행에서의 공금횡령 혐의로 고소당하자 남미로 도망갔으나 아내가 중태에 빠지게 되면서
다시 돌아와 체포되었다. 3년간 감옥생활을 하는 사이에 얻은 풍부한 체험을 소재로 단편소설을 쓰기 시작하여, 이러한 경험이
훌륭한 작가로 성장하는 계기가 되었다. 석방 후, 뉴욕으로 나와 본격적인 작가생활을 시작하였다. 라틴아메리카의 혁명을 다룬
처녀작『캐비지와 왕Cabbages and Kings』(1904)을 제외하고는『4백만 The Four Million』(1906),
『서부의 마음 Heart of the West』(1907) 등 계속 단편집을 발표하여 인기 작가로서 지위를 굳혔으며, 불과 10년 남짓한
작가활동 기간 동안 300편 가까운 단편소설을 썼다. 그는 순수한 단편작가로, 따뜻한 유머와 깊은 페이소스를 작품에서 풍기며
모파상이나 체호프에도 비교된다. 미국 남부나 뉴욕 뒷골목에 사는 가난한 서민과 빈민들의 애환을 다채로운 표현과 교묘한 화술로
그린 것이 특징이다. 특히 독자의 의표를 찌르는 줄거리의 결말은 기교적으로도 뛰어나다. 문학사적으로 비중 있는 작가는 아니지만
대표적 단편『경찰관과 찬송가』,『마지막 잎새』 등에서는 따뜻한 휴머니즘을 탁월하게 묘사하였다. 이밖에도 대표적 단편
『현자의 선물』,『20년 후』, 단편집『운명의 길 Roads of Destiny』(1909), 사망 후에 나온『뒹구는 돌 Rolling Stones』(1913)
등의 작품이 있다.

## ■ 옮긴이 **김종윤 약력**

전라북도 남원에서 태어나 한국외국어대학교 법학과를 졸업하였다.
1993년『시와 비평』으로 등단하여 장편소설 〈어머니는 누구일까〉, 〈아버지는 누구일까〉,
〈날마다 이혼을 꿈꾸는 여자〉, 〈어머니의 일생〉 등이 있으며, 옴니버스식 창작동화 〈가족이란 누구일까요?〉가 있다.
그리고 〈어린이 문장강화(전13권)〉, 〈문장작법과 토론의 기술〉 등이 있다.

소설창작을 위한 Solution Book 해결책

# 마지막 잎새 외 12편

----------------------------------------------
초판 1쇄 인쇄일 : 2024년 11월 25일
초판 1쇄 발행일 : 2024년 11월 30일

지은이 : 오 헨리
옮긴이 : 김종윤
발행인 : 김종윤
발행처 : 주식회사 자유지성사
등록번호 : 제 2 - 1173호
등록일자 : 1991년 5월 18일

서울특별시 송파구 위례성대로 8길 58, 202호
전화 : 02) 333 - 9535 I 팩스 : 02) 6280 - 9535
E-mail : fibook@naver.com
ISBN : 978 - 89 - 7997- 393 - 8   (03840)
----------------------------------------------